TAKE
SHOBO

無愛想ドクターの時間外診療

甘い刺激に乱されています

西條六花

ILLUSTRATION
SHABON

蜜夢
MITSU
YUME

CONTENTS

MITSU YUME

イラスト／SHABON

無愛想ドクターの時間外診療

甘い刺激に
乱されています

プロローグ

オフホワイトを基調としたロマンチックな雰囲気のサロン内には、抑えた音量でクラシックの音楽が流れている。

「こちらのプランは先着六組さま限定、挙式の期間こそ限られてしまいますが、内容がとても充実しています。お式は宴内人前式、ワンフロアの貸し切りでご親族さまの控室もご用意できますし、専用バーラウンジもございます。含まれていないものは、ご衣裳《いしょう》代、引き出物のみで――」

「んまあ、衣裳が別料金⁉　それじゃあここに書いてあるプランの金額じゃ収まらないってことじゃないの」

目の前で大きな声に遮られたものの、ウェディングプランナーの香坂《こうさか》早月《さつき》は、笑顔を崩さず答える。

「はい。ですが三十名でこのお値段、この内容は、かなりお得になっております。他のサロンではなかなかできないプランかと」

「駄目駄目、全然足りないわ。うちの親戚や息子の会社の方々を含めたら、五十人は軽く超えるのよ。七十名でも足りないくらい」

派手な身なりの六十代に見える女性の横で、二十代半ばの若い女性が控えめに口を開く。

「でも、お義母さま……真人《まさと》さんと話し合って、ゲストは近親者のみということに決めたんです。私の親族も少ないですし、三十名で充分じゃないでしょうか」

「あなたはそれでよくてもね、結婚式には親族や会社関係の方々へのお披露目という意味合いがあるの。中途半端なことをすると、私たち親が恥をかくのよ」

新婦は義母の断固とした主張に言い返せず、気後れした様子で黙り込む。早月はそれを気の毒に思いつつ、にこやかに提案した。

「フロアの広さ的には、百名まで対応が可能です。その場合、お一人さま追加ごとに二万一千円が加算されますが」

早月の言葉を聞いた途端、女性は眉を上げ、「あらあら」と言わんばかりの顔になる。そして皮肉っぽく言った。

「ずいぶん安いと思ったら、やっぱりそういうカラクリがあったのねえ。あたかも安くお式ができるように見せかけて、結局あの手この手で値段を釣り上げようっていう魂胆なんじゃない」

女性がため息をつき、「まあいいわ」とつぶやく。そして早月を見つめてニッコリ笑った。

「で、どれくらい引いてくださるの？」

「どれくらい、と申しますと」

「当然お安くしてくださるのよね？」

ウェディングプランナーは自己裁量でできる値引き幅を持っていて、チーフである早月に許されている権限は普通のプランナーより多い。そしてこんなふうに最初から値引きを要求してくる客は、ときおりいる。早月は微笑んで答えた。

「お式をなさる時季を八月、もしくは十二月や一月といった、いわゆるオフシーズンを選択されますと、トップシーズンよりお得な価格をご提案できますが」

「暑い時季にやるのは嫌よ。それに衣裳や引き出物、人数の変更をしたら、ここに書かれたプランの金額とは全然変わってくるでしょう。具体的な値引き額を見せてちょうだい。そうじゃないと、詐欺って言われても仕方ないと思うわ」

義母の言葉を聞いた新婦が、小声で抗議した。

「お義母さま、詐欺だなんてそんな……」

「陽子《ようこ》さん、あなたは黙ってて。私が上手く交渉してあげようとしてるんだから」

「詐欺」呼ばわりされたことに思うところがありつつも、早月はそれは一切表情に出さず、丁寧に説明する。

――まずは見積もりを作ってからでなければ、値引きなどの話はできないこと。毎週末に開催しているブライダルフェアでは当日限りの値引きなどがあるので、ぜひそちらに参加してほしいこと。他にも細々したコストダウンの方法はあるが、それは打ち合わせをする中で順次提案していくこと――。

早月があくまでも今の段階では具体的な数字を出すつもりがないと知ると、相手は鼻白んだ顔になった。

「何だかとんだ無駄足だったわね。陽子さん、帰るわよ」

話を切り上げ、年嵩《としかさ》の女性がおもむろに立ち上がる。

そのまま彼女がサロンの出口に向かうのを、早月は追いかけようとした。しかし目の前で立ち上がった若い女性が、泣きそうな顔で頭を下げる。

「すみません！　義母《はは》がいろいろと失礼なことを」

「いいえ、お気になさらないでください。もし当社のプランに興味がおありでしたら、また改めてご来場くださいますか？　細部までご納得いただけるように、誠心誠意お話しさせていただきますから」

早月の言葉を聞いた女性が、何ともいえない表情になる。

サロンの出口で、義母が「陽子さんっ」と強い口調で呼んでいた。新婦は再度早月に頭を下げ、足早に立ち去って行った。折り目正しく頭を下げて見送った早月は、漏れそうになるため息を押し殺す。

（……やっぱりこうなっちゃった）

――二人を迎えた時点で、こうなることは何となくわかっていた。

先ほどの若い女性は、当初模擬結婚式が見学できる来週末のブライダルフェアの参加を予約していた。しかし今日になって突然「新郎の母親がどうしてもホテルを見たいと言っているので、これからそちらに見学に行っても構わないか」という問い合わせがきて、手が空いていた早月は了承した。

やがてやって来たのは、見るからにきつそうな雰囲気の新郎の母親と、おとなしそうな新婦だ。母親は館内の見学の最中からどこか不満げな様子を見せていて、挙げ句の果てが新婦の意向をまるで無視した発言と値引きの強要だった。そうした客はときおりいるとはいえ、対応する側としてはフラストレーションが溜《た》まる。

オフィスに戻ると、まだデスクで仕事をしているスタッフが数人いた。早月の今日の業務は、報告書を作れば終わりだ。時刻は現在午後八時で、このあと事務仕事で三十分かかったとしても、いつもに比べれば若干早い終業だといえる。

（せっかく早く終わるんだし……軽く飲みに行っちゃおうかな）

忙しいときは、仕事の終わり時間が夜十一時になるのもざらだ。休みも不規則なため、飲みに行く機会はほとんどないに等しい。

明日は朝の十時からブライダルフェアが開催される予定で、八時半までに出勤しなくてはならない。だが軽い息抜き程度なら、酒を飲んでも構わないだろう。

（よし、そうと決まれば、さっさと片づけなくちゃ）

手早く日報を作成し、パソコンの電源を落とす。それを見ていた後輩の河合彩佳《かわいあやか》が、隣から声をかけてきた。

「早月さん、もう帰るんですか？」

「うん。今日は軽く飲みに行っちゃおうかなって」

「えぇー、いいなあ。私、今ブライダルフェアの企画書を作ってるんですけど、全然いい案が思い浮かばなくって」

　彩佳はいかにも早月に手伝ってほしそうな雰囲気を漂わせて、こちらを見ている。しかし企画の立案は、プランナーとしてキャリアアップするための重要な業務だ。手伝うのは彩佳のためにはならないと考え、早月は笑って言った。

「お客さまとの会話の中に結構アイデアのヒントがあるから、打ち合わせのメモを見返してみたら？　じゃあ、お先に失礼します」

「……お疲れさまでーす」


　早月が働いているのは、ブライダル用の式場とパーティ会場、ホテル、飲食部門を一体化した複合施設を全国展開している会社だ。

　現在の勤務先であるセレストガーデンホテルはウェディングに特化した設計で、ブライダルサロンや複数のチャペル、ラグジュアリーなバンケットルームや宿泊フロアなど、結婚式を総合プロデュースするための建物となっている。

　街の中心部に位置しており、繁華街まで地下鉄で二駅というアクセスの良さも売りで、二次会の会場に行きやすい。

以前友人と来たことがあるバルのカウンターに座った早月は、何杯目かわからないワインを飲み干して息をつく。何気なく見回した店内は、盛況な客入りだった。

(金曜のせいか、すごく混んでる……世の中の人は、明日休みだもんね)

ウェディングプランナーの仕事は、かなりの激務だ。

平日は客との打ち合わせや事務仕事に追われ、週末に婚礼が一日二回入る日などは早朝から深夜まで立ちっ放しで、食事も満足に取れない。打ち合わせの日程は客優先であり、休みの日でも出勤しているプランナーがいるのは、決して珍しくない光景だ。

おまけに今日のように両親が横槍《よこやり》を入れてきたり、大きなお金が動く関係上、クレームに発展する事案も多い。ストレスフルな生活の中、仕事を辞めていく者が多いのも頷《うなず》ける状況だった。

(まあ、好きでやってるんだけどね……)

カウンターの中の店員にスパークリングワインをオーダーし、早月はふわふわとした酩《めい》酊《てい》を感じつつ、田舎風テリーヌをフォークでつつく。

気づけば入社六年目となり、仕事ではそれなりの評価を得ているものの、プライベートは寂しいひとり身だ。何しろ休みもろくになく、たまにいいと思う人がいても、なかなか進展しない。

直近で異性とつきあったのは三年前だが、料理人だった相手が修行のために海外に行ってしまい、自然消滅したのが最後だ。二十八歳になった今、他人の結婚をプロデュースする仕事をしながらも、自身は枯れ果てているのが現状だった。

(別にいいや。仕事はあるし、誰かに縛られることなく好きに振る舞えるんだし。……気楽といえば、気楽だもん)

ため息をついた早月はグラスを手に取り、ぐいっと中身をあおる。途端にきついアルコールに喉を焼かれ、思わず噎《む》せた。早月が驚きながら咳《せ》き込んでいると、隣に座っていた人物が声を上げる。

「――おい、それ、俺の酒」

早月はびっくりして声を出した人物を見つめる。

さらりとした黒髪が切れ長の目元に掛かる彼は、頬から顎にかけてのシャープなラインが鋭利な印象を与える。きれいに通った鼻筋や薄い唇、黒いVネックのニットから窺《うかが》えるしなやかな体型など、どこか色気を感じる容姿の三十代くらいの男性だ。

男の顔をしげしげと眺めた早月は、自分の手の中のグラスに視線を移した。先ほどスパークリングワインを頼んだはずだが、手の中のグラスは形状が違い、明らかにワインではない。

(わたし……この人のお酒を、間違えて飲んじゃったんだ)

これまでもふんわりとした酔いを感じていたが、今の一気飲みで頭がクラクラしてくる。自分が人の酒を飲んでしまったのを悟った早月は、じわじわと恥ずかしさをおぼえた。

（一体何やってるんだろ。普段はこんな失敗しないのに）

自分の振る舞いに恐縮しつつ、早月は彼に謝る。

「あの――すみません。つい、うっかりしてしまって」

「…………」

「これ、何飲んでたんですか？」

「ウォッカのロック。あんた、一気飲みしてたけど大丈夫なのか」

愛想のない言い方ながら相手に心配されて、早月は焦って答える。

「大丈夫です。ごめんなさい、飲んでしまった分はこちらがお支払いしますから、どうぞ新しいものを頼んでください。あっ、オリーブ食べますか？　美味しいですよ、これ」

「落ち着け。今、水を頼んでやるから待ってろ」

慌ててまくし立てる早月をたしなめ、男は店員にお代わりの酒と新しいチェイサーを頼む。やがて彼の前にオーダーしたグラスが置かれ、そのうちのひとつをこちらに寄越して言った。

「水だ。飲め」

「……ありがとうございます」

言われるがままに氷の入った水を飲み、早月は息をつく。

ウォッカのきつい味がまだ口の中に残っていて、鼻に抜けるアルコール臭が酔いを助長していた。気づけば先ほどオーダーしたスパークリングワインのグラスが目の前に置かれ

ていたが、もうこれ以上飲むべきではないと考える。

ふと横を見ると、男は新しくオーダーした酒を飲んでいた。早月は遠慮がちに彼に問いかける。

「あの……新しいお酒の代金、わたしのほうに付けてくれました？」

「あー、いいよ、これくらい。別に気にすんな」

「……すみません」

愛想のない言い方に、「怒らせてしまったのかな」と思い、早月はしゅんとする。

水をチビチビと飲みつつ、早月はこっそり男を観察した。どうやら彼も、一人でこの店に来ているらしい。カウンター内の店員とは懇意なようで、話しながらときおり笑う顔が優しそうに見え、少し意外に思う。

（かっこいい人だな……一体何の仕事をしてるんだろ）

職業柄、多くの人と接する機会がある早月だが、男の仕事は読めない。その理由が酔いであまり頭が回らないせいだと考えた早月は、水のグラスを置いてため息をついた。

（すっかり飲みすぎちゃった。——もう帰ろう）

これ以上飲むと、自宅まで帰るのも危うくなる。

そう考えたものの、上着を手に立ち上がった途端、早月は強いふらつきを感じた。思った以上に酔いが回っていることに動揺しながら、足にぐっと力を込めた早月は、バッグを手に取る。そして隣の席の男に声をかけた。

「先ほどは、本当にすみませんでした。ご馳走《ちそう》さまでした」

「……ああ」

にぎわう店内を通り、会計を済ませて、外に出る。

三月上旬のこの時季、北国であるここはまだ道の端に雪が残っている。氷点下まで下がった気温が肌を刺すようだったが、酒で火照った頬には心地よく、白い息を吐いた早月は星がきらめく藍色の空を見上げた。

（涼しくて気持ちいい。……ふらつきが治まるまで、ちょっと休んでいこう）

歩道の脇には一定の距離でベンチが設置されていて、早月はそのひとつに腰を下ろす。

先ほどの自分の失態が頭をよぎり、気分がずんと落ち込んだ。こんなふうに一人で飲みに行くことはときおりあったが、いつも泥酔しない程度で切り上げて帰宅しており、人に迷惑をかけた経験はない。

酒に限らず、早月はこれまでの人生を堅実に生きてきた。「真面目すぎる」と評される性格は、自信のなさの裏返しだ。失敗したくないからこそ、用心深い。だからたまに躓《つまず》くと、いつまでも気にしてくよくよしてしまう。

早月はベンチに座ったまま、通りを眺める。道行く人々は誰もが寒そうにしているものの、皆笑顔で楽しそうだ。それをぼんやりと眺めているうち、次第に瞼《まぶた》が重くなってきた。

（ああ、駄目……こんなところで寝ちゃいけないのに）

すぐ傍に客待ちのタクシーが停まっているのだから、早くそれに乗り込んで帰ればいい。そう思うのに身体は動かず、目を開けているのがどんどんつらくなってくる。

（五分だけ……五分だけここで休んだら、帰ろう）

しばらく頑張っていたものの、ついに睡魔に負けた早月は、そう考えて瞼を閉じる。自分に眠ることを許した途端、一気に意識が遠のいた。

バッグを持っていた手が、力なく膝に落ちる。人が行き交う歩道の片隅で、ベンチにもたれた早月は、そのまま深く眠り込んでしまった。

＊　＊　＊

週末とあって盛況な客入りの店内は、ざわめきに満ちている。

カウンターの真ん中の席に腰掛けた大河内貴哉《おおこうちたかや》は、ウォッカのグラスを口に運びつつ、店員が片づけ始めた隣の席に視線を向けた。

（歩くとき、ふらついてたけど……あの女、ちゃんと帰れたのかな）

――つい先ほど帰って行った女は、大河内より若干年下に見えた。

仕事帰りらしくスーツ姿だった彼女は、大河内が来店したすぐあとに現れ、かなりのペースでワインを飲んでいた。隣でそれを見ていた大河内は内心「大丈夫なのか」と考えたものの、知り合いではないため、あえて声はかけずにいた。

ときおりため息をつきながら飲み続けていた女は、一時間ほどが経った頃、ふいにこちらのグラスに手を掛けてきて、大河内は驚いた。

そして彼女は止める間もなく、中身を一気に飲み干してしまった。

（普通は味ですぐ気づくと思うけど……まあ、それだけ酔ってたってことか）

女は慌てて「すみません！」と謝ってきたものの、その恐縮ぶりは見ていて気の毒になるほどだった。

大河内が飲んでいた酒はアルコール度数が四十度で、一気飲みするようなものではない。危険だと判断した大河内は水をオーダーしてやり、それをおとなしく飲んだ彼女は、つい先ほど非礼を詫《わ》びて帰って行った。

テーブルには女が最後に頼んだスパークリングワインが、手つかずの状態で残っている。グラスの中でシュワシュワとした小さな泡が弾けるのが、照明に透けて見えた。

店員がカウンター越しにそれを下げるのを眺めていた大河内は、手の中のウォッカを飲み干し、グラスを置く。時計を見ると、時刻は午後九時半だった。

（明日も仕事だし、俺もそろそろ帰ろう）

大河内は上着を手に立ち上がり、レジで会計を済ませる。

店の外に出た途端、冷えた夜気が全身を包み込んだ。白い息を吐きつつ駅に向かって歩き出した大河内は、ふと前方にあるベンチの前で、二人の若い男が座る女性を囲んでいるのに気づいた。

「お姉さん、一人なの？　こんなところで寝てたら風邪ひくよー」

「俺らと一緒にあったかいところに行こうよ、ねっ？」

どうやらベンチに座る女性は、眠っているらしい。声をかけている男たちに下心があるのは明らかで、彼らの隙間からベンチにいる人物の顔を見た大河内は困惑した。

（……マジか）

――そこにいるのは、先ほど店で言葉を交わした女だ。

話したのはほんの二、三言で、大河内は彼女の名前すら知らない。女はぐっすり眠り込んでおり、このまま放置すればよからぬ展開になるのは目に見えていた。

大河内の視線の先で、男の片方が彼女の肩をつかんで軽く揺すり、反応がないのを確かめる。彼らは目を見合わせ、それぞれ女の身体とバッグに手を掛けた。大河内は二人の背後に歩み寄り、口を開いた。

「――おい、それ、俺の連れなんだけど」

「えっ」

男たちが振り向き、大河内の姿を見て一瞬たじろいだ様子を見せる。だがこちらが一人だと知ると、薄ら笑いを浮かべて言った。

「下手な嘘《うそ》つくなよ。俺らが先に声かけたんだから、部外者はあっち行け」

「そうそう。かっこつけてると怪我するよー？　お兄さん」

せせら笑う彼らの言葉に動じず、大河内は淡々と問いかける。

「意識のない人間のバッグに手を掛けて、どうするつもりだった？　ああ、今から警察を呼ぶから、そっちに説明しろ」

大河内はスマートフォンを取り出し、警察に電話しようとする。途端に男たちは狼狽《ろうばい》し、道行く人々の好奇の視線が自分たちに向いているのに気づくと、舌打ちして言った。

「……っ、行くぞ」

二人が悔しそうな顔で立ち去っていき、大河内は小さく息をつく。

見下ろした女は、ベンチに背を預けて眠りこけていた。大河内は顔をしかめ、彼女の肩をつかんでその身体を揺さぶる。

「おい、起きろ」

「……ん……あれ？」

ぼんやりと目を開けた女は大河内の顔を見つめ、「さっきのお店の……」とつぶやく。

大河内は呆《あき》れながら言った。

「こんなところで寝てんじゃねーよ。あんた今、性質《たち》の悪い奴らに襲われかけてたぞ」

「えっ？」

彼女は大河内の言葉を理解するのに若干の時間を要したものの、じわじわと表情を改めていく。そして戸惑った様子で頭を下げた。

「す、すみません。お店を出たらふらついて、ちょっと休もうと思っていたら――つい」

「そりゃあんなハイペースで飲んでたら、フラフラして当たり前だ。とっととタクシーに乗って、家に帰って寝ろ。じゃあな」

言い捨てた大河内は、駅に向かって歩き出す。しかし数歩歩いたところで、背後から「あのっ！」という声が響き、足を止めた。

振り返ると、ベンチから立ち上がった女がこちらを見ていた。

「助けていただいて、ありがとうございました。お礼と言っては何ですけど、どこかのお店でわたしに奢《おご》らせてくれませんか？」

「……は？」

突然の申し出に、大河内は面食らう。彼女はこちらに歩み寄り、大河内を見上げて言った。

「さっき勝手に飲んでしまった分も、結局弁償できていないですし。どうしてもお礼がしたいんです。だからお願いします！」


——どうしてこんなことになっているのだろう、と大河内は考える。

「もうね、とにかく仕事一色で、プライベートの時間が圧倒的に少ないんです。今日はたまたま早く帰れたんですけど、普段は家にいる時間って、ほぼ寝るときだけですから」

目の前に座った女は、そう言ってノンアルコールカクテルのグラスをぐいっとあおる。

道端で目を覚ました女が「お礼に奢らせてください！」と言い出し、先ほどの店からさほど離れていないところにあるショットバーまでやって来たのは、十五分ほど前の話だ。

突然そんなことを言われて正直面倒だと感じたものの、目の前の彼女の眼差しは切実で、気づけば大河内はその申し出を了承していた。

「ずいぶんハードな仕事をしてるんだな。営業か何かか？」

奢ると言いつつ盛大に愚痴を漏らす女に、大河内はそう水を向けてやる。すると彼女が頷いた。

「そうです。うちは最初から最後まで一貫して一人の人間が顧客を担当する上、同時進行でいくつか案件を抱えているので、事務作業も含めると本当に忙しいんです。それに仕事の課程でいろいろな部署のスタッフが絡んでくる都合上、人間関係の摩擦なんかもありますし。チーフだから後輩のサポートも業務のうちで、気の休まるときがなくて」

最初の店で言葉を交わしたとき、女は生真面目な印象だったが、今はひどく饒舌《じょうぜつ》だ。その原因はおそらく一気飲みしたウォッカのせいだと思われ、大河内は内心ため息をつく。

ふと視線を感じて顔を上げると、女がじっとこちらを見つめていた。その眼差しの強さにたじろぐ大河内に、彼女が問いかけてくる。

「そちらは一体、どんな仕事をされてるんですか？」

「俺は……まあ、接客業みたいなもんかな」

大河内の濁した答えに、女は目を丸くする。

「何だか意外です。こう言っては何ですけど、あんまりそういったイメージじゃないので」

「接客っつっても、別に愛嬌《あいきょう》をふりまいたり、物を売りつけたりするもんでもないからな。至って事務的に、淡々と説明するだけだ」

女は大河内の職業がまったく読めないらしく、首をかしげている。

大河内のほうも、彼女の職業の見当がつかずにいた。服装はきっちりとしたスーツで華美なところはなく、言葉遣いがきれいだ。どうやらたくさんの人間が関わる仕事をしているらしいが、営業といっても多種多様で、どんな業界なのかよくわからない。

やがて女が「あ、わかった！」と言って顔を上げる。キラキラと目を輝かせた彼女は、大河内を見つめて言った。

「公務員じゃないですか？　ほら、役所の窓口にいる人。あれもいろいろな説明をしますし、接客業みたいなものですよね？」

「…………」

「駄目ですよー、もっと愛想よくしなくちゃ。確かに物を売ったりするわけじゃないですけど、笑顔を見せるだけで相手はホッとするんですから」

ニコニコと笑いながらそう断定され、公務員ではない大河内は何と答えようか悩む。女は酔いのせいか楽しそうに笑い、言葉を続けた。

「でもあんまり表情は変わらないですけど、あなたが優しい人なのは、何となくわかります。さっきもお店でわたしを心配してくれてましたし、外で他の人に絡まれそうになっていたのも助けてくれましたし」

女は「はい、あーん」と言って、ドライフルーツを大河内の口に押し込んでくる。

その様子は天真爛漫《てんしんらんまん》に見え、大河内は毒気を抜かれた。互いの名前も職業も明かさないままだったものの、彼女とは会話が弾み、酔ってニコニコしているのを可愛いと思う。

やがて四十分ほど経った頃、女が酒気を帯びた顔で気だるげに息をついた。最初はノンアルコールのカクテルを飲ませていたはずなのに、気づけば彼女は勝手にアルコールをオーダーしており、酔いが醒めるどころか今はこの店を訪れたときと同じくらいに酩酊している。

腕時計で確認すると、時刻は午後十時半だ。少し考えた大河内は自分のバーボンのグラスをあおり、さらりと切り出した。

「――で、どうする、このあと」

「えっ？」

「せっかくだし、一発ヤっとくか？」

＊　　＊　　＊

シティホテルのバスルームは明るく、アメニティも充実している。シャワーを浴びながら、早月はふわふわとした酔いを感じていた。

（勢いでここまで来ちゃったけど……わたし、何やってるんだろ）

先ほど男から突然「一発ヤっとくか」と誘われたとき、早月は心底驚いた。

相手は今日知り合ったばかりの、名前も知らない男だ。しかし最初に飲んだ店でこちらに水をオーダーしてくれたことや、外で眠ってしまったのを助けてくれたことなど、悪い人間ではないのはその行動から伝わってくる。

（それに――）

あまり愛想がいいとはいえないものの、話してみると彼は決して無口ではなく、会話が弾んだ。立ち居振る舞いに粗野な部分は見られず、誘ってきたときもごくあっさりしていて、無理やり早月をどうこうしようとする気配はなかった。

だから、驚きつつも頷いてしまったのかもしれない。何より飲んでいる最中、早月は彼の整った顔や筋張った腕、色気のある首筋などが気になって仕方なかった。

（話の中で、三年間彼氏がいないこととかペラペラ喋《しゃべ》っちゃってたし。……もしかしてわたし、物欲しそうな顔をしてた？）

だとしたら、ものすごく恥ずかしい。しかし酒で酩酊している頭には、「別にいいや」という楽観的な考えもあった。

（たまにはこういう羽目をはずしたっていいよね。……誰に迷惑をかけるわけでもないんだから）

臆病で用心深い早月は、これまで行きずりの関係を結んだことは一度もない。だがたまにしか飲まない酒は、理性の箍《たが》をはずしていた。

バスルームから出て手近にあったガウンを羽織って部屋に戻ると、ベッドに腰掛けてリモコンを手にテレビを見ていた男が立ち上がった。

「……俺も風呂行ってくる」

いきなり事に及ぶとは思っていなかったものの、早月は何となく肩透かしを食らう。やがてバスルームからシャワーの水音が聞こえてきて、ぼんやりそれを聞いているうち、トロトロとした眠気がこみ上げてきた。

パタリとベッドに倒れ込んでみると、適度なスプリングが柔らかく身体を受け止める。

（ラブホテルとは違って、さすがに寝心地がいいな……）

そんなことを考えているうち、いつしか眠りに落ちていたらしい。

ふとベッドが沈む感触で目を開けた早月は、間近で男がこちらを見下ろしているのに気づき、ドキリとした。

「あ……」

「よく寝る女だな。危機感がないんだか、神経が太いんだか。もし俺が、あんたの金を奪って逃げるような奴だったらどうするんだよ」

「す、すみません」

男の呆れた口調に、早月はじわじわと恥ずかしさをおぼえる。それと同時に、近い身体の距離に気づき、にわかに緊張が高まった。

彼は早月と同じガウンを着ていて、緩んだ合わせから胸元が大胆に覗《のぞ》いている。男が腕を伸ばし、早月の頬に乱れかかる髪を指先で払った。

触れられた瞬間に身体が過剰なほどビクリと震え、早月はそんな自分に動揺する。怯《おび》えているのを相手に悟られないよう、わざと大きな声を上げた。

「あっ、あの！」

「ん？」

「この部屋って、禁煙ルームなんですね。煙草、吸わないんですか？」

先ほど行った二軒の店でも、男は煙草を吸っていなかったと思う。そんな早月の問いかけに彼はわずかに眉を上げ、すぐに顔をしかめて答えた。

「煙草は百害あって、一利なしだからな。口腔《こうくう》ガンや歯肉ガンのリスクが高まるし、吸う本数が増えれば、歯が黄ばんだり黒いヤニ汚れが付く」

思いのほか詳細な返答をされて、早月は驚いて目の前の男をまじまじと見つめる。そんな視線に気づいた彼がふっと笑い、早月を見下ろして言った。

「――まあ、要するに俺は喫煙者じゃないってことだ。で、どうする？　まだ雑談がしたいなら、つきあってやってもいいけど」

「そ、そんなわけじゃ……」

「なら、そろそろするか」

ゆっくりと覆い被さってきた男が、早月のこめかみに唇を落とす。思わず息を詰めた瞬間、間近で彼の眼差しに合い、かあっと顔が赤らんだ。

「あ、……っ」

男の手のひらがガウン越しに胸のふくらみに触れ、やんわりと握り込んでくる。彼の唇が耳元、そして首筋をなぞってきて、ゾクゾクとした感覚に早月は首をすくめた。

「っ……」

胸の内に渦巻く妙な罪悪感と高揚は、行きずりの人物が相手という状況がもたらしているのだろうか。

心臓がドクドクと速い鼓動を刻み、今にも口から飛び出てきそうな感覚に呼吸が震える。ぎゅっと目を瞑《つぶ》った早月を見下ろして、男が笑った。

「心臓、すっげーバクバクしてる。緊張してるか？」

「す、少し……」

早月が正直に答えると、男は表情を緩め、大きな手でなだめるように早月の頬を撫《な》でてくる。そして唇で額に触れ、髪に鼻先を埋めながら、落ち着いた声でささやいた。

「別に変なやり方をしようとは思ってない。嫌なら嫌って、途中で言ってくれていいから」

思いのほか親密で優しいしぐさに、早月の胸が高鳴る。

それから早月は、男の唇と手のひらに乱された。強引さはなく、ゆるゆると快感を高める動きにはどこか気遣いがあり、早月はやるせなさをおぼえながら身をよじる。

「は……っ」

胸をつかんで先端を吸われ、緩慢な快楽に身体が跳ねた。

乳暈《にゅううん》を繰り返し舐《な》める舌先は濡《ぬ》れて柔らかく、ときおり押し潰したり、吸い上げる動きにじっとしていられなくなる。久しぶりの行為に初めはガチガチに緊張していたものの、性急ではない男の触れ方に次第に溶かされつつあった。

早月は息を乱しながら手を伸ばし、そっと彼の髪に触れてみる。

（あ、意外に柔らかい……）

男はチラリと視線を上げたものの、早月を制止することなく好きにさせる。

胸のふくらみに音を立ててキスをした彼は、脇腹から臍《へそ》を唇で辿《たど》り、やがて下着越しに脚の間に触れてきた。

「あ……っ」

下着は既に溢《あふ》れ出た愛液でじんわりと湿っていて、早月は顔を赤らめる。割れ目を布越しに撫でた男が、下着の中に手を入れてきた。

「……っ、ん……っ」

指で合わせをなぞられた途端、かすかに粘度のある水音が立ち、早月は顔から火が出る思いできつく目を閉じる。

溢れ出た蜜を塗り広げるように動いた指はときおり敏感な花芯に触れ、ビクッと太ももが引き攣《つ》った。彼は蜜口から指を挿入しつつ身を屈め、早月の耳元でささやく。

「……すっげー、濡れてる」

「あっ！」

指を挿れながら耳の中を舐められて、早月は思わず声を上げる。

濡れた隘路《あいろ》は難なく男の指をのみ込み、ぎゅっと締めつけた。そのままゆるゆると行き来され、早月は彼の二の腕を強くつかむ。

「ぁっ……はっ、ん……っ……」

溢れ出たぬめりが潤滑剤となって、痛みはない。しかし挿れる指を増やされた途端、中がほんの少し窮屈さをおぼえた。男の指は長く、奥の感じやすい部分をぐっと押してきて、高い声が出る。

「っ、ぁ……っ！」

「中、きついな。三年ぶりだっけ、なら一回達っとくか」

「あっ、や……っ」

触れられれば思わず反応してしまうところを、男の指が的確に抉《えぐ》ってくる。彼が中を掻《か》き回すたび、愛液が耳を覆いたくなるような淫らな水音を立てた。

身体の奥にじりじりと快感がわだかまっていき、早月は息を乱す。粘度のある水音も、抑えようとしても漏れる自分の声も恥ずかしくてたまらなかったが、止めようがない。

やがて男の指がひときわ強く奥を抉り、早月はビクリと背をのけぞらせて達した。

「っ、あ……っ！」

頭が真っ白になるほどの快感が弾け、一気に身体が弛緩《しかん》した。

ぐったりする早月の体内から指を引き抜いた男が、ベッドを軋《きし》ませつつ上体を起こす。早月の下着を脱がせた彼は自分のガウンの腰紐《こしひも》を解き、避妊具のパッケージを破った。

薄闇の中に浮かび上がる男の身体は、均整が取れていて無駄なところがない。ぼんやりと見つめているうち、彼が早月の膝に手を掛け、脚を開かせながら屹立《きつりつ》をあてがってきた。

「……っ、ん……っ」

ゆっくりと中に入ってこられ、早月はきつく眉を寄せる。硬く重量感のあるものが内襞《うちひだ》を擦る感触に肌が粟立《あわだ》ち、圧迫感で息が上がった。

「は……」

根元まで自身を押し込んだ男が、熱っぽい吐息を漏らす。それが思いがけず色めいて聞こえ、早月はじわりと体温が上がる気がした。

彼は早月を気遣ってか、すぐに動こうとしない。一度奥まで挿れた自身を半ばほどまで引き抜き、圧迫感が和らいだ早月は、詰めていた呼吸を緩める。そのタイミングで再度奥まで押し込まれ、声が出た。

「んぁっ！」

何度かその動きを繰り返したあと、男が上体を屈めてくる。早月の膝を押した彼は、体重を掛けてぐっと深いところを穿《うが》ってきた。

「うっ……ん……っ……ぁっ……！」

緩やかな律動で揺らされるたび、喘《あえ》ぎ声が喉奥から押し出されてくる。挿れられた大きさが馴染《なじ》むにつれて苦しさは和らぎ、代わりに甘ったるい快感がじわじわと身体の奥からこみ上げてきた。

（あ……どうしよう、こんな……）

内襞を擦られるのが気持ちよく、奥まで挿れられると充足をおぼえる。彼を受け入れたところがどんどん潤みを増して、中がビクビクとわななくのがつぶさにわかった。

早月が感じているのが反応でわかるのか、男が徐々に遠慮のない動きで深いところを突き上げてくる。どちらかといえば表情に乏しいのに、見下ろしてくる彼の眼差しにはかすかな熱があり、早月は次第に彼からもたらされる快感に夢中になった。

今日初めて会った人間とこんなふうに抱き合っていることが、ふと不思議になる。だが嫌悪感はなく、慕わしさに似た気持ちがこみ上げて、早月は腕を伸ばして男の首を引き寄せた。

彼が抗わず、身を屈めてくる。間近で視線が絡み合い、気づけばどちらからともなく唇を寄せていた。

「は……っ」

押し入ってきた舌を感じた瞬間、濡れて柔らかい感触に早月はゾクゾクした。ぬるい粘膜を絡ませ、吐息を交ぜる。相変わらず体内を穿つ屹立は硬く熱く、眩暈《めまい》がするほどの愉悦をもたらしていて、思わずきゅうっと中を締めつけてしまった。

「……っ、それヤバい、達《は》きそ」

男のささやく声が熱を孕んでいて、じんわりと体温が上がる。早月は彼を抱きしめる腕に力を込めて言った。

「達って、いいから……、っ、ぁっ……！」

途端に動きを激しくされ、早月は高い声を上げる。

少し荒っぽく突き入れられるものが感じてたまらないところを何度も抉り、鮮烈な快感に息が止まりそうになった。切れ切れに上げる声が次第に切羽詰まった響きを帯びて、早月は必死に彼の腕をつかむ。

「ぁ、や、待っ……！」

「——悪い、もう達く」

男の吐息交じりの声、荒い息、そして少し汗ばんだ肌の感触に煽《あお》られる。

やがてひときわ奥を突き上げられた瞬間、一気に快感が弾けた。頭が真っ白になった早月は息を詰め、ただ目の前の硬い身体にきつくしがみつくことしかできなかった。

＊　　＊　　＊

湯気が立ち込めるバスルームの中、シャワーのコックを止める。

脱衣所に出て身体を拭いた大河内は、上半身裸のまま濡れた髪をドライヤーで乾かす。

全身に纏《まと》いつくような疲労があり、気だるい充実感をおぼえていた。

（地下鉄の終電に、ギリで間に合うかな……。もし逃したら、タクシーで帰るしかないか）

明日は土曜だが、朝の九時から仕事だ。職場が自宅と繋《つな》がっているために通勤時間はないものの、それなりに神経を使う仕事のため、睡眠時間はできるだけ確保したい。

脱衣所から出た大河内は、部屋に戻る。明かりを絞った室内ではベッドがこんもりと盛り上がっていて、そこで女がスヤスヤと寝息を立てていた。

上掛けからはみ出た裸の肩は細く、乱れた髪が頬に掛かっている。ぐっすりと眠り込むその姿を、大河内は半ば呆れながら見下ろした。

(……ほんと、よく寝る女だな)

成り行きで一緒に飲んだ女を誘ってみたことに、別段深い意図があったわけではない。もし断られるならそれで構わないという程度の、軽い気持ちだった。

しかし彼女はびっくりした顔を見せながらも、こちらの誘いに応じた。店を出た大河内は女を伴って手近なシティホテルに入り、今に至る。

ここ三年ほど彼氏がいないという彼女は物慣れない様子で、ベッドの中でのぎこちない反応は庇護欲《ひごよく》をそそった。身体の相性はかなり良く、思いがけず熱のこもったひとときだった。

(……そういえば俺ら、名前も知らないのか)

あえて深い話をしなかった理由は、飲んでいるあいだに芽生えた暗黙の了解のせいだ。世間話をしながらも職業や名前をはっきり聞かず、互いに今日限りの行きずりの相手だと確認しながら言葉を交わしているような、そんな空気があった。

だとすればこちらから素性を聞いたりするのは、きっと迷惑だろう。大河内は眠る女に声をかけた。

「――おい、俺は先に帰るからな」

大河内の呼びかけに、彼女がピクリと眉を動かす。

てっきり目を覚ますのかと思いきや、女がむずかる子どもに似た様子でモゾモゾと姿勢を変え出した。やがてしっくりくる体勢を見つけたのか、枕に頬を擦りつけた彼女は、気持ちよさげな息をつく。そしてそのまま、深く眠り込んでしまった。

「…………」

眠る表情は無邪気そのもので、ひどく子どもっぽく見える。パッと見のきちんとしたOL風の雰囲気とはギャップがあり、見つめていた大河内は思わず噴き出した。

（……色気ねえな。子どもかよ）

もし今彼女が目を覚ましたら、大河内は名前と連絡先を聞こうと思っていた。

今夜限りではなく、今後も会えたら――そんな気持ちを抱いていたものの、あまりにも気持ちよさそうな寝顔を見ると起こすのが忍びなく、大河内は「仕方ないか」と考える。

（欲張るとろくなことにはならない。……だからもう、帰ろう）

上手く繋がらない縁は、そこまでということだ。そもそも大河内は恋愛に積極的ではなく、むしろ後ろ向きと言っていいくらいで、生活の中でまったく重要ではない。

眠る女を見下ろし、大河内は彼女の髪にそっと触れた。柔らかな髪をすくい上げ、指先から零れ落ちる感触を堪能したあと、踵《きびす》を返す。

そして上着を手に取り、無言で部屋をあとにした。

第1章

ノーステンタルクリニックは、最寄駅から徒歩一分、地下鉄に乗れば十分ほどで市の中心部に出られる好立地にある。

　市街地に近いわりに周辺は閑静な住宅街で、クリニックは住宅に併設され、スタイリッシュで近代的な建物だ。朝の七時半、大河内貴哉は二階の自室のドアがノックされる音で目を覚ました。

「貴哉ー、もう七時半過ぎるわよ、まだ寝てるの？」

「…………」

「入るわよ」

　ドアを開けて入ってきたのは、母親の朋子《ともこ》だ。彼女はベッドで眠り込んでいる大河内を見下ろし、呆《あき》れたように言った。

「さっさと起きて、朝ご飯を食べてちょうだい。片づかないじゃないの」

「…………」

「昨夜は一体何時に帰ってきたの？　お酒臭かったりしたら患者さんからクレームが入る

けど、大丈夫なんでしょうね」

　ボサボサ頭で寝乱れた姿の大河内は、うっそりと目を開ける。

　昨夜家に帰ってきたのは、深夜十二時半を過ぎていた。今日は土曜だが、実家が営む歯科クリニックは朝の九時から昼十二時半まで開けている。院長である父親が椎間板ヘルニアで療養中の現在、クリニックの唯一の歯科医である大河内は、一人で診療を行わなければならない。

　大河内は起き上がり、Tシャツの下に手を入れて腹を掻《か》きながら答えた。

「そんなに酒の臭いがするほど飲んでねーよ」

「そう、ならいいけど。ところであなた、明日は何も予定を入れないでね」

「何で」

「お見合いだからよ」

　母親の言葉に驚いた大河内は、目を見開いて彼女を見上げる。

「……は？」

「義人《よしと》兄さんのところからきたお話でね。何でも先輩に当たる方のお嬢さんに誰かいい人を探していて、あなたに白羽の矢が立ったんですって」

　大河内は顔をしかめて答えた。

「何で勝手にそんな……伯父さんのところには、賢人《けんと》がいるだろ。あいつだって結婚してないんだし、まずは自分の息子を何とかしたほうが」

上原《うえはら》賢人は、大河内の母方の従兄弟だ。同い年で家が近いこともあり、昔から兄弟のように親しくしている。

大河内の言葉を聞いた朋子が、「それがね」と答えた。

「兄さんも最初は賢人くんでどうかって考えたそうなんだけど、あの子はサラリーマンでしょ。でも甥《おい》のあなたが歯科クリニックの跡取り息子だってポロッと漏らしたら、あちらさんがぜひ会ってみたいって」

朋子いわく、伯父の義人に見合い話を振ってきた人物は、学生時代の先輩なのだという。相手は大学教授、伯父は民間企業の部長と職業は違うものの、かつての上下関係からいまだに頭が上がらないらしい。大河内は渋面で言った。

「俺は結婚する気はないから、会うだけ時間の無駄だ。適当に断っとけよ」

「あら、駄目よ。兄さんの会社がその方の研究室と共同研究をしている関係上、どうしても無下にはできない相手なんですって。あなたの話をしたら本当に乗り気でね、まずは形式張らずに会ってみないかっていう話になったみたい」

――こちらの意思確認もせずに、勝手なことをしてくれる。そう考え、大河内は苦々しい気持ちになった。

正式な見合いではないというが、こんなにギリギリのタイミングで話を切り出してきた朋子は、断らせるつもりのない確信犯だ。苦虫を嚙《か》み潰したような顔になる大河内を見下ろし、朋子が「ねえ」と問いかけてくる。

「確認しておきたいんだけど、あなた今、おつきあいしてる人はいないわよね？　例えばクリニックの歯科衛生士の子と、いい感じになってるとか」

「職場の人間に、手を出す気はない。いろいろ面倒臭いし」

クリニックには、現在三人の歯科衛生士がいる。

一人は五十代、残る二人は若い女性だが、狭い職場に色恋を持ち込めば他の人間が仕事をしづらくなるのは充分に予想ができる。そのため、仕事中の大河内はあえて淡々と振舞い、必要以上に彼女たちと馴《な》れ合わないようにしていた。

大河内の答えに朋子は安堵《あんど》の表情を浮かべたものの、すぐに気掛かりそうに言った。

「あなたが特定の子とつきあわないのって、やっぱり前のことが原因なの？　ほら、うちに連れてきた矢先にあんな――」

「別に。関係ない」

朋子の言葉を遮り、大河内はため息をついてベッドから下りる。そのままシャワーを浴びに行こうとすると、彼女が呼び止めてきた。

「明日、朝の十時に市内のホテルで顔合わせよ。頼むからドタキャンはしないでちょうだいね」

「…………」

「とにかく会ってくれるだけでいいの。そうすれば兄さんの面子は保たれるんだから、ね？」

朋子の強引さに屈する形で、翌日の日曜、大河内はスーツ姿で市の中心部にあるホテルにいた。エントランスからロビーに入ると、既に到着していた伯父夫婦、そして見合い相手の女性とその両親がいる。

「初めまして、大河内と申します」

大河内の父親の挨拶に、相手方の恰幅《かっぷく》のいい男性が頭を下げる。

「本日はお越しいただき、ありがとうございます。河合と申します」

両親たちが挨拶を交わす中、小柄な女性がこちらを見つめているのに気づき、大河内はチラリと彼女に視線を向ける。

コートを脱いで片方の手に掛けているその女性は、淡いベージュのシフォンブラウスに白のフレアスカートを合わせせた、フェミニンなスタイルだ。スカートのふんわりしたシルエットが上品さを漂わせ、華奢《きゃしゃ》なデザインのネックレスやナチュラルなメイクが、控えめな華やかさをプラスしている。

顔立ちは整って愛らしく、パッチリとした大きな目や透明感のある肌が、可憐《かれん》さを醸し出していた。ほんのり栗色《くりいろ》の髪が肩口で優雅にカールし、おそらく誰が見ても「可愛い」と思う容姿だろう。

大河内と目が合うと、彼女はニコッと笑う。そこで伯父が「では、ティーラウンジのほうに移動しましょうか」と一行を促した。

やがてお茶が運ばれてきて、ウェイターが去ったタイミングで、伯父が女性を紹介する。

「こちらは河合彩佳さん。現在二十五歳で、この近くのホテルでウェディングプランナーをされているそうだよ」

「初めまして、河合彩佳です」

彼女が微笑んで挨拶してきて、大河内は答える。

「……大河内貴哉です」

「大河内くんは、歯科医をなさっているとか。何年目になられるのかな」

「六年目になります」

大学教授だという彩佳の父親は、にこやかに話しかけてきた。

「歯科医の国家試験は、近年合格率が下がって狭き門だそうだね。ストレートで合格されて？」

「はい」

世間話を装いつつこちらの素性を探る質問をされ、大河内はなるべくうんざりした表情を出さないよう、淡々と答える。

大河内の隣に座った朋子が、微笑んで彩佳に話しかけた。

「ウェディングプランナーのお仕事をなさっているなんて、きっと華やかな業界なんでしょうね。普段はどのようなことをなさっているの？」

「うちの会社は最初の接客からお式のプランニング、当日のオペレーションまで、一貫して一人の人間が担当するんです。最近はハウスウェディングや海外のお式も人気ですけど、私はホテルのブライダルサロンで、お客さまのニーズに合ったプランのご提案をさせていただいています」

一貫して一人の人間が客を担当する——というフレーズに聞き覚えがある気がして、大河内はふと引っかかりをおぼえる。

（……どこで聞いたんだったかな）

考えたが、よく思い出せない。

普段仕事で接客しているだけあって彩佳はニコニコと愛想がよく、朋子は彼女を気に入ったようだった。片や大河内の父親の直樹《なおき》は伯父や彩佳の父親と三人で盛り上がっており、そんな中で大河内がぼんやりと考え事をしていると、隣の朋子にこっそり脇腹を小突かれる。

大河内は自分が呼ばれていたことに気づき、顔を上げた。

「はい？」

「大河内さんは歯科医として、毎日ご多忙でいらっしゃるんでしょう？　やはり結婚したら、奥さんには家庭に入ってほしいとお考えなのかしら」

彩佳の母親にそう突っ込んだ問いかけをされ、大河内は一瞬答えに窮する。

彩佳が興味津々な眼差しで、こちらを見ていた。大河内は軽く咳払《せきばら》いして答えた。

「あー……もし相手が仕事を続けたいと思っているなら、無理に家庭に収まってほしいとは考えていません。現在の仕事にやりがいを感じているならなおさら、納得いくまで続けたほうがいいかと」

「まあ、そう。今どきでいらっしゃるのねえ」

彩佳とその母親は顔を見合わせ、微笑み合っている。

それから一時間ほど、互いの学生時代の話や、彩佳がしてきた習い事などについて語り合った。やがて伯父が「そろそろ」と終了を促し、場がお開きになる。

「今日はお会いできて、本当によかった。また近いうちにお話したいですね」

彩佳の父親の言葉に、大河内の両親が「こちらこそ」と返事をする。

大河内はようやくこの時間が終わることに、安堵をおぼえていた。ティーラウンジを出たところで、背後から「大河内さん」と呼ばれる。

振り向くと、彩佳がニッコリ笑ってこちらを見ていた。

「大河内さん、背が高いんですね。身長は何センチあるんですか？」

「……一八二センチです」

「ふふっ、すごく大きい。今日は来ていただいて、ありがとうございました。私、大河内さんにまたお会いしてみたいです。今度は両親抜きの、もう少し砕けた感じで」

彩佳は確かに可愛いと思うが、今日の大河内は伯父への義理でこの場に来たにすぎず、まったく心は動かなかった。今後改めて会うつもりもなかったが、今それを口に出すのは野暮だと思い、大河内は曖昧に頷《うなず》くに留める。

　彩佳と伯父夫婦が去って行き、大河内は疲れをおぼえてため息をついた。ホテルの駐車場に向かって歩き出しながら窮屈なネクタイを緩めると、朋子が「早いわよ」と言ってピシャリと腕を叩《たた》いてくる。

「あなたねえ、せっかくこういう場なんだから、もう少し愛想よくしたらどうなのよ。途中でぼーっとしてるし……まあ、ちゃんとした言葉遣いをしていたのは評価するけど」

「まああ、母さん。貴哉、父さんから見るとあの彩佳さん、かなりいいお嬢さんだと思うけどな。どうなんだ、ん？」

　直樹が鷹揚《おうよう》に朋子をなだめ、大河内に話を振ってくる。大河内は車の鍵を開けつつ、にべもなく答えた。

「どうもこうも、今日は伯父さんの顔を立てろって言うから会っただけだ。俺は今後、彼女と会う気はない」

「……そうか」

　父親はどこかがっかりした表情をしたものの、それ以上は何も言わなかった。

　運転席に座った大河内はエンジンをかけ、自宅に向かって車を発進させながら考える。

（ああいう男受けの良さそうな子を前にしても、気持ちが動かないんだから――俺はつくづく恋愛向きじゃないんだろうな）

　そこでふと昨日の女のことを思い出し、大河内は苦く微笑む。

（ちょっと気になる人間がいても、結局名前を聞きそびれてるし。……きっととことん、女に縁がないんだ）

とどのつまりは、今はそういう流れではないということなのだろう。もし先ほどの見合い相手がこちらに何か期待して来たのなら、悪いことをした。そう考え、大河内は思考に一旦区切りをつける。

外はうららかに晴れ渡り、春の訪れを予感させる陽気となっていた。柔らかな日差しに目を細め、大河内はハンドルを緩やかに左に切った。

＊　＊　＊

朝九時に出社して朝礼が済んだあと、早月は大抵夜まで忙しく、暇な時間はない。

仕事は結婚式のプランニングの他、見積もりや進行表の作成、衣裳《いしょう》チェックや各部署のスタッフとの式当日についての打ち合わせ、フェアの立案や準備など、多岐に亘《わた》る。

早月は自分のパソコンを起動させ、今日のスケジュールを確認した。

（午後からシェフと食材のミーティング……フラワーコーディネーターの池上《いけがみ》さんのところにも、顔を出さなきゃいけないのか。三時に佐藤《さとう》さまがいらっしゃるまでに終わらせておかなきゃ）

時刻はあと十五分で九時で、オフィスにはぞくぞくとスタッフが出勤してきている。早月はぼんやりと考えた。

（夜七時からは新規のお客さまとの打ち合わせか。今日も予定がいっぱいだな……）

多忙だが、そのほうがいろいろ考えなくて助かる。

先週末のでき事が頭をよぎり、思わずため息が漏れた。

（わたしの馬鹿。初めて会った人と――あんなことしちゃうなんて）

普段の自分からは、考えられない行動だ。金曜の夜、早月は名前も知らない男と行きずりの関係を結んでしまった。

彼は見た目のクールさからは想像できないほど細やかな気遣いを見せ、早月を抱いた。

行為のあと、早月はぐっすり眠り込んでしまい、朝の六時に目覚めたとき彼の姿は部屋になかった。夢うつつに「おい、俺は先に帰るからな」という声を聞いたような気がするため、おそらく早い段階で帰ってしまったのだろう。

目が覚めて自分がどこにいるかに気づいた早月は、真っ青になった。たまたまあの男が優しかったからよかったものの、一歩間違えば恐ろしい目に遭っていてもおかしくない。

貴重品を取られたり薬物を使われたり、アブノーマルなプレイを強要されることも充分考えられ、何事もなく済んだのは本当にラッキーだった。

男は早月のために朝の六時に目覚ましをセットしてくれていて、仕事に遅れずに済んだ。ホテルの宿泊費の清算も既に済んでおり、何から何まで後手に回った早月は、ただ反省するしかない。

（もうあんな飲み方はやめなきゃ。……もし今回みたいなことがまた起きたら、無事で済む保証なんてないんだもの）

男にお礼を言いたい気持ちがあったが、名前も連絡先も知らない。飲んでいる最中、あえて互いに名乗ろうとしない空気があり、職業すらはっきり聞くことができなかった。

自分を抱く彼の腕、見下ろしてきた眼差し、意外なほど熱っぽかったひとときを思い出すと、じわりと体温が上がる。もうきっと会うことはないのに、心の片隅には慕わしさに似た気持ちがあり、早月を戸惑わせていた。

そのとき背後から突然、明るい声が響く。

「おはようございます、早月さん！　もう、聞いてくださいよー！」

ビクリと肩を揺らして我に返った早月は、声の主を振り返る。そこには後輩の、河合彩佳が立っていた。

「お、おはよう、彩佳ちゃん」

彩佳はテンションの高さを隠そうとはせず、早月を見ている。彼女は早月の隣の自分の椅子に座り、キャスターを滑らせて勢いよくこちらに身を寄せてきた。

「ねえ早月さん、私、昨日お休みをいただいたじゃないですか？」

「うん」

昨日は日曜で、大抵のウェディングプランナーは忙しい日だったが、自分の担当の結婚式がない彩佳は前もって休みを取っていた。おそらく何か用事があるのだろうと考えていたものの、彼女の理由は意外なものだった。

「実は昨日、お見合いをしたんです」

「えっ？」

「正式なものじゃなくて、まあ簡単な顔合わせっていうか。うちの父が、そろそろ私の結婚相手を決めたいみたいで」

彩佳の父親は大学教授をしており、一人娘を溺愛しているという。

二十五歳という彼女の年齢を結婚適齢期と考えたのか、父親は知り合いに声をかけ、見合い相手を見繕ってきたらしい。

「まあ、父の言いなりに結婚するつもりはなくて、一度会えば満足するだろうなと思って了承したんですけど。でもそれが、すっごくタイプの人だったんですよ！」

彩佳の勢いに若干引きつつ、早月は彼女に問いかけた。

「えっと……どんな人なの？」

「三十歳です。歯科医の国家試験にストレートで合格、しかもすっごいイケメンで、背も高いんですー！　もう、会った瞬間に『わ、当たりだ』って思ったくらいですもん」

まったく期待せずに見合いに臨んだ彩佳は、想像以上にクォリティが高かった相手に、思いがけず一目惚《ひとめぼ》れをしてしまったらしい。

彼女は容姿が可愛らしく、かなり女子力が高いタイプだ。肌にも爪にもしっかり手入れが行き届き、いつもニコニコしていて男受けがいい。

（きっとお見合い相手の人も、彩佳ちゃんみたいな子が来て喜んだんじゃないかな……）

これはひょっとすると、トントン拍子に結婚までいくのかもしれない。

早月がそんなことを考えていると、彩佳が急にトーンダウンし、ため息をついた。

「でもね……相手の人は、あんまり乗り気じゃなさそうなんですよね。温度が違うっていうか」

「そうなの？」

「相手が自分に興味を持ってるときって、何となく雰囲気でわかるじゃないですか。でも今回はそんなことはなくて、どっちかっていうと義理で来てるのかなー、みたいな」

「………」

珍しいこともあるものだ。早月は彩佳に誘われて何度か一緒に合コンに参加したが、ほぼすべての会で彼女は男性に一番人気だった。

どうコメントするべきか早月が迷っていると、彩佳が顔を上げ、勢い込んで言った。

「だからね、早月さん。私、早月さんに協力してほしくて」

「えっ、協力？」

「はい。どうしても、どうしてもその相手の人と、関係を進展させたいんです。そのためには第三者の力を借りるのが一番だと思って。だからお願いします！」

第2章

月曜の歯科医院は週明けということもあり、大抵忙しい。ノースデンタルクリニックは基本的に予約制だが、飛び込みの客もできるかぎり受け付けていた。

午後の時間帯、紺色の診療衣《ケーシー》姿の大河内は、立ったままCTの画像を見ている。やがてモニターの前から離れ、診療台の患者の元に戻って声をかけた。

「谷川《たにかわ》さん、先ほどのCTの診断結果ですが、痛みを感じている部分の歯が内部の深い位置で折れていることがわかりました。こちらの画像を見ていただけますか」

診療台を少し起こした大河内は、患者に対し、折れてしまった歯を抜歯しなければならないことを説明する。そして今後の治療方針の提案をした。

「これまでは歯を失ってしまった場合、取り外しのできる義歯を入れるか、隣の歯を削る必要のあるブリッジが一般的でした。しかしその治療を行うと、健康な歯に負担をかけてしまうのは避けられない状況だったんです。そのため、今はインプラントという治療法をお勧めしています」

「インプラント?」

――インプラントとは、チタン製の人工歯根《フィクスチャー》を歯がなくなった部分の骨に埋め込み、欠損した歯根の代わりを作った上で、差し歯の要領で歯を作る治療法だ。

固定性でしっかりと嚙《か》むことができ、違和感がほとんどない。ただし保険適用ができずに費用がかかることや、治療期間が比較的長いこと、外科的な処置を行うために重度の糖尿病などの全身疾患を持つ患者には適用できないなどというデメリットがある。

「骨内にチタン製の人工歯根を埋入したあとは、骨としっかり結合するまで三ヵ月ほど待ちます。その後、人工歯を作成するための連結部《アバットメント》を付け、最後に上から歯を固定するという流れです」

ラミネートした図を使って丁寧に説明した結果、患者は大河内が提案したインプラント治療を選択する。大河内はこのあと折れてしまった歯を抜くことを患者に告げ、歯科衛生士に指示を出してラテックス手袋を交換すると、隣のブースに行った。

「桜井《さくらい》さん、こんにちは。まずはお口の中を見せてください」

午後二時からほぼ休むことなく診療を続け、七時になってようやく一息つく。

最後の患者の治療を終えてマスクをはずした大河内は、パソコンで電子カルテを開き、難しい患者の治療計画を立てていた。やがて診療室の片づけを終えた歯科助手と歯科衛生士たちが、声をかけてくる。

「先生、お先に失礼します」

「はい、お疲れさまでした」

女性スタッフたちが帰って行き、クリニックの中は静まり返る。

午後七時に診療が終わったあとも大河内はすぐに帰宅することはあまりなく、こうして治療計画を立てたり、学会や外部の研究会に参加することが多かった。一時間ほど経った午後八時、クリニックに併設された自宅に戻った大河内を、母親の朋子が迎える。

「お帰りなさい」

「ただいま」

手を洗ってダイニングに行くと、テーブルには温め直した夕食が並び始めている。大河内は椅子に座り、リビングにいる父親の直樹に声をかけた。

「今日、病院に行ったんだろ。腰の具合どうだった？」

「局所麻酔とステロイド剤の注射をしてもらったから、今は痛みはないよ。ただこれ以上長引くようなら、手術を考えたほうがいいかもしれないって」

「……そうか」

直樹の椎間板ヘルニアが悪化し、休業を余儀なくされたのは、半年前だ。大河内は大学卒業後、他の歯科医院で働いていたものの、「どうか戻ってきて、うちのクリニックの患者を診てほしい」と両親に懇願され、退職して実家に戻ってきた。

直樹は病状が良くなればクリニックに復帰する予定でいるが、あまり経過がよくない。一時は起き上がれないほど痛がっていたのを思い出し、大河内はじっと考え込む。

（まあ、あれだけ一日中、立ったり座ったりして患者を診てればな……。俺も腰と背中が

痛いし）

もう六十に手が届こうという年齢で、長く歯科医をやってきた父親なら、その負担はかなりのものだろう。

気づけばテーブルには、豚の生姜《しょうが》焼き、ふろふき大根、きゃべつと鶏胸肉のハニーマスタードサラダに、浅漬けや茄子《なす》と油揚げの味噌汁《みそしる》など、たくさんのおかずが並んでいる。

「いただきます」と言って箸を手に食事を始める大河内の向かいに座り、朋子がニコニコして口を開いた。

「ねえ貴哉、義人兄さんから連絡があったんだけどね、昨日のお見合い、先方はかなりあなたを気に入ってくれたんですって」

「へえ」

「ご夫妻もそうだけど、彩佳さん自身がね。あなたのこと、国家試験にストレート合格するのはすごいとか、落ち着いた雰囲気や思慮深い受け答えが素敵って、ベタ褒めらしいのよ」

たいしたことは喋《しゃべ》っておらず、どちらかというと無難な受け答えだったと思うが、そんなにも褒めることだろうか。

きゅうりの浅漬けを口に放り込みながら大河内がそう考えていると、朋子が「それでね」と言葉を続けた。

「兄さんいわく、先方から『よろしければお話を進めさせていただきたい、自然な形でおつきあいを始められたら』っていう申し出があったそうなの。それで私、『ぜひお願いします』ってお返事しておいたから」

「……っ」

大河内は驚きに目を見開き、慌てて口の中のきゅうりを嚥下《えんげ》する。そして朋子を見て言った。

「おい、何勝手に話を進めてるんだよ。ふざけんな」

「だって彩佳さん、すごくいい子だったでしょう？　可愛いし、ニコニコしてて、おうちも申し分なくて。あんな子がお嫁にきてくれたらご近所にも鼻が高いし、きっと毎日楽しいと思うのよね」

朋子はすっかり「彩佳さんがうちにお嫁にきてくれたら」というドリームに浸っているらしい。

娘がほしかったのに息子一人しか恵まれなかった彼女は、ことさら嫁というものに夢を抱きすぎている。大河内は苛立ちを抑えて口を開いた。

「あのな、そもそもは伯父さんがどうしても断れない相手からきた話で、俺は会うだけでいいっていう前提だったわけだろ。それなのに当事者である俺の意向を無視して勝手に話を進めるのは、ルール違反なんじゃないのか？」

「えー、でも……」

「でもじゃない。彼女と結婚することになるのは母さんじゃなく、俺だ。求めてもいない結婚相手を、何でわざわざ親に決められなきゃなんねーんだよ。過干渉にも程があるだろ」

リビングで話を聞いていた直樹が、やんわりと話に入ってくる。

「さっき奥で電話してたのは、そういう用件だったわけか。母さん、いくら何でもそれは、貴哉が怒っても仕方ないと思うよ」

息子と夫に責められ、朋子はしゅんと肩を落とす。そしてボソボソと言った。

「ごめんなさい……貴哉が彩佳さんのことを悪く言わなかったから、ちょっと後押しをしたら上手くいくんじゃないかって考えて」

「悪く言うほど、相手の中身をよく知らないだけだ。俺に結婚する気はないってことは、最初の段階でちゃんと言ってただろーが」

大河内は深くため息をつく。

朋子は明るく社交的な性格だが、昔から一人息子に対して過保護なところがある。半ば呆《あき》れつつ、大河内はお茶を一口飲んで言った。

「向こうにちゃんと謝って、断っといてくれよ。それから今後はこういう話がきても一切受ける気はないから、伯父さんにそう言っといてくれると助かる」

それで話を終わらせたつもりだった大河内だが、朋子が縋《すが》るような顔つきで言った。

「あなたの気持ちはよくわかったし、今回は私が悪かったと思ってるわ。――ごめんなさい。でも正式に断るのは、もう少し待ってくれないかしら」

「何で」

「だって『お願いします』って言ってお話を進めてもらったのに、いきなり手のひらを返して断るのは、先方に失礼でしょう？　せめて一、二回会ってから『フィーリングが合わない』って断るほうが、角が立たないと思うのよ」

大河内は渋面になって朋子を見る。

「言いたいことはわかるけど、それは母さんの責任だろ」

「ええ、そうよ。でも兄さんは河合さんとの関係上、どうしても失礼な真似はできないっていうの。あなたに負担をかけてしまうのは本当に申し訳ないけど、何度か彩佳さんに会ってもらえないかしら」

「…………」

「今後はあなたの意向を無視して話を進めないし、プライベートに干渉しすぎないって約束するわ。だからお願いします、ね？」

食事を終えて二階の自室に戻った大河内は、デスクのパソコンを起動し、ワークチェアに座ってため息をつく。

朋子の暴走ぶりには、ほとほと参った。なぜあんなにも嫁というものに夢を抱けるのか、大河内にはまったく理解できない。

ふとデスクの上に置きっ放しのスマートフォンのライトが明滅しているのに気づき、大河内は手に取ってディスプレイを見た。きていたのはショートメールで、タイトルは「河合彩佳です」となっている。おそらくお節介な朋子が伯父を介して、勝手に大河内の携帯番号を教えてしまったのだろう。

（いらねーことしやがって……）

舌打ちし、思わず顔をしかめた大河内だったが、つい先ほど朋子から「正式に断る前に、一、二回彩佳に会ってほしい」と頼まれたばかりだ。

メールを開けてみると、内容は突然メールを送る非礼を詫《わ》びる言葉、昨日の見合いのお礼、そして「堅苦しく考えず、互いの友人を交えて何人かで会いませんか」という誘いが書かれていた。

「………」

（どうせ会わなきゃいけなかったんだし……ちょうどいいかな）

わざわざ会う状況をセッティングし、彩佳と顔を合わせるのが面倒だという気持ちが強く心にあったが、一度乗りかかった船なのだから仕方がない。

彩佳に返事を送る前に、大河内は従兄弟の上原賢人に連絡を取った。彼は今回の元凶となった伯父の息子で、整った容姿と社交的な性格のため、飲み会の席では重宝する人物だ。本来見合いは彼が受ければよかったのだから、とばっちりを食らったこちらのために、少しくらい役に立ってもらってもきっと罰は当たらない。

そんな思いで応答を待っていると、四コール目で彼が電話に出た。

『あー、そろそろ電話がくるかなあと思って待ってたんだ。で、どうだった？　お見合い』

「賢人？　俺だ」

　賢人の能天気な声に苦々しい気持ちになりつつ、大河内は答える。

「どうもこうもねーよ。会うだけでいいって言ってたくせに、うちの母親が勝手に話を進めやがって」

　大河内は事の顛末《てんまつ》を説明し、折しも彩佳から「複数で会わないか」という誘いがきていることを告げる。

　賢人を誘うと、彼は二つ返事でＯＫした。

『いいよー、俺もどんな子なのか興味あるしさ。突発的なアクシデントがなければ、明日は夜八時に職場を出られると思う』

「わかった。じゃあ八時半か九時にセッティングできるかどうか、向こうに聞いてみるよ」

＊　＊　＊

　火曜の夜の繁華街は、週末ほどではないがそこそこにぎわっている。

　きらびやかなネオンが輝く中、カラオケや飲食の呼び込みの声を聞きながら目抜き通りを歩いた早月は、彩佳と共に目的のイタリアンダイニングがあるビルへと足を踏み入れた。

　予約していた席に通されたが、同席する予定の相手はまだ来ていない。彩佳が店内を見

さん」

回し、ニコニコとして言った。

「ふうん、いいお店ですね。大河内さんが予約したのかな？　ね、どう思います？　早月さん」

「うーん、どうなんだろうね。わたし、その人を知らないから」

後輩の彩佳から日曜にお見合いしたことを告げられ、「相手との関係を進展させるために、協力してほしい」と言われたのは、昨日の朝だ。

勢いに押されて思わず早月が了承したその日、彩佳は早速見合い相手に連絡を取り、複数人で会う話をまとめた。当初は「見合い相手は、ひょっとするとこちらにあまり興味がないのかもしれない」という不安を抱えていた彩佳だったが、昨日帰宅したあと、「向こうのお母さまから、『ぜひ今後もよろしくお願いします』という返事があった」と父親から聞かされたといい、今日は一日上機嫌だった。

かくして仕事が休みだった今日、早月は彩佳から夜の九時に繁華街まで呼び出され、待ち合わせの店までやって来ていた。

（……せっかくの休みだから、家でゆっくりしたかったのにな）

早月はため息を押し殺す。

早月より二つ年下の彩佳は、明るく屈託のない性格だ。客からの受けもよく、仕事の内容を高く評価されている。

しかし少しでも段取りに不備があったり、任された仕事が面倒な作業だったり、何か失敗しそうな場面に直面すると、途端に彼女は「早月さん、助けてー」と言ってこちらを頼ってくるのが常だった。

　席が隣だというのが一番の理由かもしれないが、早月が頼まれると断れない性分であるのを、上手く利用している節もある。要は適度に手を抜きつつ結果を出すスキルの持ち主であり、早月はそんな彩佳を突き離せないまま日々仕事をしていた。

（一緒に来るの、別にわたしじゃなくてもいいはずなのに……何でわざわざ休みの人間を呼び出すんだろ）

　今日はこちらの都合も聞かず、問答無用で「午後九時に約束しましたから、早月さん、待ち合わせ場所に絶対来てくださいね！」と念を押されてしまった。彩佳にはときおりそうした、無神経な一面が垣間見える。一人娘で昔から蝶《ちょう》よ花よと溺愛されてきたというか、ひょっとすると他人の気持ちに無頓着なところがあるのかもしれない。

（……まあ、きっぱり断れないわたしにも問題があるんだろうけど）

　真面目な性格ゆえに、早月は強く押されると断れない。「相手が困っているのなら」と考え、つい言いなりになってしまう。

　そんなことを考えていると、そわそわと店の入り口を気にしていた彩佳が突然「あっ」と声を上げた。そして彼女は早月の腕をつかみ、興奮気味に言う。

「早月さん、ほら、あの人です！」

「えっ、どれ？」

「あの黒いジャケットの、背の高い人。あっ、連れの人もかっこいい〜。早月さん、今日は超当たりですよ！」

「えっ、えっ？」

やがて早月は、店員に案内されてこちらに来る二人組に気づく。

彩佳の言うとおり背が高く、三十前後に見えるその男性は、もう一人同年代の男性を伴っていた。目に掛かる長さの黒髪、シャープな印象の端正な顔立ちを見つめるうち、早月はじわじわと驚きをおぼえる。

彩佳が立ち上がり、彼に挨拶した。

「こんばんは、大河内さん。今日は来てくださってありがとうございます。こちらは私の職場の先輩の、香坂早月さんです」

席まで来た男は、何気なくこちらに視線を向け、意表を衝かれた様子で目を瞠《みは》る。その表情で、早月は彼が自分の思っていたとおりの人物であることを確信した。

（どうして、この人が……）

――なぜこんなところで、会ってしまうのだろう。

一瞬、周囲のざわめきが遠ざかった気がした。早月は呆然《ぼうぜん》として、数日前に行きずりで一夜を共にした男とテーブル越しに見つめ合っていた。

ざわめきに満ちた店の中、早月は「こんな偶然があるのだろうか」と考える。

「えっ、じゃあ上原さんのお父さんって、一昨日お会いしたあの方なんですか？」

隣に座る彩佳が驚いた顔で問いかけ、連れの男性がにこやかに答える。

「うん、そう。うちの父親と貴哉の母親が兄妹だから、苗字は違うんだけど。でも俺たちは、正真正銘の従兄弟だよ」

彩佳の見合い相手は大河内貴哉という名前で、連れの上原賢人は彼の従兄弟なのだという。血縁関係とはいえ大河内と上原に似たところはあまりなく、タイプは違うがどちらも顔立ちが整っていることだけが、二人の共通点だった。

早月がうつむきがちにグラスを手にしていると、上原が話を振ってくる。

「早月ちゃんは、彩佳ちゃんの先輩なんだっけ。入社何年目？」

「えっ？　ろ、六年目です」

さらりと「ちゃん」付けで呼ばれ、早月は戸惑いつつ返事をする。上原が大河内をチラリと見やって言った。

「じゃあ貴哉と同じだな」

「あれ？　でも大河内さんって、今三十歳ですよね。日曜にお話ししたときも気になってたんですけど、もしかして大学を浪人されたとか？」

彩佳の問いかけに、大河内が淡々と答える。

「いや。歯学部は六年制だから」

「え？　あっ、そっかー。やだ私ったら、うっかりして」

彩佳が恥ずかしそうに頬を染め、上原がニコニコして「可愛いね」と言う。その横で、早月はうつむいて考えに沈んでいた。

（この人の職業、歯医者さんだったんだ。……わたし、公務員なんて勝手に勘違いして）

大河内は自分の仕事を、「接客業のようなもので、別に愛嬌《あいきょう》をふりまいたり、物を売りつけたりするものではない」と語っていた。確かに歯科医なら、至って事務的に患者に説明するだけだろう。

ちなみに上原の仕事は、建材メーカーの営業マンだという。言われてみれば彼は人当たりが良く、話術が巧みで、何かを売り込む職種が向いている気がした。

そこでふと視線を感じ、早月は何気なく顔を上げる。こちらをじっと見ている大河内の眼差しに合い、ドクリと心臓が跳ねた。

（な、何でこっち見てるの……）

彼は表情があまり豊かではなく、パッと見は何を考えているかわからない。

じんわりと嫌な汗をにじませる早月の傍らで、彩佳と上原は話に花を咲かせている。

「彩佳ちゃん、そんなに可愛いんだから、余裕でつきあう相手を見つけられるでしょ。何でお見合いなんかしたの？」

「うちの父、私をすごく溺愛していて、結婚相手はどうしても自分が納得いく人を見つけたいみたいなんです。私は今つきあってる人がいないですし、一度くらいお見合いをしてみるのもいいかなーっていう、軽い気持ちで臨んだんですけど」

　そこで彩佳は大河内を見つめ、ニッコリ笑って言った。

「行ってみたら現れたのが大河内さんで、来てよかったなって思いました。何しろ急な話で、写真や釣書もない状態でしたから、正直あまり期待はしてなかったんです。でも、こんなに素敵な人が来てくれるなんて」

　彩佳の言葉を聞いた大河内が、微妙な表情になる。彼は明確な答えを返さず、彩佳に向かって言った。

「グラス空いてるけど、次は何飲む？」

「あっ、ファジーネーブルでお願いします」

「あんたは？」

　急に話を振られ、早月はどぎまぎして答える。

「ウーロン茶を」

「飲まないの？」

「お、お酒に弱いので……」

　早月のしどろもどろの返答を聞いた大河内が、かすかに眉を上げる。彼は意味深な表情で、ふと笑った。

「……へえ」

　大河内が先日のこちらの酒癖の悪さを揶揄《やゆ》しているのに気づき、早月はじわじわと顔を赤らめた。

平静を装おうとするのに、動揺を抑えられない。このままだと、彩佳や上原に不審に思われてしまう。

そう考えた早月は、急いで席を立って彼らに告げた。

「あのっ、わたし、化粧室に行ってきます！」


明日は全員仕事ということもあり、飲み会は二時間ほどでお開きとなった。

午後十一時過ぎ、ビルの外に出たところで、彩佳が笑顔で振り返る。

「今日はすっごく楽しかったです。また近いうちにこの四人で会いたいなーって思うんですけど、大河内さんと上原さんはどうですか？」

彩佳の提案に、上原が隣の大河内を見た。

「だってさ。どうする？」

「まあ、いいんじゃないか」

大河内の答えを聞いた彩佳が「やった」と笑い、スマートフォンを取り出した。

「じゃあ通話アプリで繋《つな》がりましょ。仕事中はお返事できませんけど、昼休みや夜ならオッケーなので」

彩佳はタクシーで帰るといい、早月に同乗するよう誘ってきた。大河内と上原は地下鉄と電車で帰るらしく、ビルの前で別れる。

「じゃあ、今日はありがとうございました。おやすみなさい」

「おやすみ、またね」

上原がにこやかに手を振ってきて、早月は大河内と目を合わせないようにしながら二人に頭を下げる。そして彩佳と一緒に、タクシーに乗り込んだ。

走り出した車内で、彩佳がニコニコして言う。

「あー、楽しかった！　早月さん、今日は本当にありがとうございました。大河内さん、素敵だったでしょ？」

「う、うん。そうだね」

もう会わないと思っていた人間と思いがけず再会してしまった早月は、正直楽しむどころではなかった。しかしそんな事情は露ほども知らず、彩佳は楽しげに話し続ける。

「従兄弟の上原さんも、すっごくイケメンでしたよね～。話しやすいし、気配りができて優しいし。早月さん、あの人はどうですか？」

「えっ、どうって？」

びっくりして彩佳を見ると、彼女は邪気のない笑顔で言葉を続ける。

「だから一、早月さんと上原さんがつきあうのはどうかなって。あの二人、結構頻繁に会ってるって言ってましたし、私と大河内さん、早月さんと上原さんでカップルになったら、楽しいと思いません？」

「…………」

彩佳の提案は、早月にとって手放しで喜べないものだった。

上原とどうこうなりたいとはまったく考えておらず、おそらく向こうもそうだろう。早月は精一杯普通の顔で答えた。

「えっと……わたしは今、そういうのはいいかな。上原さん、確かにすごくかっこよかったけど」

「えー、諦めるのは早いですよ？　でもまあ、急いで結論を出さなくても、今後会う中でいろいろ気持ちも変わるかもしれないですしね。いずれそういうふうになったらいっか」

彩佳はしばらく今回のメンバーでグループ交際を続けるつもりでいるらしく、早月は複雑な気持ちになる。

本音を言えば、大河内にはもう会いたくない。彩佳が結婚を視野に彼とつきあいたいと考えているなら、自分はもう顔を合わせるべきではないと早月は考えていた。

（何とか理由をつけて、集まりには参加しないようにしよう。……そうするしかないんだから）

彼らと一緒にいた二時間、早月は何度も大河内と目が合い、そのたびにいたたまれない気持ちになった。

彩佳のためにも、先日のことは固く胸に秘めておかなくてはならない。それなのに大河内の眼差しを目の当たりにし、彼の低い声音を聞くたび、嫌でもあの一夜について思い出してしまう。そんな自分を、早月はふしだらだと感じていた。

（もう忘れなきゃ。あの人は、彩佳ちゃんの……好きな人なんだもの）

そう考えた途端、心の奥底がズキリと疼《うず》いた気がしたが、早月は知らないふりをしてやりすごす。

車窓から見える外は、深夜とあって車の姿がまばらだった。早月はシートに背を預け、目を閉じて、それ以上彩佳と話さなくて済むよう、眠ったふりをした。

第3章

クリニックは朝の九時から開けるが、その前に朝礼や予約の患者のカルテのチェックなどがあるため、大河内は毎日八時二十分頃出勤している。

朝はだいたい、その一時間前に起きるのが常だ。ベッドでスマートフォンのアラームを止めた大河内は、自室の床に敷いた布団で丸くなって寝ている上原を足先で蹴った。

「賢人、起きろ」

「…………」

「お前、八時半までに出勤しなきゃならないんだろ。急がなくていいのか」

大河内の言葉に、寝惚《ねぼ》け眼の上原がむくりと起き上がる。そしてぼんやりした表情で言った。

「あー、そっか。昨夜は貴哉ん家に泊まったんだっけ……。しかも水曜で平日じゃん。お前のワイシャツとネクタイ貸して」

「勝手にクローゼットから持ってけ。先にシャワー使うか？」

「うん」

上原が欠伸をしながら、部屋を出て行く。

昨夜は見合い相手である河合彩佳と会うことになり、大河内は従兄弟の上原を伴って待ち合わせの店に向かった。午後十一時過ぎに解散したあと、自宅に帰るのが面倒になった上原はそのまま大河内の家に泊まり、今に至る。

彼の自宅は電車で一駅隣にあるが、街中の会社まで行くには大河内の家からのほうが近い。普段からこうして泊まるのは珍しくなく、上原はそのたびに大河内のワイシャツやネクタイを借りて出勤していた。

上原が使った布団を片づけながら、大河内は昨夜のでき事を反芻《はんすう》する。彩佳の提案で「二人きりではなく、友人を交えて会おう」ということになっていたが、彼女が連れてきたのは意外な人物だった。

（……まさか、あんなところで会うなんて）

――彩佳の隣にいたのは、先週の金曜、行きずりで関係を持った女だった。

香坂早月、と名乗った彼女は、彩佳の会社の先輩なのだという。仕事帰りでダークスーツ姿だった前回とは違い、昨日の早月は春らしい色のトップスとスカートという、きれいめの服装だった。

顔を合わせた瞬間から彼女の態度は不自然だったため、おそらく向こうもすぐ大河内に気づいたに違いない。飲み会のあいだ中、大河内はずっと早月を観察していたが、彼女はぎくしゃくとした態度を取り、決して目を合わせようとはしなかった。

（……向こうは俺に、会いたくなかったってことか）

考えてみれば、かなり複雑な関係だ。

大河内と早月は一度寝たことがあるが、互いの名前も知らず、昨日初めて素性を知った。彼女の後輩の彩佳は大河内の見合い相手で、どうやらこちらに好意を抱いているらしい。だからこそ、早月は大河内に先日のでき事をばらされたくないと考え、ビクビクしていたのかもしれない。

（俺は……）

大河内が布団を片づけ終え、デスクで今夜参加する予定の研修会の書類をファイルにまとめていると、まだ湿り気を帯びた髪の上原がシャワーから戻ってくる。

彼は勝手知ったるクローゼットから大河内のワイシャツを取り出して羽織りながら、口を開いた。

「叔母さんがお前に、『とっととシャワーを浴びて、朝ご飯を食え』って言ってたよ」

「ああ」

「昨夜の飲み会は彩佳ちゃんとなのって、詳しい話を聞きたそうにしてた。適当に濁しておいたけど」

「それでいい」

もう干渉はしないと言いつつ、朋子は懲りずに上原に探りを入れていたらしい。大河内が顔をしかめていると、上原がネクタイを締めて言葉を続けた。

「昨日会った感じでは、彩佳ちゃん、いい子だと思うけどなー。可愛いし、女の子らしいし。お前、やっぱり断るつもりなの？」

確かに大抵の人間は、彩佳と会えばそんな感想を抱くだろう。

大河内自身、彼女に対して悪い印象はない。しかし裏を返せば、無関心だからこそマイナスの感情を抱いていないだけだ。昨日、大河内の心を占めていたのは見合い相手の彩佳ではなく、数日前に成り行きで関係を結んだ彼女の連れの女だった。

「あれだけ可愛かったら、別に俺じゃなくても相手は見つかるだろ」

大河内の言葉を聞いた上原が、眉を上げる。

「うん、まあ。そうだろうけど」

「次に会ったときにでも、見合いの件ははっきり断ることにする」

「…………」

「風呂入ってくる」

＊　　　＊　　　＊

平日の仕事はオフィスワークが中心で、ブライダルフェアに来た新規の顧客データの入力やメール対応など、パソコンに向かっていることが多い。

今週末には早月が担当するカップルの挙式が控えており、夕方からはスタッフ全員の合同ミーティングが予定されている。午前十一時、入力業務が一段落した早月は、物憂くため息をついた。気がつけば、一人の男のことばかり考え続けている。

（あの日、わたしを見て……あの人はどう思ったんだろ）

彩佳に「どうしても一緒に来てほしい」と頼まれ、早月が彼女の見合い相手と顔を合わせたのは、一昨日の火曜だ。そこにいたのは先週勢いでベッドを共にした男で、早月は彼の目を見られないまま、針の筵《むしろ》のようなひとときを過ごした。

あれから彩佳はますます大河内への想いを募らせ、二回ほどメッセージを送っているらしい。飲み会の最中の大河内はあまり喋《しゃべ》らず、どちらかといえば従兄弟の上原賢人ばかりが話していたように思うが、彩佳に言わせれば「クールなところも素敵」なのだそうだ。

（まあ、顔は整ってるよね……背も高いし、歯科医なら頭もいいんだろうし）

話し方は愛想がないものの、大河内が面倒見のいい性格なのも、実はさほど無口でもないのも、早月は知っている。

（それに……）

――ベッドの中で、意外に優しくて情熱的なことも。そんなことを考えた途端、じわりと体温が上がった。

（やだ、わたし……）

彩佳の見合い相手が大河内だと判明したあとも、早月はときおりこうしてあの夜のことを思い出している。そんな自分が淫らに思え、同時に強い後ろめたさを感じていた。

結局早月は、大河内と面識がある事実を彩佳に話していない。彼に対して熱を上げている状況でそんな話をすれば、彼女が気を悪くするに違いないからだ。

そもそもあの夜のでき事はイレギュラーなものなのだから、蒸し返せば大河内にも迷惑がかかる。そんな気がしていた。

（あの人、お見合いをしたってことは……彩佳ちゃんとの結婚に前向きだってことだよね）

彩佳いわく、最初の顔合わせのときの彼はあまり乗り気でない印象だったというが、大河内の母親からは見合いの翌日、「ぜひお願いいたします」と返事がきたという。

大河内自身、彩佳の誘いを断らずに顔を合わせ、次に会うことも了承しているのだから、やはり彼女に気があるのだろう。

でも……と早月は考える。

（数日後にお見合いを控えてたのに——あの人はわたしと寝た）

そう考えた途端、シクリと胸が疼《うず》き、早月は目を伏せた。

見合いをして結婚することを具体的に考えていたにもかかわらず、大河内は早月を誘い、一夜を共にした。その事実はまるでこちらを安い女だと見なしているように思え、早月は惨めな気持ちになった。

二人の仲が順調ならば、あの一件については口に出すべきではない。彩佳はしばらくグループ交際のような形で親交を深めたいというが、早月はもう大河内に会わないつもりでいた。

（忘れよう。……酔った弾みの、よくある話なんだから）

昼休みになると、いつもどおり彩佳が早月を誘ってきた。

「早月さん、お昼行きましょうよ」

「うん」

ホテル内には社員食堂があり、安価で昼食が食べられる。

内装は落ち着いたカフェのような雰囲気で、量り売りのバイキングスタイルのランチや麺類、日替わりの和洋中の定食の中から選べるシステムだ。

早月は鶏の白湯麺、彩佳は豚と温野菜の香味蒸しランチを選択し、トレーを手に席に着いた。座るなり、彩佳がため息をついて愚痴をこぼす。

「早月さーん、こないんですよ～」

「えっ、何が？」

「大河内さんからのメッセージの返事がこないんですー。昨日から二回送ってて、一応既読にはなってるんですけど、返信がなくて」

彩佳はしつこくならないよう、一日一回程度メッセージを送っているという。しかし大河内からのレスポンスがなく、やきもきしているらしい。早月は慌てて言った。

「き、きっと忙しいんじゃないかな？　ほら、クリニックにはあの人しか先生がいないって言ってたし。仕事が終わったあとも疲れてるのかも」

　彩佳の落ち込んだ様子が気の毒になり、早月は思いつくかぎりの言葉でフォローする。彼女は沈んだ表情で、スマートフォンをいじりながらつぶやいた。

「……そうでしょうか」

「そうだよ。だって向こうの親御さんからは、『今後もぜひお願いいたします』って言われてるんでしょ？　彩佳ちゃんがまた会いたいって言ったとき、彼も了承してくれていたし」

　話しながら、早月は頭の片隅で「なぜ自分は、こんなにも必死になって彩佳のフォローをしているのだろう」と考える。

　やがてそれが、彼女に対する罪悪感からきているのだと思い至った。彩佳がこんなにも熱を上げている大河内と、自分はうっかり関係を持ってしまった。その事実を隠したい気持ちから、彩佳に対して過剰に言葉を重ねている。

　しかしそんな理由を知る由もない彩佳は、早月が親身になって相談に乗ってくれているのだと勘違いしたらしい。徐々に明るい表情になった彼女は、微笑んでこちらを見た。

「そうですよね……忙しいと、そういうのが後回しになっちゃう男の人って確かにいますもんね。大河内さんってクールだから、そういうタイプかも」

　些細《ささい》なことで一喜一憂する彩佳は、まさに恋する乙女そのものだ。それを正視できずに目をそらし、麺をすすった早月だったが、いくらも経たないうちに箸を止める。

「早月さん？どうかしました？」

彩佳が問いかけてきて、早月は右の顎を押さえて答えた。

「ちょっと……歯が痛くて」

「大丈夫ですか？　あ、私、痛み止め持ってますけど」

「ううん、わたしも持ってるから大丈夫。ときどき痛くなってたんだけど、いつのまにか治ってて、つい放置してたんだよね。やっぱり歯医者さんに行かなきゃ駄目かな」

毎日仕事で忙しい早月は、ときおり歯が痛くなっても鎮痛剤を飲んでごまかしてきていた。しかし今日は朝からシクシクと疼くように痛み、治まる気配がない。

（今日は夕方四時からの合同ミーティングのあとは、何も予定がないし……家の近くの歯医者に行ってみようかな）

自宅の最寄り駅のすぐ傍にあったはずだと思い、早月はスマートフォンで検索してみる。すると午後七時までの診療となっていて、ミーティングが終わってすぐに行けば間に合いそうだ。

ランチのあと、早月は歯科クリニックに電話をかけ、当日予約ができるかどうかの問い合わせをしてみた。受付の女性が「六時半までにいらしていただければ、診療はできます」と答えたため、予約を入れる。

それから午後いっぱい、早月はときおり疼く痛みに苛まれながら何とか仕事をこなした。六時に職場を出た早月は、電車で歯医者に向かう。ノースデンタルクリニックというその歯科医院は、スタイリッシュな雰囲気のきれいな建物だった。

「すみません、予約していた香坂と申しますが」

「お待ちしておりました。保険証はお持ちですか？　こちらの問診票に、ご記入をお願いします」

待合室の中には会計待ちの患者が二人ほどいて、さらにサラリーマンらしき患者が一人、診療室から出てくる。早月が問診票を書き終えて数分経った頃、歯科助手に呼ばれた。

「香坂さん、中にどうぞ」

診療スペースの中は広く清潔感があり、四つの診療台があった。それぞれパーテーションで半分ほど区切られていて、プライバシーに配慮した設計となっている。現在一人の患者が治療中らしく、奥のほうでチラリと歯科医らしき紺色のケーシーが見えた。

二番のブースに通された早月は、診療台に座る。台を倒され、タオルで目元を覆った状態で歯科衛生士が口の中を診て、痛みのある部位を確認した。

「このまま少しお待ちくださいね」

数分が経ち、やがて歯科医がやってきた気配がする。

「こんばんは。まずはお口の中を見せてください」

声からすると、わりと若めの男のようだった。金属製の細い器具を早月の口の中に入れた彼は、歯の状態を一本一本確かめながら、慣れた口調で歯科衛生士に告げる。

「左下8番から。C0、C1、C0、C0……」

問題の部位の二本は「C3」と告げられ、どうやら良くない状態なのが素人の早月にもわかる。歯科医が器具を脇の台に置いて言った。

「詳しい内部の状態を見たいので、CTを撮らせてください」

「椅子を起こしますねー。こちらにどうぞ」

歯科医が再び別の患者の元に行ってしまい、歯科衛生士に案内された早月はレントゲンを撮った。歯石取りをされ、うがいをして待っていると、歯科医が戻ってくる。

「香坂さん、先ほどのCTの結果ですが、右下の奥歯二本に根の破折と虫歯があり、ちょっと良くない状態です。残念ながら、残す選択はせずに抜歯せざるを得ないかと」

「……そうですか」

抜歯という言葉に軽くショックを受けつつ、早月はチラリと歯科医のほうを見る。

（えっ……？）

彼は口元をマスクで覆っており、顔半分が見えない。だが明らかに見覚えのある人物で、早月はひどく動揺した。

（……嘘《うそ》、大河内さん？）

彼は早月の目を見て、一瞬沈黙する。しかしすぐに何事もなかったように、CTの画像を手に説明した。

「今後の治療方針としては、駄目になっているこの二本を抜歯し、その後インプラントで歯の再建をするというものがあります。インプラントは保険適用外のため、費用がかかるという難点がありますが、ここで提案したいのが隣に生えている親知らずを移植することです」

「親知らずを、移植？」

大河内の提案は二本を抜歯したあと、隣で傾いて生えている親知らずを欠損部に移植し、インプラントを一本で済ませるというものだった。

「費用の面では、インプラントを二本入れるより格段に安く済ませることができます。どちらにせよ現在痛みが出ていますし、抜歯せざるを得ないと思うのですが、どうしますか？」

「えっ？」

「患者さんの意思を無視して、抜歯はできません。ただ、今日は時間的に難しいので、後日ご都合のいい日に来院していただいて処置することになりますが」

淡々としたよどみない説明を聞きながら、早月の混乱は増す一方だった。

動揺し、彼の顔を見ることができない。精一杯言われた言葉の意味を考え、早月はしどろもどろに返事をする。

「もし抜くしかないという状態なら――抜歯することに異存はありません。あの、抜いた場所に親知らずを移植するって言いましたけど、それでちゃんとくっつくものなんですか……？」

「つきますよ。歯と骨の間には歯根膜というものがあって、これは物を噛《か》んだときの噛み応えを伝達するものなんですが、この歯根膜をあえて歯に残した状態で親知らずを抜歯します。欠損部に移植して歯が生着したあとは根の治療を行い、最後に被せ物をすれば、見た目も感覚もまったく違和感のない歯を再建することが可能です。どこかの歯が悪くなった場合に親知らずを利用するのは、さほど珍しくない治療方法ですよ」

説明は明瞭でわかりやすく、早月は少し考える。そしておずおずと答えた。

「では……それでお願いします」

「抜歯には、いつ来られますか?」

「月曜が早く帰れそうなので、その日に」

「今感じている痛みは、どのようなものですか。うっすら痛いのか、ズキズキするのか」

早月が「ときおり痛みが強くなり、ズキズキする」と答えると、彼は頷《うなず》いて言った。

「虫歯が歯髄、つまり神経まで到達している状態なので、脈拍のようにリズムのある痛みだと思います。今日は痛み止めを出しますので、つらいときに飲んでください」

歯科衛生士が早月の首元のエプロンをはずし、その場から離れていく。大河内が「お疲れさまでした」と診療を切り上げ、早月は勇気を振り絞って声を上げた。

「あの……っ」

早月の呼びかけに、彼が動きを止める。大河内はチラリと周囲に視線を向け、近くに誰もいないのを確かめた。そして指を引っ掛けてマスクに少し隙間を作ると、それまでの事務的なものではなく素の口調でボソリと言った。

「このあと七時半までに駅前のコンビニに行くから、そこで待ってろ」

「えっ？」

「――七時半」


コンビニは線路を挟んでノースデンタルクリニックとは逆方向の場所にあり、徒歩三分ほどだった。

会計を済ませてクリニックを出たのは七時を少し過ぎた頃で、早月は十五分ほどをまんじりともせずにコンビニの店内で過ごす。やがて七時半まであと五分というタイミングで、早月は外に出た。そして店の前で、相手が来るのを待つ。

しんと冷えた夜気が足元から這《は》い上がり、見上げた空には無数の星がきらめいていた。ここ数日の日中は暖かく、少しずつ春めいた陽気になっていたが、夜にはぐんと気温が下がってまだ冬用の上着が手放せない。

吹き抜けるかすかな風に肌寒さを感じていると、線路の向こうから一人の男がやって来るのが見えた。その姿を見た早月は、ドキリとして息をのむ。

「……っ」

彼は先ほどまでのケーシー姿ではなく、私服だ。黒いアウターは先日飲み会のときに着ていたのと同じもので、インディゴのデニムが脚の長さを際立たせている。

「――遅くなってごめん。なるべく急いで来たんだけど」

「…………」

大河内が目の前に立った瞬間、かすかに消毒液の臭いが漂った。早月は戸惑いを隠せず、ポツリとつぶやく。

「大河内さんって……本当に歯科医だったんですね」

「ああ。残念ながら、公務員ではない」

初めて会ったときの勘違いを持ち出され、早月はじんわりと頬を赤らめる。大河内がチラリと笑って言った。

「しかし、一昨日は驚いた。待ち合わせの店に行ってみると、見合い相手と一緒に見覚えのある女が座ってるんだから」

「……っ」

早月はぐっと言葉に詰まる。彼があまりにもあっさりと先週の金曜のでき事、そして彩佳との見合いについて口にしたことに、複雑な思いにかられていた。

そんな早月の気持ちに気づかず、大河内は言葉を続ける。

「おまけに今日は、患者としてやって来るし。二度目の偶然だ」

そう、ありえないほどの偶然だ。

早月は今日訪れた歯科クリニックが大河内の職場だとは、微塵《みじん》も考えていなかった。せめてクリニックの名前に苗字が入っていたら、予測ができたかもしれない。だが気づいたときには後の祭りで、今は口の中を診られたことが猛烈に恥ずかしくて仕方なかった。

　押し黙る早月を見下ろした大河内が、ふいに問いかけてくる。

「――薬、飲んだか？」

「えっ？」

「さっき処方したやつ。ボルタレンは消炎鎮痛剤の中で、一番強いものだ。痛いならさっさと飲んだほうがいい」

「…………」

　歯科医らしいアドバイスをされ、早月は何ともいえない気持ちになる。

　そして目まぐるしく考えた。――大河内が彩佳の見合い相手である以上、あの一夜はなかったことにするべきだ。今さら蒸し返しても互いに気まずいだけで、何の発展もしようがない。

（そうだよ……患者と主治医っていう関係までできちゃったんだし）

　もう会わないつもりでいたのに、なぜか関わりを持ってしまっている。そんな状況に焦りをおぼえながら、早月は意を決して顔を上げた。

「あの――今日そちらのクリニックに行ったのは、本当に偶然です。別にあなたが働いているのを事前に調べて、わざわざ行ったわけじゃありません」

「ああ、だろうな」

「それから、先週のことですけど。実はあのときすごく酔っていて、あまり細かい部分を覚えていないんです。ええと、気づいたら知らないホテルで寝ていて、起きてびっくりしたっていうか」

早月の言葉を聞いた大河内が、思いがけないことを言われたように目を丸くする。

自分の言い訳が苦しいものであるのは重々承知しつつ、早月は知らぬ存ぜぬで通すつもりでいた。あえて知らないふりをすることで、こちらが感じているいたたまれなさを察してくれたらいい。そんな望みを抱きながら、早月は彼を見上げて言葉を続ける。

「もしあの日、大河内さんにご迷惑をおかけしたのなら、謝ります。——本当にごめんなさい。あなたは今、彩佳ちゃんとお見合いをして、結婚に向けておつきあいを開始したところなんですよね？　ならばわたしたちが既に知り合いだという事実は彩佳ちゃんには黙っていてもらえませんか。……彼女におかしな誤解をされないために」

＊　　　＊　　　＊

コンビニの店内からガラス越しに漏れる光は皓々《こうこう》と明るく、目の前にいる香坂早月の顔がよく見える。住宅街とあって、夜の湿った空気に入り混じり、辺りにはかすかに夕餉《ゆうげ》の匂いが漂っていた。

早月の言葉を聞いた大河内は、じわじわと不機嫌になっていた。

（この期に及んで、何も覚えてないとか——本気で言ってんのか）

どうやら彼女は、あの日のでき事を知らぬふりで通そうとしているらしい。こちらをガチガチに意識している時点でとっくに嘘はばれている上、ホテルで目が覚めたときの彼女は裸だったはずで、何があったのかは疑いようがないはずだ。

おそらく早月が後輩の彩佳への遠慮からそう発言しているのだとわかり、大河内は眉をひそめた。

（……面白くねーな）

こちらの存在を否定されているようで、実に面白くない。

正直なところ、大河内の心を占めているのは彩佳ではなく早月だ。成り行きで一夜を共にした相手だが、酒を飲んで陽気になるところやベッドでのしぐさ、子どものようにあどけない寝顔が妙に可愛く思え、強く印象に残っていた。

名前を聞けなかったことで途絶えたと思っていた縁は、見合い相手の先輩である事実、そしてクリニックの患者として来院したという偶然で、思いがけず繋《つな》がった。再会し、名前や素性まで知った今、大河内は彼女に対して大いに興味を駆り立てられている。

見下ろすと早月は、ひどく硬い表情をしていた。大河内はふっと笑い、彼女に向かって言った。

「――あんたがあくまでも忘れたふりをするなら、思い出させてやろうか」

「えっ？」

「あの日俺らが、どんなことをしたのか」

おもむろに早月の二の腕をつかんで歩き出した大河内は、コンビニの建物の裏に回り込む。

「あの、何を……」

薄暗く、人気のないその場所に連れて来られた早月が、焦った表情でこちらを見る。大河内は彼女の身体を壁に押しつけ、見下ろしながら言った。

「最初はどこから触ったっけ。胸か」

「えっ？　あ、っ……！」

スーツ越しに胸元に触れると、早月がビクリと身体をこわばらせる。その耳元に唇を寄せ、大河内は触れるか触れないかの位置でささやいた。

「耳、弱かったよな。首筋も息を吹きかけると、ビクビクしてた。それから――キスも」

「……っ」

間近で目が合った途端、早月が一気に顔を赤らめる。その反応に気持ちを煽《あお》られた大河内は、壁に腕をついて彼女に唇を寄せた。

しかしその瞬間、早月が切羽詰まった声を上げる。

「いやっ……！」

「痛っ」

触れる直前、グキリと音がしそうなほど容赦なく顔を押し退けられた大河内は、思わず喉奥で呻《うめ》く。

首を押さえながら「……おい」と剣呑《けんのん》な目つきで睨《にら》む大河内に、早月が慌てふためいて言った。

「ごっ、ごめんなさい！」

彼女は真っ赤な顔で大河内の腕をすり抜け、脱兎《だっと》のごとく走り去ってしまった。

足元を、かすかな夜風が吹き抜けていく。早月の後ろ姿を見送った大河内は、彼女を追いかける気力もなくため息をついた。

（……今のは、俺がやりすぎたか）

いくら人気がないとはいえ、ここは外だ。いつ誰が来てもおかしくはなく、そんな場所で迫ってしまった自分に、苦いものがこみ上げる。

（何やってんだ、俺。ところ構わず盛るなんて、ガキじゃあるまいし）

早月の頑なな表情を見ているうち、つい先日のでき事を蒸し返してやりたくなった。それくらい、あの一件について忘れたふりをされることは、大河内を強く苛立たせていた。

（まあいい。どうせ数日後には、抜歯でうちに来る。……そのとき捕まえて、もう一度話をしてやる）

一昨日、今日と逃げたいそぶりを見せられ、大河内は早月を追いかけたい気持ちに火を点けられていた。あの夜のでき事についてもう一度問い質し、彼女が自分をどう思っているのかはっきり聞かなければ、苛立ちは治まりそうにない。

痛む首をさすりながら、大河内は歩いて自宅に戻る。そこには会社帰りに寄ったという上原がいて、まるで自分の家のようにくつろいで夕食を食べていた。

「よっ、お疲れー」

「……何でいるんだよ、お前」

「何でって、昨日借りたワイシャツを返しに来たのと、今日はうちの母親が旅行で家にいないからさ。メシがないって話をしたら、叔母さんが『じゃあうちでご飯食べていったら？』って言ってくれて」

昔からちゃっかりしている甥《おい》っ子を、朋子は何だかんだで甘やかしている。彼女に「あなたも早く座りなさい」と言われ、大河内は頷いた。

テーブルには揚げ鱈《たら》の野菜あんかけ、人参のたらこ和え、しらすおろしにポン酢を掛けたものやマカロニサラダが並び、湯気が立つ具沢山の豚汁とご飯がすぐに出てきた。冷蔵庫からビールを取り出した大河内がプルタブを開けると、上原が問いかけてくる。

「さっき俺がここん家に来たとき、クリニックの電気が消えてたから、もう家に帰ってるかと思ってたんだけど。お前、どこ行ってたの？」

鱈を咀嚼《そしゃく》しながらの質問に、大河内は席に着きながら答えた。

「あー、ちょっとコンビニ」

「ふうん、そっか。ヤンジャン買ってきてくれた？」

「忘れた。お前な、たまには自分で買えよ」

「いいじゃん、ケチ。高給取りのくせに」

食事が終わったあと、上原はすぐに帰らず、二階の大河内の部屋に一緒に上がってくる。部屋に入るなり、彼はベッドに腰掛けて話しかけてきた。

「貴哉さあ、彩佳ちゃんにメッセージ返してないんだって？　『お返事くれないんですー』って悲しんでたよ」

どうやらそれを話したくて、上原は今日この家に来たらしい。大河内はパソコンの電源を入れつつ言った。

「お前が返せばいいんじゃないか？　適当に次回の段取りをつけておいてくれたら、すげー助かるんだけど」

「つれないなあ。せっかくあんなに可愛い子がアプローチしてくれてるんだから、もっと前向きに考えりゃいいじゃん。何でそんなに取りつく島がないんだよ」

ワークチェアに座った大河内は、チラリと上原を見やる。そして面倒に思いながら口を開いた。

「彼女と関係を進展させるつもりは、まったくない。そういう目で見てないし、それは二回会っても変わらなかった。そもそもお前の親父さんの顔を立てて会っただけで、すぐ断るつもりだったって、最初から言ってるだろ」

「だからさー、そういうのを一度取っ払ってみればいいんじゃないのって、俺は言ってんの。あの子、ニコニコして如才なくて、でも女の子特有のあざとい部分もありそうで、そこがまた可愛いじゃん？　男を手玉に取るのなんか簡単だって思ってそうなところが、小生意気でさ」

　思いのほか上原が彩佳を深く観察していて、大河内は「ふうん」と思う。並べ立てた言葉はどちらかといえば欠点に聞こえ、もし本当にそこが可愛いと思っているなら、相当な物好きだ。

　パスワードを入力してパソコンの画面を開いた大河内は、少し考える。そしてボソリと告げた。

「河合彩佳には、興味がない。——俺が気になってるのは、連れの香坂早月のほうだから」

「へっ？」

「実は一回、ヤったことがある」

　突然の告白に上原が目を丸くし、「……いつのまに」とつぶやく。大河内は淡々と答えた。

「先週一人で飲みに行ったとき、カウンターで席が隣同士になって、何となく。名前も連絡先も知らずに別れたんだけど、火曜日にいきなりいて、びっくりした」

「あー、それで早月ちゃん、このあいだ態度がぎくしゃくしてたんだ。てっきり人見知りする性格なのかと思いきや、よく考えたら接客業でそんなのおかしいし」

　合点がいった様子の上原だったが、ふと思いついたように付け足す。

「もしかして彩佳ちゃん、それを知らないとか？　結構複雑じゃん」

「今日うちのクリニックに、香坂早月が患者として偶然来院したんだ。終わり際に来たから、コンビニで待たせて少し話したんだけど、あの女、先週の件をすっとぼけた挙げ句、俺に『何も言うな』って口止めしてきやがって」

大河内の苦々しげな顔を見た上原が、きょとんとする。彼はすぐに盛大に噴き出して言った。

「へーえ。拒否られて、ハートに火が点いちゃったパターンか」

「週明けに抜歯しに来る予定でいるし、また捕まえて話そうと思ってる。そういうわけだから、河合彩佳のほうはお前に任せていいか」

上原は楽しそうな顔で頷いた。

「いいよー。貴哉がそんなふうになるの、久々っつーか初めてじゃね？　だって昔から相手に告られてつきあってばっかで、自分から追いかけることって全然なかったじゃん。彩佳ちゃんのほうは、お前が学会の準備で忙しいとか適当な理由をつけてなだめておくから、任せといて」

「ああ、頼む」

学会の準備というのはあながち嘘でもなく、大河内は書きかけの論文のファイルをクリックして開く。その背中を見つめ、しばらく黙っていた上原が、やがてしみじみと言った。

「なあ、俺はさ、この一年半くらいお前がまったく女を寄せつけなくなって、結構心配してたわけ。何か女性不信みたくなっちゃったのかなーとか、いろいろ嫌になっちゃったのかなとか考えて」

「………」

「だから早月ちゃんに興味を持ったのは、いいことだと思うよ。彩佳ちゃんとは違うタイプだけど、あの子もきれいな顔立ちをしてるし、すごく真面目で誠実な感じがする。上手くいくように、応援してるから」

大河内は椅子を軋《きし》ませ、上原を振り返る。そしてベッドに腰掛けている彼を見つめ、鼻で笑って言った。

「人の心配もいいけど、お前こそそういう相手を見つけたほうがいいんじゃないのか。俺のほうがポシャったら、伯父さんは息子のお前を斡旋《あっせん》するかもしれないぞ」

「んー、そっか。まあ、彩佳ちゃんみたいなタイプ、嫌いじゃないけどね。生意気な考えをへし折ったあと、めちゃくちゃ優しくしてやりたい」

優しげな容姿で自他共に認めるフェミニストでありながら、実は相当な曲者である従兄弟を、大河内は「屈折してるな」と考える。

（まあ、向こうを賢人に任せておけるのは助かるな。……絶対月曜に捕まえてやる）

先ほどの態度を見ると、早月が月曜に来るかどうかには一抹の不安があるが、とりあえず待つしかない。

大河内がパソコンに向かうと、上原が「じゃあ、俺は帰るわ。おやすみー」と話を切り上げ、部屋を出て行った。それに生返事をした大河内は、デスクの上の資料を開き、書きかけの論文に集中した。

第4章

朝の五時、アラームの音で目を覚ました早月は、ぎゅっと顔を歪《ゆが》める。寝室の中は、カーテン越しに差し込む朝日でうっすら明るくなっていた。

（うう、眠い……でも起きなきゃ）

日曜の今日は大安で、担当するカップルの挙式がある。

無理やり瞼《まぶた》を開け、熱めのシャワーを浴びて身支度をした。午前の挙式のため、担当である早月は朝六時半までに出勤しなければならない。

出勤すると、貸し切りフロアは準備に追われ、活気に満ちていた。

「おはよう、香坂」

声をかけられて振り向くと、そこには同期の塚本康生《つかもとこうせい》がいる。早月は笑って問いかけた。

「おはよう。今日はアルバイトに欠員はいる？」

イベントディレクターである彼は「いや、いない」と答えた。

「そう。じゃあお互いに、ミスのないように頑張ろうね」

「ああ」

イベントディレクターは結婚式当日のオペレーションを取り仕切り、プランナーが新郎新婦と共に考えたプランを具体的な形にするポジションだ。各セクションの動きを統括していて、忙しい当日は彼との連携が不可欠になっている。

朝の七時半、早月はホテルの入り口で新郎新婦を待ち、来場した二人を笑顔で迎えた。

「西山《にしやま》さま、江口《えぐち》さま、お待ちしておりました。本日はご結婚、おめでとうございます」

二人を伴ってエレベーターに乗り、メイクルームに案内する。積極的に雑談をして彼らの緊張を解しつつ、早月は結婚指輪と両親への手紙を預かり、祝電の名前を確認した。

八時半に訪れた親族たちを控室に案内したあとは、アルバイトも含めたスタッフ全員でのミーティングがある。全体の流れや各部署の担当を再確認し、引き出物の数や会場の音響、装花、ウェディングケーキや小物など、すべてを抜かりなくチェックしていくのは大変な作業だ。

その後は司会者や二人を先導するスタッフと最終の打ち合わせをして、早月はヘアメイクの進捗を見にメイクルームへと向かった。

「失礼いたします、香坂です。ご準備のほうはいかがでしょうか」

新婦は既にメイクを終えており、ウエーブさせた髪をルーズに編み込んで大小さまざまな花をふんだんにあしらった、ボタニカルなヘアスタイルが完成していた。

「わあ、おきれいですね……！　やはりこれだけたくさんのお花を髪に飾られると、華やかさが断然違います。ロマンチックで、きっとお写真にも映えますよ」

早月の手放しの褒め言葉に、新婦が恥ずかしそうに笑う。やがて対面した新郎が眩《まぶ》しげに新婦を見つめ、「きれいだよ」と言っているのが微笑ましかった。

早月が控室で入場の手順を二人に説明しているあいだ、列席者のチャペルへの案内が行われる。塚本が新郎新婦を迎えに来て会場へと先導し、いよいよ午前十時半から挙式が始まった。

華やかなBGMが鳴り響く中、祭壇の前で新郎が待機して、司会者がマイクを手に言う。

「新婦のご入場です。皆さま拍手でお迎えください」

純白の花で飾られたチャペルに、父親に伴われた新婦が入場してくる。

エンパイアラインの優雅なドレスは、新婦が一目惚《ひとめぼ》れしたものだ。今日までダイエットに励んだ彼女は見事にそれを着こなしていて、会場の壁際に控えた早月は思わず微笑んだ。

（ああ、……本当にきれい）

野の花をぎゅっとまとめたようなクラッチブーケが、髪にあしらった花々と絶妙にマッチしている。参列者が感嘆のため息を漏らすのが見え、早月の胸は誇らしさでいっぱいになった。

約三十分の挙式を終えると、参列者を披露宴会場へと誘導し、出欠席の最終確認が行われる。十一時半から始まった披露宴のあいだも、早月は塚本やフロアスタッフたちと連携して、料理出しや進行のチェックを怠らなかった。

やがて二時間半の宴席を終え、参列者を送り出したあと、早月は控室で新郎新婦に挨拶をした。

「改めまして、本日はご結婚おめでとうございます。素晴らしいお式で、すべてが滞りなくお済みになり、ホッといたしましたね」

「香坂さんのおかげです。こちらの我儘《わがまま》にとことんつきあってくださって、理想どおりのお式ができました。本当にありがとうございます」

新婦が式の興奮を引きずったまま、涙ぐみながらお礼を述べてくれて、早月もついうっかりもらい泣きしそうになる。

（いけない、いけない。プロなんだから、涙はこらえなきゃ）

見送りの時間まで、二人は控室で式の最中に食べられなかった料理に舌鼓を打ち、仲良く過ごす。早月は彼らの荷物をまとめるのを手伝い、帰って行くのを見届けて、ホッと息をついた。

（終わった……）

トラブルなく式を終えられ、心から安堵《あんど》がこみ上げる。

その後はサービススタッフ中心の反省会に参加し、全員で今日の良かった点や反省点についての報告をし合った。夕方、ようやくオフィスに戻った早月は、ぐったりと席に沈み込む。

（疲れた……今日はこのあと打ち合わせが入ってないから、六時には帰れるかな……）

しかし充実感と達成感が全身を満たし、悪い気分ではない。

そのとき、緊張が緩んだせいか右の奥歯がズキリと鋭く痛み、早月は顔を歪めた。痛み止めは朝飲んだきりだったことを思い出し、給湯室で水と一緒に薬を流し込む。

この薬を処方された歯科クリニック、そして診療後のでき事が頭に浮かび、気持ちが重くなった。

歯の痛みを感じて訪れた最寄り駅の傍の歯科医院が、大河内のいるクリニックだとは夢にも思わなかった。「駅前のコンビニで待ってろ」と言われ、仕方なく待っていた早月だったが、例の一夜を蒸し返してきた彼と話がこじれて思いがけない展開となった。

（外なのに、あんな――）

早月の頬が、じんわりと熱くなる。

抱き合ったときのことを思い起こさせるように、大河内は人気のないコンビニの裏で早月の胸元に触れ、耳に息を吹きかけた。それどころかキスまでされそうになり、パニックになった早月は彼の顔を強く押しのけ、その場から逃げ出してしまった。

（ちょっとやりすぎちゃったかな。わたしが押した首、痛そうにしてたし。……でも）

――あんな行為は、断じて受け入れられない。大河内は、彩佳の見合い相手なのだ。

明日クリニックに抜歯に行くことを思うと、暗澹《あんたん》たる気持ちになる。彼の前で大口を開けただけでも恥ずかしいのに、抜歯などとても耐えられそうにない。

いっそ他のクリニックに変えてしまおうかと考えたが、予約を入れた以上、それは失礼に当たる。しかも歯科医としての大河内は説明が丁寧でわかりやすく、悪い印象がなかった。

「早月さん、お疲れさまでーす」

そのとき背後から声がして、早月は振り向く。そこにはニコニコ顔の彩佳が立っていた。

「今日の挙式、トラブルもなく終えられてよかったですね。新婦さんのドレスもすごく可愛かったし」

「うん」

彩佳は会場見学に訪れたカップルを案内し、戻ってきたばかりらしい。彼女はスマートフォンを手に言った。

「実は上原さんから連絡がきて。大河内さん、今は学会の準備で忙しくて、なかなかメッセージを返せないんですって。ほら、日中は一人でクリニックの患者さんを診てるわけですし、寝る暇もないからごめんねって言ってたよーって、上原さんが」

「大河内が故意にメッセージを無視しているわけではない」と上原から説明された彩佳は、すっかり機嫌をよくしている。早月は遠慮がちに問いかけた。

「ねえ彩佳ちゃん、あの……大河内さんと結婚を考えてるって、本気？」

「はい。会ってみたらわりと素っ気ないんですけど、私、諦めるつもりはありませんから。だって見た目がすっごく好みですし、おうちの歯科クリニックはかなり流行ってるらしいですし。経済的にも文句ないなあって」

「…………」

「それにうちの父、大河内さんの伯父さん——つまりお見合いを仲介してくれた上原さんのお父さんの、先輩に当たるんです。伯父さんの会社と父の研究室が共同研究をしている都合上、あちらからは断りにくい関係だそうなので、それを利用させてもらっちゃおうかなって思ってます」

うふふ、と笑う彩佳は無邪気そのものだ。父親の力を利用して外堀を埋め、どうにか大河内と結婚する方向に持っていこうとしているらしい。

（やっぱり、わたしと大河内さんのことは……彩佳ちゃんには言えない）

早月は物憂いため息をつく。彩佳はグループ交際からの進展を狙い、その中にはちゃっかり早月を含んでいるようだが、そもそもこちらがつきあう義理のないことだ。

大河内とは確かに一夜を共にしたものの、恋愛感情はなく、この先彼が彩佳とどうなろうと早月は何かを言う立場にない。

（だからもう……個人的にあの人と会うのは、やめよう）

予約したのだから、クリニックには行くしその後のインプラント治療もする。だが彩佳の誘いに乗ってプライベートで会うことは、二度としない。早月はそう心に決めた。

（それが正しいに決まってる。だってわたしたちは一夜限りの関係で、それ以上にはなりようがないんだから）

早月は翌日の月曜、仕事が終わったあとに再びノースデンタルクリニックを訪れた。

「香坂さん、中へどうぞー」

歯科助手に案内され、早月は緊張気味に診療台に座る。

やがてやって来た大河内は以前と同じ紺色のケーシーにマスク姿で、下はチノパンだ。

彼は箱から取り出した薄いラテックスの手袋を嵌《は》めながら言った。

「香坂さん、こんばんは。今日は抜歯ですね」

「……はい」

「お口の中を見せてください」

診療台を倒され、目元にタオルを掛けられる。

口の中を診られるのは、正直かなり恥ずかしい。大河内が仕事モードで、完璧に他人行儀なのがわずかな救いだ。彼はしばらく早月の口の中を診たあと、器具を台に置いて言った。

「抜歯の手順としては、まずは歯茎の表面を痺《しび》れさせる麻酔を塗り、次の液を注入するときの痛みを軽減させます。その後は歯を抜く際の痛みを取り除くため、浸潤麻酔を注射で歯茎に注入します。完璧に麻酔が効いたあとで抜歯していきますから、あまり心配しないでください。もし強い痛みを感じたりしたときは、手を上げて合図してくれますか」

「はい」

親知らずを含めて同時に三本もの歯を抜くとあって、早月は恐怖心でいっぱいだった。

しかしされるがままになるしかなく、早月はタオルの下でぎゅっと強く目を閉じる。

――結果的に、抜歯はかなりつらかった。麻酔を打ったあと、骨と歯の間に挺子《ヘーベル》という器具を挿し込まれ、歯を引き抜かれたが、顔が変形するかと思うほど引っ張られて涙目になった。

（ううっ、もうやだ……っ）

大河内は仕事で慣れているのだろうが、早月は彼に見られていると思うだけで精神的ダメージが大きい。

しかし大河内は、思いのほか作業が丁寧だった。口の中に指を入れるときもそっとしていて気遣いがあり、診療の最中も「少し強く引っ張りますよ」「ちょっとだけ我慢してください」などと声をかけてくる。

やがてすべての歯を抜き、親知らずを欠損部分に移植し終えたとき、早月はすっかり疲弊していた。ガーゼを嚙《か》んで止血し、しばらくして患部を診た大河内が言う。

「親知らずの根が抜歯窩《ばっしか》に上手く嵌《は》まったので、時間が少し短縮できました。今は動かないように、糸で歯茎と固定しています。このあとは歯の動揺が落ち着いた三週間後くらいに抜糸し、移植した歯の神経の処置を行う流れになります。今日はこれで終わりです」

うがいをし、ティッシュで口元を拭った早月は、気まずくうつむく。歯科衛生士が銀のトレーを持ち、ブースから離れていった。

どうやら他の患者は既に診療を終えて帰り、早月が最後の一人らしい。時刻は七時を過ぎた頃で、早月が目を伏せたままティッシュをゴミ箱に捨てた瞬間、傍にいた大河内が言った。

「――お疲れ。頑張ったな」

「……っ」

その声が思いのほか優しく聞こえ、早月は思わず頬を赤らめる。

(何で、そんな言い方を……するの)

こんなのは反則だ。歯科医と患者としてここにいるのだから、他人行儀な態度を貫けばいい。それなのに、誰にも聞こえないように素の口調で気遣う言葉を付け加えられたら、嫌でも彼を意識してしまう。

その後、受付で化膿《かのう》止めと痛み止めの薬をもらって清算し、三週間後の予約を入れた早月はクリニックの外に出た。

(ん？　雨……)

今日は昼から重い曇り空だったが、ついに雨が降り出したらしい。

歩き出した途端に一気に雨足が強まり、傘のない早月は早足で目に付いた商店の軒下に入った。

(急に強くなっちゃった……ここからうちのアパートまで、濡《ぬ》れて帰るしかないかな)

個人経営の商店は既に営業時間を終え、シャッターが閉まっている。早月の自宅アパートまでは徒歩で八分ほどかかり、濡れて歩くのは結構つらい距離だ。

ついてない――と考えながら、早月は往来を見つめる。夕方まであったはずの歯がなくなり、移植された親知らずが糸で固定されている感触には、ひどく違和感があった。麻酔が残っているせいか痛みは今のところないものの、慣れるまで少し時間がかかるかもしれない。

雨は次第に強さを増し、ひんやりと肌寒かった。道の端に残る汚れた雪に、容赦なく雨粒が降り注いでいる。吐く息が白くなるほど気温は低かったが、降っているのが雪ではなく雨なのは、もう季節が春である証なのだろう。

なかなか歩き出す勇気が出ず、商店の軒下でグズグズしていた早月は、ふと道の向こうから背の高い男が傘を差してやって来るのに気づいた。

(あれって……)

ドクリ、と心臓が跳ねる。

なぜこんなところに、という疑問が早月の中にこみ上げた。男はケーシーの上に黒い上着を羽織り、片手に使っていない傘を携えている。

やがて傍までやって来たその男――大河内は、おもむろに早月に傘を押しつけて言った。

「使え」

彼が持ってきたのは、透明なビニール傘だ。勢いでそれを受け取りながら、早月が「……どうして」とつぶやくと、彼は答えた。

「あんたが帰った直後、いきなり強い雨が降り出したからな。ひょっとしたら傘を持ってないのかと思って、探しに来た」

もう少し歩いて早月を見つけられなかったら、大河内は帰るつもりだったという。それを聞いた早月の胸が、ぎゅっと強く締めつけられた。

（どうしてわざわざ……そんなことしなきゃならないの？　わたしはこの人にとって、特別な存在じゃないのに）

大河内の真意がわからず、モヤモヤする。早月は戸惑いつつ彼に問いかけた。

「大河内さん……大河内さんは、彩佳ちゃんのお見合い相手ですよね」

確認するような早月の言葉に、大河内は「まあ、そうだな」と答える。早月はぐっと拳を握りしめて言った。

「それなのに——どうしてこのあいだ、わたしにあんなことしたんですか」

「あんなことって？」

「コンビニの裏で、き、キスしようとしたじゃないですか」

口にした途端に恥ずかしさが募り、早月はかあっと顔を赤らめる。それを見た大河内がふっと笑い、面白がるような表情で言った。

「どうしてだと思う？」

逆にそう問いかけられ、早月は返答に詰まる。大河内が言葉を続けた。

「あんた、やけにあの後輩を気にするよな。そんなに彼女に恨まれるのが怖いか」

「同じ職場なんだから当たり前です。それにあなたは、彩佳ちゃんのお見合い相手だし」

「確かに見合いはしたが、会うだけでいいって言われて会ったんだ。俺は彼女とつきあう気はない」

大河内の言葉に、早月は驚く。彼が説明した。

「そもそも見合いは、俺の伯父が持ってきた話だ。先方が伯父の先輩という関係上、どうしても無下にはできないって言ってな。会うだけでいいってことだから仕方なく会ったけど、うちの母親がすっかり彼女を気に入って、見合いの翌日に俺の意向も聞かず、勝手に『よろしくお願いします』って返事をした」

「えっ……」

「俺はまったくそんなつもりはなかったから、かなりきつく抗議した。ちゃんと断らせようとしていたら、元凶である母親が『すぐに前言撤回すると角が立つ、だから何度か会ったあとで、フィーリングが合わないって理由で断ってほしい』って言い出して」

大河内が彩佳の呼び出しに応じたのは、そうした事情があったかららしい。

早月は思いがけない話に混乱し、必死に頭の中を整理しつつ言った。

「じゃああなたは――最初からその気がないのに、お見合いしたってこと？」

「ああ」

「そんなのひどい。彩佳ちゃん、すっかり舞い上がって、『大河内さんからいい返事をもらった』って喜んでたのに」

「次に会ったら、はっきり言うつもりだったんだ。俺は結婚する気はないって」

早月の心に、ふつふつとした怒りが湧き起こる。そのつもりがないなら、見合いの直後にきっちり断るべきだ。二度も顔を合わせたりするから、彩佳は彼の態度を都合よく解釈してしまっている。

（一瞬でも、この人を「優しい」なんて思って……わたし、馬鹿みたい）

何も知らず、ただ無邪気に大河内に会えるのを楽しみにしている彩佳が、早月は気の毒に思えた。彼は彼女を何とも思っておらず、次に会ったら断るつもりだったという。

軽い気持ちで見合いができる大河内なら、自分と抱き合った件もたいしたことではなかったのかもしれない――そう考え、早月は反発心がむくむくとこみ上げるのを感じた。

おそらく彼はいつもああして適当な女を引っかけていて、それがあの日は早月だっただけなのだ。そのくせこうして気まぐれな優しさを見せるのだから、性質の悪い男だと思う。

「……っ」

眦《まなじり》を鋭くした早月は、無言で大河内に傘を押しつける。そして雨の中を、自宅に向かって歩き出した。

背後で「おい」という声が聞こえたが、無視してズンズンと歩く。みるみるうちに髪や身体が冷たい雨に濡れ、やがて後ろから強く肩をつかまれた。

「おい、何だってんだ。傘使えよ」

カッと頭に血が上り、早月は肩の上の大河内の手を振り払う。目を瞠《みは》った彼を見上げ、早月はきっぱりと言い放った。

「結構です。あなたからは、何も借りたくないので」

＊　　＊　　＊

薄闇の中、冷たい初春の雨が音を立てて降り注いでいる。

早月の頑なな態度に、大河内はじわりと苛立ちをおぼえていた。彼女がなぜこんなに怒っているのか、訳がわからない。彩佳の件については、先ほど説明したとおりだ。最初から伯父の顔を立てる意味で見合いをしただけで、大河内ははっきりと断るつもりでいた。

母親が余計なことを言ったせいで何度か会うことになってしまったが、それもあと一回の予定だ。それなのに早月は、大河内の態度がひどいという。

女性特有の友情かと考え、舌打ちしたい気持ちになりながら、大河内は口を開いた。

「──なあ、俺が気になってるのは見合い相手じゃなく、あんただって言ったらどうする」

大河内の問いかけに早月が目を見開き、すぐに動揺した顔を見せる。

「な、何言って……」

「俺は初めて会った夜から、あんたが印象に残ってた。でも名前も連絡先も聞けなくて、もう会うことはないと思ってたところで、偶然再会した」

今思えば、運命的な再会だと思う。しかもそれに加えて、早月は大河内のクリニックに患者として来院したのだ。こんな偶然が重なって、むざむざ逃す手はない。

大河内がそう告げると、早月は目に見えて狼狽《ろうばい》し、「そ、そんなの困ります……」とつぶやいた。

「何で」

「あの夜は、何ていうか――酔った弾みで」

「別にそれは、きっかけにすぎないだろ」

「そ、それに、彩佳ちゃんのことだってあるし」

しどろもどろに言い訳をしながら、彼女は自分を拒む。そんな早月を見下ろし、大河内はある提案をした。

「わかった。あんたはあの後輩に、どうしてもあの夜の件を黙っててほしいんだよな」

「……っ、そ、そうです」

「なら俺からの提案だ。黙っててやる代わりに、ヤらせろよ」

思いがけないことを言われたように、早月が唖然《あぜん》として大河内を見つめる。やがて彼女は、みるみる頬を紅潮させて言った。

「ふ、ふざけるのもいい加減にしてください！」

「ふざけてない。俺もあんたも、互いの都合に合致するだろ」

「どこがですか！　そんなの、彩佳ちゃんに知られたらますます……っ」

後輩のことばかり気にする彼女にうんざりし、大河内はポケットの中のスマートフォンを探る。

「じゃあ今すぐ彼女に、連絡を取る。それで『あんたじゃなく、香坂早月のほうが気になるから、見合いは断る』って正直に言うけど、いいか」

「そ、それだけはやめて！」

大河内の腕をつかんで強く押し留めてきた早月は、ふいに目が合い、気まずそうに手を離す。

こちらから少し距離を取った彼女はうつむき、雨に濡れた足元を見つめていた。差し掛けた傘に無数の雨粒が当たり、表面を伝って地面に落ちていく。やがて早月が、弱り切った口調でつぶやいた。

「……どうしてそんな、無茶ばかり言うんですか」

大河内は少し思案して答えた。

「──何でだろうなと、俺も考えてた」

「………」

「あんたとは身体の相性もよかったし、酔ったときの様子や、子どもっぽい寝顔が可愛いと思った。そういう気持ちになるのが久しぶりで、だからかな、逃がしたくないと思ったのは」

再会してからはいつもこちらを見てビクビクし、逃げたいそぶりをされて、ますます追いかけたい気持ちが募った。そう大河内が言うと、早月は「……悪趣味」とつぶやく。

「あんたはどうだ。俺とヤったの、別に悪くはなかっただろ」

「……っ」

「俺は見た目より優しい男だぞ。甘えたいなら、とことん甘やかしてやる」

大河内の言葉に、早月がドキリとした顔でこちらを見つめてくる。

これまで話した印象では、平素の早月は生真面目で責任感が強く、どこか肩肘を張った感があった。酔って気が緩んでいるときのほうが格段に柔らかい雰囲気で、大河内は彼女のそんな顔をまた見たいと思う。

早月は明らかに動揺した顔をしていた。大河内は雨が降り続く空を見上げ、彼女を促す。

「じゃあ、そろそろ行くか」

「えっ？」

「家まで送ってってやる」


頑なに拒む早月を押し切り、大河内は彼女の自宅アパートまで一緒に歩いた。

やがて建物の前まで来たところで、道中ずっと無言だった早月がチラリと視線を寄越し、気まずそうに言う。

「あの、ここです……」

「ふーん、駅から結構歩くな」

「でも、十分もかかりませんから。職場まではトータル二十分ほどで行けますし」

建物はまだ新しく、ガラスのドアを開けて入った廊下は清潔感があって明るかった。早月の部屋は一階の一〇二号室で、彼女は入ってすぐのところで足を止める。

彼女はこちらを思いきり意識しつつ、自宅の鍵を開けていた。そして目を合わせないまま、早口で言う。

「わざわざ送っていただいて、ありがとうございました。——じゃあ」

恐るべき速さで玄関に滑り込んだ早月が、ドアを閉めようとする。大河内は咄嗟《とっさ》に靴先を挟み、それを阻止した。

彼女がびっくりした顔で声を上げる。

「ちょっ、何するんですか！」

「何って、せっかく家まで送ってやった男に、茶も出さない気か」

「い、今ちょうどお茶を切らしてるので、お出しできないんです！」

下手な嘘《うそ》をついて乗り切ろうとする早月を、大河内は目を細めて見つめる。

「——いいから入れろよ」

「……っ」

早月はぐっと言葉に詰まり、頑なな様子でドアのハンドルを握りしめている。大河内が目をそらさずにいると、気圧されたように彼女の力が徐々に緩んでいった。

大河内はドアをぐいっと開け、玄関に入り込んだ。

「あ……っ」

薄暗い玄関の中、早月の身体を抱き寄せ、大河内はその唇を塞ぐ。濡れた傘がバサッと足元に落ち、水滴がデニムの裾に掛かった。背後でドアが閉まり、玄関がさらに暗くなるのを感じながら、大河内は一旦唇を離して間近で彼女の顔を見つめた。

早月はひどく、不安そうな目をしていた。先ほどの話を聞いてもどこか信じていないような、彩佳への引け目を捨て切れていないような表情をしていて、大河内はそれを払拭したくて再び彼女の唇を塞ぐ。

「ん……っ」

怯《おび》える舌を絡め、抱きしめる腕に力を込める。早月が身体をこわばらせ、逃げたいそぶりを見せるのを、大河内は力ずくで封じ込んだ。

柔らかな舌を軽く吸うと、早月の抵抗が目に見えて弱まる。角度を変え、さらに口腔《こうこう》の深いところを探った瞬間、舌先が先ほど抜歯した部分に触れて、彼女がビクッと身体を震わせた。

「——ああ、ごめん。痛かったか」

「…………」

大河内は唇を離し、問いかける。早月が羞恥に潤んだ目をしながら、小さく首を横に振った。大河内は笑って言った。

「だよな。きれいに縫合してやったし、もう出血も止まってる。俺が処置したんだから間違いない」

大河内の言葉を聞いた途端、早月はどこか不満げな表情になる。彼女はボソリとつぶやいた。

「でも……抜いてるときは、死ぬかと思いました。グイグイ引っ張られるし」

「あれでも細心の注意をしてたんだ。骨にくっついてるのを無理やり抜くわけだから、どうしても強く引っ張らざるを得ない。でも負担をかけて、申し訳なく思ってる」

謝って頬を撫《な》でてやると、早月が目に見えておとなしくなる。

普段の肩肘張った隙のない様子より、今の感情豊かな彼女のほうが、断然可愛い。そう思いながら、大河内は早月を見下ろしてささやいた。

「――寝室はどこだ」

「…………」

「言いたくないならいい。勝手に探す」

「えっ、あ……っ」

中は典型的な1DKで、玄関から入ってすぐのところにはトイレがあり、右手が寝室になっていた。

早月の腕を引いて家に上がり込んだ大河内は、寝室に入る。電気を点けないまま彼女の身体を抱き寄せ、ベッドに押し倒そうとすると、早月がぐっと大河内の胸を押して言った。

「ちょ、待ってください。わたし……っ」

「待てない」

強引に唇を塞いだ途端、早月が喉奥からくぐもった声を漏らす。

ベッドに押し倒し、キスを続けながら、大河内は早月の白いカットソーの下に手を入れた。肉の薄い腹部がビクリと震え、肩に触れた彼女の手に力がこもる。そのまま胸のふくらみを握り込んだ瞬間、早月が小さく声を上げた。

「あ、っ……！」

ブラ越しにやわやわとふくらみを揉《も》みつつ、大河内は彼女の目元、耳へと唇を滑らせる。耳朶《じだ》を軽く噛む動きに早月が首をすくめ、足先がモゾリと動いてベッドカバーを乱した。

彼女の背中に手を回し、ブラのホックをはずす。緩んだカップからふくらみが零れ出て、大河内はカットソーをたくし上げ、早月の胸の先端をペロリと舐《な》めた。

「……っ」

適度な大きさの胸は張りがあり、頂の色が清楚《せいそ》できれいだ。舌先で乳暈《にゅううん》を舐め、ときおり押し潰す動きに、早月が息を乱す。顎の辺りでわだかまるブラやカットソーが邪魔で、大河内は身を起こし、彼女が着ているものを脱がせた。

トレンチコート、スーツの上下とストッキング、それにカットソーとブラを、次々と床に放っていく。ついでに自分の上着も脱いで落とし、ケーシー姿の大河内は早月の上に屈み込んだ。

細い首筋を唇で辿《たど》りつつ、胸のふくらみをつかむ。弾力のある丸みの感触は手に愉しく、先端を指先に挟むと早月が息をのんだ。芯を持ったそこをいじるうち、どんどん彼女の呼吸が乱れていく。

「ぁ……は、っ……」

こらえようとしても漏れる吐息が、ひどく色めいて聞こえた。

首筋や鎖骨にキスした大河内は、早月の胸の先端に舌を這《は》わせる。舐め上げ、吸いつく動きに、彼女がもどかしげに身をよじった。

「っ……んっ、あ……っ」

すんなりと細い太ももを撫で、大河内は下着越しに早月の脚の間に手を伸ばす。既にじんわりと湿り気を帯びたそこは、触れた途端に内側がぬるりと滑った。下着の中に手を入れながら、大河内は彼女の唇を塞ぐ。

「ふ……っ、ん、ぅっ……」

花弁を開き、合わせをなぞる。ぬるついた愛液を零れさせる蜜口を指でくすぐりつつ、口腔に押し入って舌を絡めると、早月が余裕のない息を漏らした。

目を開けた大河内は、間近で彼女から潤んだ眼差しを向けられ、強く欲情を煽《あお》られる。肌を暴き、深いキスをするたびに早月の抵抗が弱まっていくのがつぶさに感じられて、征服欲を掻《か》き立てられて仕方がなかった。

身体を起こした大河内は、彼女の下着を脱がせて床に落とす。そしてその脚を開かせ、蜜を零す部分に舌を這わせた。

「っ……や……っ！」

慌てた早月が頭を押しのけようと手を伸ばしてくるのを、指を握り込んで阻止する。溢《あふ》れた愛液を舐め、敏感な花芯を舌で押し潰すと、彼女の太ももがビクリと引き攣《つ》った。

「はぁっ……やっ、ぁ……っ」

すすり泣きに似た声が、切れ切れに薄暗い部屋に響く。

音を立てながら舐めて思うさま喘《あえ》がせ、大河内は早月の反応を愉しんだ。夜目に白く浮かび上がる肢体は細いが女らしい肉付きをしていて、肌の触り心地がいい。恥じらいながらも感じているのは一目瞭然で、素の真面目そうな雰囲気とのギャップにゾクゾクする。

(そうだ。このあいだもこの反応にやられたんだっけ……)

やがて感じすぎた早月がぐったりした頃、大河内はようやく身を起こした。ケーシーを頭から脱ぎ捨て、パンツのポケットに入った財布から避妊具を取り出す。

「…………」

それを見た早月が、ふいにぎゅっと唇を噛み、頑なな表情になった。それに何となく引っかかりをおぼえつつ、避妊具を着けた大河内は彼女の膝に手を掛けたものの、なぜかそこは強く力が入っていて開こうとしない。

「──おい、この期に及んで何の真似だ」

大河内が問いかけると、早月はますます頑なな表情になり、ボソリとつぶやく。

「……っ、だって……」

「生殺しもいいとこだろ。脚開け」

「…………」

「──早月」

名前を呼んだ瞬間、早月は目を見開き、すぐにじわりと顔を赤らめる。

両膝のこわばりが解け、大河内は早月の脚の間に身体を割り込ませた。首筋や鎖骨、肩口に口づける動きに、彼女は敏感に身体を震わせる。大河内は早月の潤んだ蜜口に自身をあてがい、片方の膝をつかんで、ゆっくりと中に押し入った。

「うっ、ん……っ」

蕩《と》けた内部がわななきながら屹立《きつりつ》を締めつけ、その心地よさに大河内はぐっと息を詰める。狭いが充分に濡《ぬ》れている中が大河内を受け入れて、何度か腰をグラインドすると根元まで埋まった。

早月が少し苦しそうに眉を寄せているのに気づき、大河内は動きを止める。そして彼女に問いかけた。

「……きついか？」

「平気……っ……ぁ……っ！」

軽く揺すり上げると、隘路《あいろ》がぎゅっと締めつけてくる。柔襞《やわひだ》が隙間なく絡みつく感触に奥歯を噛み、大河内は律動を開始した。

「はっ……あっ、……っん……ぁっ」

激しくはない動きで何度も揺すぶられる早月が、切れ切れに喘ぐ。

手元のシーツに頬を擦りながら身をよじる姿は煽情《せんじょう》的で、無意識に逃げようとする腰を引き寄せて深く貫く動きは、大河内に得もいわれぬ快感をもたらした。

　律動を緩めないまま屈み込み、胸をつかんで先端を舐める。甘い声を漏らした早月の内《うち》襞《ひだ》がぞろりと蠢《うごめ》き、一気に潤みを増した内部に危うく持っていかれそうになった大河内は、息を吐いて快感を逃がした。

　胸の尖《とが》りを舐めるたび、早月が「んっ」と声を上げる。ふくらみをつかんだままチラリと視線を上げると、目が合った彼女は羞恥に頬を染めた。

（くっそ……可愛い顔しやがって）

　大河内は早月の膝をつかみ、さらに奥を穿《うが》つ。腕を伸ばした彼女が首にしがみついてきて、吐息交じりの声で言った。

「あっ、も……っ」

　懇願するような響きと中がわななく感触に、大河内は早月の限界が近いことを感じ取る。汗ばんだ額に唇で触れながら、大河内は彼女に問いかけた。

「……達きそう？」

「……っ」

　しがみつく腕に力を込めることで、早月が肯定してくる。その細い身体を抱き返し、大河内は彼女にささやいた。

「――俺ももう達く」

　大河内は体重をかけ、自身を深く押し込む。そこから一気にスパートをかけると、早月が高い声を上げてしがみついてきた。

「ぁっ！　はっ……んっ……あ……っ！」

「……っ」

ビクビクッと中が震えて早月が達するのと同時に、大河内は強烈な射精感に突き動かされ、最奥で吐精する。ありったけの情欲を吐き出すと充実感と倦怠感《けんたい》が全身を満たし、互いに息を切らせて見つめ合った。

快楽の名残を残した潤んだ瞳、そして汗ばんだ肌を、いとおしく感じる。大河内は彼女の頭を抱き寄せ、その乱れた髪に顔を埋めて充足の息を吐いた。


情事のあとの気だるさの中、狭いシングルベッドに横になった大河内は、スマートフォンを操作する。

母親の朋子からメッセージがきており、「どこにいるの？　ご飯がいらないなら連絡しなさい」という文言が、怒ったスタンプと一緒に並んでいた。

(あー、連絡するの忘れてたな。また帰ったらガミガミ言われるのか……)

うっかりケーシー姿のまま出てきてしまったため、そこを追及されることを考えると、気が重くなる。

そのとき隣でこちらに背を向ける形で横たわっていた早月が、身体を起こした。彼女はベッドカバーで胸元を隠しながら床に手を伸ばし、カットソーを取り上げて頭から被る。袖に腕を通した彼女は、しばらく何か考え込んでいた。

　やがて早月が、突然言った。

「――あの、誤解されたくないので、あえて言わせてもらいますけど。わたし、あなたとつきあうのを了承したわけじゃありませんから」

　意外な発言に大河内は驚き、かすかに眉を上げる。頑なな表情でこちらを見た早月が、言葉を続けた。

「そんなに簡単な女じゃないので。ちょっと優しくされたくらいで、人を好きになったりしないし」

「へーえ。そのわりにはこうして俺とヤってるわけだけど、それについてはどう思ってるんだ？」

　笑いをにじませた問いかけに、彼女はぐっと言葉に詰まる。そして視線をそらし、モソモソと答えた。

「それは……大河内さんが強引だから、それで」

　途中からは自分でこちらにしがみついてきたはずだが、それについてはなかったことにするつもりらしい。大河内の揶揄《やゆ》するような思考を読んだのか、早月がキッとこちらを向き、むきになって言った。

「し、しかもあなたは、彩佳ちゃんとまだきっちり別れてないでしょ。そういうところが何だか信用できないの！」

「別れるも何も、あっちとは何ひとつ始まってないって」

大河内はため息をつきながら、ベッドに身を起こす。そして腕を伸ばし、彼女の頭にポンと手を置いて言った。

「何でそこまで後輩に引け目を感じるのか、正直理解に苦しむけど。まあ、会社での関係とか、いろいろあるんだろうな」

「………」

見合いをしたという事実がある以上、早月が彩佳に対して何となく後ろめたさを感じ、つきあうことに躊躇《ためら》いをおぼえているのは大河内にもわかる。

だがそれは、自分がはっきり彩佳に断りを入れればクリアになる話だ。大河内と彼女は婚約しているわけではなく、早月が日陰の女のような思いを抱く必要はない。

大河内は笑い、早月の髪をわざと掻き混ぜて乱しながら言った。

「見合いをした責任は俺にあるから、そっちは早急に片をつける。元々さっさと終わらせようと思ってたところだし。あとはお前のことだけど、そんな簡単な女じゃないっていうなら、それはそれでいいよ」

「えっ？」

早月がびっくりしたように目を見開く。それを見つめ、大河内は宣言した。

「――絶対、好きにさせてやる」

第5章

三月も後半に差しかかり、日中の気温は六度前後と、日々少しずつ上がってきている。

普段の早月は比較的仕事が暇な火曜、そして土日以外のもう一日を休みにすることが多い。火曜日の午前、早月は洗濯したベッドカバーを干しながらため息をついた。

「……はあ」

ベッドカバーを見ているうちに昨夜のでき事を思い出し、きまりの悪さをおぼえる。

彩佳のことを思って最初は抵抗したものの、結局早月は大河内と再び関係を持ってしまった。見た目や喋《しゃべ》り方のクールさとは違い、早月を抱く大河内はひどく情熱的だった。触れ方は丁寧で荒っぽいところはなく、ときおり向けてくる眼差しに熱がある。気づけば早月は、我を忘れて彼にしがみつき、声を上げていた。

そして一夜明けた今、早月の心には、迷いばかりが渦巻いている。

(彩佳ちゃんは……もうすっかり大河内さんを好きになっちゃってるんだよね。お見合い相手のお母さんから「よろしくお願いします」なんて言われたら、期待するのは当たり前かもしれないけど)

そういう意味では、彩佳は被害者だと言っていい。もちろん、その気のない大河内にしてみれば「冗談じゃない」と思うだろうが、早月は彼女の気持ちを考えて心が重くなっていた。

大河内は早急に彩佳との件に片をつけると言っていたが、それはすなわち彼女が失恋することを意味する。そんな状況の中で彼と関わりを持つのは、彩佳に対する裏切り行為ではないか。そう思えて仕方がなかった。

洗濯物をすべて干し終えた早月は、モヤモヤした気持ちを抱え、じっとうつむく。

彩佳に対する罪悪感は、それだけが理由だろうか。大河内と二度身体を重ね、今のところは彼の気持ちを突っ撥《ば》ねた形になっているものの、本当はあの強引さ、真っすぐなアプローチに、強く心惹《ひ》かれている。

だからこれほどまでに、後ろめたさをおぼえるのではないか——そう自分を分析し、早月は気鬱を深めた。

(わたしは、どうしたら……)

次の日出社すると、隣の席には既に彩佳がいて、早月は彼女に「おはよう」と声をかけた。少し鈍い動きでこちらを見た彩佳が「……おはようございます」と返してきて、その顔を見た早月は驚きに目を瞠《みは》る。

「彩佳ちゃん、その顔――」

泣き腫らしたように赤い目元の彼女は、目を伏せて押し黙る。早月が再び口を開きかけた瞬間、支配人の後藤《ごとう》がオフィスに入ってきて、声を上げた。

「おはよう。朝礼を始めようか」

周囲のスタッフが次々に立ち上がり、早月も慌てて席を立つ。そして彩佳に「あとでね」とささやいた。

午前中は雑務に追われ、結局早月が彩佳とゆっくり話せたのは、昼休みになってからだった。彼女をランチに誘い、社員食堂で向かい合って座ると、彩佳が重い口を開く。

「――大河内さんから、連絡がきたんです」

「…………」

「昨日の夜にスマホに電話がきて、びっくりしながら出たんですけど。……お見合いの件、正式に断りたいっていう内容でした」

早月の胃が、きゅっと縮む。一昨日の宣言どおり、大河内が彩佳に話をしたという事実を聞いて、何ともいえない気持ちになっていた。

彩佳が言葉を続けた。

「大河内さん、二回会ってみて、私とは何となくフィーリングが合わないって感じたそうです。『今回はこのようなことになって申し訳ない』って、謝ってました」

彩佳は突然の話に驚き、動揺しながらも食い下がったらしい。二人きりで会う機会を作ってほしい、もっと互いのことをよく知ることができたら、気持ちが変わるかもしれない——そう大河内に伝えたが、彼はいい返事を寄越さなかったという。

追い打ちをかけるように上原の父親から自宅に平謝りの電話が入り、両親が苦々しい顔をしていたのだと彩佳は語った。

「私……すごくショックで。だったらどうして向こうのお母さんは、『ぜひ今後もよろしくお願いします』なんて言ったんですか？　上原さんだって、大河内さんがそんなふうに感じてたなんて……一言も言ってくれなかった」

早月は何と返していいかわからず、押し黙る。

大河内と見合いをして以降、彩佳がどれだけはしゃいでいたかを知っているだけに、軽々しい同情の言葉を口に出せなかった。ましてや自分は、彼女が一目惚《ひとめぼ》れをした相手と関係を持ってしまっている。

一方で、大河内の困惑も理解できた。初めから見合いを断るつもりでいた彼は、母親の迂闊《うかつ》な言動の結果、再び彩佳と顔を合わせる羽目になってしまった。二度会っても彼女に特別な感情を抱けなかったのは、決して責められることではない。

（大河内さんは……彼なりに誠実なんだよね。わたしとの約束を守ったわけだし）

大河内は早月への気持ちを口にし、「彩佳との件に、早急に片をつける」という約束を果たしてくれた。そんな態度に彼の律義さを感じるものの、彩佳の沈みようを見ると何となく大河内を責めたくもなり、早月は複雑な思いにかられる。

「あの……彩佳ちゃん、あんまり落ち込まないで。今回は残念だったけど、他にいい人がいるかもしれないし」

早月が苦渋の末に発した言葉に、彩佳はムッとした表情になって言った。

「そうは言いますけど、大河内さん、飲み会のあとの私の『また会いましょう』っていう提案に、賛成してたじゃないですか。その気がないなら、あのとき連絡先を交換しなきゃよかったのに。期待させておいてこんな仕打ち、おかしいですよ」

彩佳が猛然と海老のトマトクリームパスタを食べ出し、早月はそれ以上何も言えなくなる。

少し落ち込んだ気分でモソモソと揚げ出し豆腐の和定食を食べ、昼休みの終わり際にスマートフォンを見ると、大河内からメッセージがきていてドキリとした。

内容は「今日は何時に仕事が終わるのか」というもので、早月は返事に迷った。忙しいときは仕事終わりが十時、十一時になるのもざらだが、今は担当が一組減って、比較的早く帰りやすい時期だ。

だが躊躇《ためら》いばかりが先に立ち、すぐに返事することができない。

（そもそもわたし――大河内さんとどうするか、まだ決めてないし）

彼は好意を口にしてくれたが、早月は返事を保留にしている状態だ。大河内が後輩の彩佳の見合い相手である以上、彼とは距離を置くべきだと考えていた。だが正式に彩佳と破談となった今、差し当たって拒む理由はなくなってしまっている。

結局その日、早月は午後八時に会社を出た。自宅の最寄り駅に降り立つと、改札の外の壁にもたれて背の高い男が立っている。

「――お疲れ」

私服姿の大河内に声をかけられ、早月はぐっと表情を引き締める。そして彼を見上げて口を開いた。

「彩佳ちゃんから、聞きました。昨日あなたが……お見合いを正式に断ってきたって」

「ああ。そうするって言っただろ」

「彩佳ちゃん、すごくショックを受けてました。朝から泣き腫らした目をしてて、『その気がないなら、何で連絡先の交換をしたんだ』って――。どうして大河内さんのお母さんは期待させるような返事をしたのって、納得がいかない様子でした」

大河内が早月を見下ろしてくる。彼はふっと笑って答えた。

「事情はこのあいだ、説明したとおりだ。俺には最初から受けるつもりがなかったし、伯父や母親の顔を立てた結果がこれなんだけど。何でそんな詰問口調なんだ?」

「……っ、だって」

早月はぐっと言葉に詰まる。

彩佳の先輩という立場でいえば、やはり「かわいそうだ」という気持ちが先に立った。だが大河内側の視点で見れば「仕方がない」とも思え、自分でもひどく複雑になる。

そんな早月を見つめ、彼が言った。

「お前が後輩に引け目を感じて、俺の気持ちに応えられないっていうのは理解できたから、なるべく迅速に片をつけたつもりだ。彼女を傷つけたのは申し訳ないとは思うけど、俺にはもうどうすることもできない」

「…………」

「できるかぎり善処したつもりなんだがな。それに対するお前の答えは？」

「えっ？」

「後輩の件が引っかかってるって言ってたろ」

早月はじわじわと焦りをおぼえる。確かに二度目に抱き合った月曜、早月は大河内に「彩佳とまだきっちり別れてないところが、信用できない」と言った。その点がクリアになった今、彼のアプローチをかわす理由が新たに必要になる。

目まぐるしく頭の中で考えた早月は、大河内を見る。そして精一杯強気な表情で言った。

「た、確かにあなたは、彩佳ちゃんとの件には決着をつけたけど……それとわたしの気持ちは、話が別です。わたし、あなたのことを好きになるほど内面をよく知らないし」

「──……」

大河内が思いがけないことを言われたように目を瞠る。やがて彼は喉奥で笑い、楽しそうに言った。

「ああ言えばこう言う……まあ、そういう変な意地の張り方も面白いけど」

「えっ？」

「わかった。じゃあ行こう」

大河内が突然壁際から離れ、改札に向かって歩き出す。早月は慌てて彼の背中に声をかけた。

「お、大河内さん？」

「電車に乗るぞ。早く来い」

「行くってどこへ……」

困惑しながらの問いかけに、大河内が振り返る。彼は微笑んで答えた。

「とりあえず街まで。忘れたのか？　絶対好きにならせてやるって言ったの」

「そ、それは……」

先日の彼の言葉を思い出し、早月の頬がじんわりと熱くなる。大河内がニヤリと笑って付け足した。

「――『内面をよく知る』ためには、うんと親交を深めないとな？」

＊　　＊　　＊

電車を乗り継ぎ、繁華街まで出る。

何となく居心地の悪そうな表情の早月をチラリと見やり、大河内はかすかに微笑んだ。

（……さて、どう攻略してやろうかな）

先ほど自宅の最寄り駅に現れた仕事帰りの早月は、どこか頑なな雰囲気だった。顔を合わせるなり彩佳に断りの電話を入れた件について詰問され、大河内は内心苦笑いした。

早月は今日、「見合いを断わられて、彩佳は傷ついた」と文句を言いたいがために会うのを了承したらしい。だが大河内に言わせれば、それはどうしようもないことだ。最初から彩佳とつきあうつもりも、結婚する気もさらさらなく、こちらにできるのは精一杯の言葉を尽くして詫《わ》びを入れることしかなかった。

（俺が女として見てるのは、お前のほうだって言ってんのにな。……後輩の心配をするとか、どんだけお人好しなんだよ）

なかなか一筋縄ではいかないところが、もどかしくじれったい。

だがおそらくは、そういった面倒な部分も含めて「香坂早月」という人間なのだろう。

そんなふうに結論づけ、大河内は地下鉄の駅から数分歩いて、路地裏の小さな店に入る。

後ろから階段を上りながら、早月が問いかけてきた。

「大河内さん、ここって……」

「タイ料理をベースにした、エスニックの店」

店内はかなり狭く、カウンターが六席と二人掛けのテーブル席が三つしかない。幸いテーブル席がひとつ空いていて、そこに二人で腰を下ろした。

早月が興味深そうに周囲を見回してつぶやく。

「わたし、エスニックってほとんど食べたことがないです」

「結構美味いよ。まあ、お前が苦手なら俺が食べるから、気にすんな」

大河内はビンタンビール、早月はジャスミンハイボールで、乾杯する。

メニューを見てもよくわからないという彼女のため、大河内は万人受けする海老トースト、や空心菜炒《いた》め、タイ風の焼きそばであるパッタイ、殻のまま食べられるソフトシェルクラブなどを注文した。

やがて出てきた海老トーストを齧《かじ》り、早月がパッと笑顔になる。

「美味しいです……！」

「だろ」

エスニック料理は好みが分かれるが、彼女は物怖じせずいろいろなものにチャレンジした。中でも牛テールと香味野菜のフォーが気に入ったらしく、美味しそうに啜《すす》る一方、辛いものはあまり得意ではないようで、くるくると変わる表情は大河内を愉しませる。

「大河内さん、こんなお店を知ってるんですね」

ライチのトロピカルコラーダを飲みながら早月がそんなことを言ってきて、大河内は店員にビアラオを注文したあとに答える。

「俺がっていうより、賢人がな。あいつは顔が広いし、とにかくいろんな店を知ってる。俺はたまに誘われて一緒に来て、気に入ったところをいくつか覚えてるだけ」

「上原さん、いかにも交友関係が広そうですもんね。人当たりが良くて優しいですし」

早月は上原に、悪い印象を抱いていないらしい。大河内は笑って言った。

「大抵の女は、あいつに対してそういう感想を抱くよ。昔から誰にでも好かれる奴だから」

　本当は見た目どおりの爽やかな男ではなく、内面は結構屈折しているのだが、それを見抜ける人間はほぼいない。

　酒が入ったせいか、来店時よりだいぶ雰囲気の和らいだ早月が、続けて言った。

「上原さんとは従兄弟だって言ってましたけど、すごく仲がいいんですね」

「同い年だし、中学も一緒で、昔からつるんでることが多かったんだ。普通の従兄弟っていうより、友達とか幼馴染《おさななじみ》みとか、それに近い感じ」

　上原は大河内の家がやたらと好きで、第二の実家のように好きに出入りしている。大河内がそう言うと、早月は「楽しそう」と言って笑った。

「そっちは？」

「えっ？」

「一人っ子？」

　大河内の問いかけに早月はきょとんとし、すぐに微妙な表情になる。彼女は手の中のグラスに視線を落とし、少しトーンダウンして答えた。

「わたしは……七歳下に、弟がいます。うちの両親は元々男の子が欲しかったらしくて、彼が産まれてからの熱狂ぶりは、本当にすごいものでした。何をしても褒め称えて、欲しがるものはすべて買って与えて。家ではあまり存在感がなかったかもしれません」

現在弟は大学生で独り暮らしをしているが、遊んでばかりでろくに学校に行っておらず、単位をほとんど取れていないらしい。早月は親に学費の援助を要請されて毎月仕送りをしているといい、大河内は驚いて彼女を見つめた。

(……そんな人生舐《な》めた弟のために、仕送りしてるっていうのか)

ウェディングプランナーの給料がどれほどかはわからないが、仕送りをすれば生活に余裕がないのは間違いない。早月の話を聞いていた大河内は、なぜ普段の彼女が真面目で肩肘張った雰囲気なのかが、わかった気がした。

――ひょっとすると彼女は、両親や弟のために仕送りをすることで自分の存在意義を確かめているのかもしれない。弟ばかりが溺愛され、寂しい思いをして育ったのなら、たとえ金銭的なことでも頼られれば嫌とは言えないだろう。

(やたら後輩を気にかけるのも……だからか)

人に譲ることが当たり前な価値観を植えつけられてきたため、早月は彩佳が好意を寄せる自分とは手放しでつきあえないのではないか。

そんなふうに考え、大河内は何ともいえない思いで彼女を見つめる。

「……何ですか？」

不思議そうにこちらを見る彼女の頭に手を置き、大河内はその髪を搔《か》き混ぜる。そして小さく笑って言った。

「――頑張ってるんだな」

「…………」

「いつも気を張ってると疲れるんだから、たまには羽目をはずせ。かといって、このあいだみたいに道端のベンチで寝るのはどうかと思うけど」

少し茶化した大河内の言い方に、早月がきまりの悪そうな顔になり、モソモソと答える。

「あれは……その、ご迷惑をかけてすみませんでした」

「一人でいるときは危ないからやめろって言ってるだけで、俺と一緒なら全然構わないぞ。お前、酔ってるときのほうが可愛いし」

「か、可愛いって」

「そろそろ出るか」

時刻は既に、午後十時になっていた。交通機関で帰るのが面倒に感じ、ビルの前に停まっていたタクシーに乗り込むと、早月が恐縮した様子で言う。

「大河内さん、すみません。ご馳走《ちそう》さまでした」

「ああ」

店を出る際、「割り勘で」と早月が強硬に言い張っていたのを適当にいなし、大河内は一人で会計を済ませていた。自分と一緒にいるときに、彼女に金銭的な負担をさせたくない。幸い大河内は親元で、生活費を入れる以外は金がかからず、さして趣味もないために懐には余裕がある。

タクシーで走る十五分余り、互いに無言だった。やがて到着した早月の自宅アパートの前で、大河内は運賃を払って降りる。タクシーが走り去っていき、湿った夜風が吹き抜ける中、早月がもじもじと何か言いかけた。

「あの……」

自分を自宅に誘うべきか、彼女が迷っているのが大河内にはわかった。

食事代やタクシー代をこちらに支払わせてしまったことで、早月は引け目を感じている。それがつぶさに伝わってきて、大河内は小さく息をついて言った。

「――お前、明日も仕事なんだろ」

「あ、……はい」

「俺もだ。だからそろそろ帰る」

あっさりそう告げた途端、早月が驚いた顔でこちらを見る。彼女は戸惑ったように声を上げた。

「えっ、お、大河内さん？」

「じゃあな」

大河内は踵《きびす》を返し、自宅の方向に歩き始める。

早月が困惑した様子でこちらを見送っているのがわかったが、あえて振り向かなかった。

（いきなり距離を詰めても、あいつはかえって逃げようとするかもしれない。……だから焦らずにいくしかないんだ）

早月の真面目な雰囲気の向こうに透けて見える自信のなさを、大河内はもどかしく感じていた。彼女の抱える劣等感、それにこちらに対する遠慮や臆病な気持ちを払拭してやりたい思いがあるが、まだ自分たちは知り合って日が浅い。だから少しずつ彼女の警戒心を解き、その上で恋愛に進めたら――大河内はそんなふうに考えていた。

（……さて次は、どこに連れてってやろうかな）

ひょんなことから知り合った女に、思いがけず嵌《は》まってしまっている。

自分のそんな状況に少しおかしくなりながら、大河内は薄曇りの暗い空を見上げ、夜道を歩き続けた。

第6章

四月は気候が穏やかで、ブライダルの分野においては人気の月となる。新緑が美しくなってくると、ガーデンやテラスを利用した屋外の挙式も徐々に増えるが、北国では若干早い印象だ。何しろまだ桜も開花しておらず、外で何かをするには寒すぎる。

四月一日付けで二人の新人が入社し、チーフである早月には彼らの研修という仕事が加わった。これから三ヵ月間、自分の仕事の合間を縫って身だしなみや名刺の渡し方、客との接し方など、社会人として基本的な部分から教える。平日は座学がメインで、挙式があるときは現場の見学だ。

今日の新人研修を終えた早月は自分の席に戻り、週末に他のプランナーが担当する挙式の進行表を見ながらため息をついた。

（ああ、何だかモヤモヤする……）

先ほど配られたばかりのプリントに集中しようと思うのに、気づけば早月は他のことを考えている。

（大河内さんは……一体何を考えてるんだろ）

早月と彼が定期的に会うようになって、二週間が過ぎようとしている。

彩佳との見合いを正式に断ったあと、大河内は二、三日に一回の頻度で連絡を寄越す。夜の映画に誘ってくれたり、ダーツバーに連れて行ってくれたり、彼の運転でドライブに出掛けたりと、意外なほどのバリエーションで早月をあちこちに連れ回した。

何度も顔を合わせるうち、最初に大河内に感じていた取っつきにくさは徐々になくなり、早月は思いのほか彼と過ごす時間を楽しんでいる自分に気づいた。

(でも……)

「香坂、秋のフェアの草案できた?」

ふいに背後から塚本が話しかけてきて、早月は我に返って答える。

「ううん、まだざっくりとしか……塚本くんはできたの?」

「ああ」

早月の同期である彼は年齢も同じで、何かと関わることが多い存在だ。

塚本は入社してすぐにウェディングプランナーとして頭角を現し、同期の中で最も早くチーフに昇格した。その頃から成約率や式のプランニングの内容には目を瞠《みは》るものがあり、ブライダルフェアの企画も上手い。

イベントディレクターに部署替えした現在も次々に画期的なフェアを提案していて、いずれは支配人、そして本社スタッフへとキャリアアップしていくのが確実な人間だ。彼は早月と同様に新人研修を任されており、バンケットやサービスの部分を担当していた。

（……わたしも頑張らなくちゃ）

確実に結果を出している塚本を見ていると、身が引き締まる思いがする。そんな早月を見下ろし、塚本が「ところで」と切り出した。

「さっき初見学の客を案内してる河合を見かけたんだけど。あいつ、何かあったのか？」

「えっ？」

「客がチャペルを見て盛り上がってる横で、ぼーっと気の抜けた顔をしてたからさ」

彩佳の話を持ち出され、早月は表情を曇らせる。

彼女が大河内に見合いを断られて半月ほどが経つが、彩佳はずっと気落ちしていて、仕事に身が入っていないのが明らかな様子だった。彼女の受けたショックがわかるだけに、これまで早月はあまり強く注意できずにいたものの、塚本がわざわざ言いに来るということは相当目に余る状態だったのだろう。

早月は塚本を見上げて言った。

「彩佳ちゃん、最近プライベートでちょっとあったらしくて。でもお客さまがいるのにぼんやりしてるのはまずいと思うから、わたしのほうから注意しておく。わざわざ教えてくれてありがとう」

「ああ」

塚本が去って行き、早月はデスクに向き直ってチラリと隣の席を窺《うかが》う。

彩佳は戻ってきておらず、おそらくまだ見学客の対応をしているのだと思われる。彼女にどう話をするべきかと考え、早月はため息をついた。

傷ついている彼女を尻目に、早月は密かに大河内と繋《つな》がりを持ってしまっている。それがひどく後ろめたく、仕事の上で彩佳に注意しなければならないことを思うと、気が重かった。

(本当はもう、大河内さんには会わなければいいのかもしれない。——でも)

大河内が自分で言っていたとおり、彼は優しい男だった。

見た目はクールに見えるのに物腰は穏やかで、意外なほどフットワークが軽い。一緒に出掛けたときはこちらに金を使わせず、どうしてもと食い下がると、彼は「じゃあ、コーヒー奢《おご》って」と言ってカフェや自販機でわずかな金額を支払わせるのが常だ。

男性にここまで甘やかされることが初めてで、早月は戸惑いをおぼえている。何より不可解なのは、二度目に抱き合って以降、大河内がこちらに性的な意味で手を出してこなくなったことだ。

帰りはいつも自宅アパートまで送ってくれるものの、中までは入らない。てっきりそういう行為を求められると考えていた早月は、毎回肩透かしを食った気持ちになっていた。

だが自分から誘うのもおかしな話だと思い、学生のように健全なデートを重ねている。

(大河内さんがどういうつもりなのか、全然わかんない。……最初はあっさりホテルに誘ったくせに)

初めて会ったとき、彼は初対面にもかかわらず早月を誘ってきた。つまりは、行きずりの相手とたやすく寝られる男だということだ。

そんな人間を信じていいのだろうかという思いが、会うたびに早月の中に渦巻いている。しかしその一方で、自分もそうした関係にあっさり応じる軽い女だと思われているのかもしれず、忸怩《じくじ》たる思いがこみ上げていた。

（わたし……どうしたらいいんだろう）

最近の大河内の行動に、早月は振り回されながらも心が揺れている。

優しくされるのはうれしいし、彼と話すのは楽しい。それは彩佳に対する後ろめたさを凌駕《りょうが》するくらい、早月の生活の中で新鮮な潤いになりつつあった。

自分が大河内に心惹《ひ》かれているのは、もう疑いようのない事実だ。しかしそう自覚をしながらも、彩佳の存在、そして大河内の本気度がわからないのもあり、なかなか彼のほうに踏み切れずにいた。

（大河内さんと、ちゃんと話せばいいのかもしれないけど……なんか聞けないな）

身体から始まったせいか、早月は彼に深い話を振れない。妙な虚勢を張って、つい大河内に興味がないふりをしてしまう。

もし今後も継続して彼と会うなら、彩佳にきちんと説明したほうがいいと早月は考えていた。しかし「私の好きな人を奪った」と詰《なじ》られるかもしれないと思うと気が重く、大河内との関係を進めることをズルズルと先延ばしにしてしまっている。

ふと時間を見ると、午後五時十五分になるところだった。三十分から担当する客と打ち合わせが入っている早月は、ファイルを手にサロンに向かう。やがて女性が一人入ってきて、早月は立ち上がり、笑顔で声をかけた。

「こんにちは、平本《ひらもと》さま。お待ちしておりました」

彼女は三ヵ月後に挙式をする予定の二十六歳の新婦で、おっとりと優しげな雰囲気の持ち主だ。会社の上司だという十二歳年上の男性と婚約しており、今日が二回目の打ち合わせとなる。

他のウェディングサロンは三回程度の打ち合わせに内容を凝縮するところもあるが、早月のサロンでは五回から六回行うことになっていた。時間をかけてクライアントとの距離を縮め、なるべく希望に沿ったきめ細やかなサービスをするためだ。

一回目の打ち合わせでは挙式と披露宴の流れについて説明し、招待状の文面やデザインの決定、宛名リストを作ってもらった。二回目の今日は衣裳《いしょう》の検討の予定で、早月は彼女に笑顔で声をかける。

「今日はせっかくのドレスのご試着ですのに、新郎さまがいらっしゃられなくて残念ですね」

「ええ。どうしても抜けられない会議があって……でも、『君ならきっとどんなドレスでも似合うから、好きなものを選んでおいで』って言ってくれて」

「まあ、素敵な新郎さまでうらやましいです」

新婦は年齢より落ち着きがあり、着ているものやネイルなどが上品で、優雅な雰囲気を漂わせている。今日来られなかった三十八歳の新郎はいかにも仕事ができそうに見え、お似合いの二人に見えた。

（平本さまと小沢《おざわ》さま、二人でいるときはすごく仲が良いんだよね。……本当に素敵）

早月は彼女をホテル内にあるドレスサロンに案内するべく、エレベーターホールへと促した。

ドレスサロンは予約制で、オフホワイトを基調とした内装になっており、デザインのバリエーションとサイズ展開に自信がある。ドレスの他、アクセサリーやグローブ、パニエなどの小物も充実していて、女性なら思わず夢中になってしまうようなロマンチックな空間だ。

やがてやってきたエレベーターに乗り込み、扉が閉まる。上昇を始めた箱の中、早月は新婦に言った。

「今日はご納得がいただけるまで、ドレスのご試着をしてくださって構いません。サロンには専属のドレスコーディネーターがおりますので、平本さまのイメージを伝えていただけたら、さまざまなご提案ができると思います」

「ええ、楽しみです」

新婦はニッコリ笑い、早月を見つめて「ところで」と続けた。

「香坂さんって今、おつきあいされている方はいらっしゃるんですか？」

「えっ？」

「だっておきれいだし、潑剌《はつらつ》としてらっしゃるので。きっと香坂さんに魅力を感じる方は多いんじゃないかなーと思って」

突然思いがけない質問をされ、早月の脳裏を一瞬大河内の面影がよぎる。

しかし彼とはまだ、正式につきあっていない関係だ。早月はすぐに表情を取り繕い、微笑んで答えた。

「残念ながら、いません。この仕事は時間が不規則な上、なかなか出会いがなくて。お客さまだけではなく、わたし自身もいいご縁があったらと思うのですけど」

「……そうですか」

そこでエレベーターの上昇が止まってドアが開き、早月は「こちらです」と言って新婦を先導する。

「…………」

後ろからついてくる彼女が、何やら意味深な眼差しでこちらをじっと見つめている。しかし前を向いていた早月は、それに気づかなかった。

＊　＊　＊

ノースデンタルクリニックは、昼の十二時半から午後二時まで昼休みとなっている。

コンビニで買ってきた弁当で昼食を済ませ、大河内はクリニックの奥にある院長室でマンガ週刊誌をめくっていた。歯科衛生士や歯科助手はスタッフルームで休憩を取っていて、ときおり笑い声が聞こえる。

そのとき院長室のドアがノックされ、大河内は顔を上げた。

「はい」

「お疲れさまー。待合室の雑誌、新しいものに入れ替えておいたわよ」

古い雑誌を手に入ってきたのは、母親の朋子だ。

彼女は普段からクリニックの労務管理や給与計算、銀行の入出金やクリーニングなどの雑務の他、スタッフルームへの差し入れに至るまで、幅広く業務のサポートをしている。

大河内が「ご苦労さん」と返事をし、相変わらず週刊誌をめくっていると、朋子は買ってきたお茶のペットボトルを冷蔵庫にしまいながら言った。

「そういえば、貴哉」

「ん？」

「あなた今日、お夕飯はいるの？」

朋子がこんなことを聞いてくるのは、大河内が最近、頻繁に出掛けているせいだ。問いかけられた大河内は、しばし考えた。

（早月に会ったの、一昨日だっけ。……今日の帰り時間を聞いてみるか）

そう結論づけ、早速スマートフォンを取り出した大河内は、画面を開きながら答える。

「まだわかんないけど、もしいらないならあとで連絡する」

「……ふうん、そう」

視線を感じて顔を上げると、朋子が物言いたげな表情でこちらを見ていた。彼女は大河内と目が合うと急いで表情を取り繕い、何食わぬ表情で言う。

「ねえ、最近夜に外出することが増えたけど——あなた、賢人くんと一緒なの？」

「いや」

「じゃあいつも同じ人なの？　会ってるのは」

大河内はムッと眉をひそめる。その表情を見た途端、朋子が慌てた様子で言った。

「べ、別に詮索しようっていうんじゃないのよ？　純粋な好奇心っていうか、あの……」

「その『純粋な好奇心』が問題なんだろーが。プライベートに干渉しすぎないって約束したくせに、見合いの件をもう忘れたのか？」

大河内のにべもない反応に、朋子がしゅんと肩を落とす。

「そうよね……。ごめんなさい」

朋子は良くも悪くも素直だ。一人息子を愛するがゆえに、つい何にでも首を突っ込みたがり、すげなく返り討ちに遭っては毎回しょんぼりしている。

大河内はため息をついて言った。

「——女だよ、会ってるのは」

「えっ」

「見合い相手とは別の。これ以上は詮索するな」

朋子は大河内を見つめ、やがてじわじわと目を輝かせる。彼女は興奮気味に食いついてきた。

「まあ……まあ、そう。あなたは愛想がないけど、私に似ていい男だもの。心配しなくても、自分でおつきあいする人を見つけて当然よね」

大河内に彼女らしき相手ができたと知り、朋子は大いに安心したらしい。彼女はニコニコして古雑誌を抱え、言った。

「お夕飯がいらないときに連絡をくれさえすれば、あなたがどこで何をしようと文句はないわ。ああ、お母さん、すっごく安心しちゃった。じゃあ午後の診療、頑張ってね」

朋子が笑顔で去って行き、閉まったドアを見た大河内は小さく息をつく。

こちらに向けられる彼女の関心は鬱陶しいことこの上ないが、適当に情報を与えておけばそれで満足するのだから、まだ扱いやすいほうなのだろう。はっきり「彼女だ」と言わなかったのは、当の相手とまだ微妙な関係だからだ。

（あいつの中で、俺が彼氏に昇格するのは……一体いつになるんだろう）

早月と知り合って一ヵ月、二人で会うようになって二週間が経つ。

初めは成り行きで身体を重ね、二度目は半ば強引に関係を持ったものの、大河内はその日以降早月に性的な意味で触れていなかった。それは「そういうことをする前に、彼女の警戒を解くのが先だ」と考えたからであり、真剣につきあいたいという気持ちがあるからだ。

（……結構我慢してるんだけどな）

自分の忍耐を思い、大河内は苦笑いする。

酔っているときの早月は格段にガードが緩むが、普段の彼女は真面目で、こちらに対して腰が引けている様子がありありとわかった。

ふとした会話から早月が人に甘えられない性質であること、そして家族に都合よく利用されていて、どこか寂しさを抱えていることを知った大河内は、まずは彼女の信頼を得るのが先決だと思い、この二週間健全なデートを重ねてきた。

大河内が身体目的だと考えていたのか、当初早月の態度はぎこちなかった。しかしキスもハグもしない逢瀬《おうせ》を続けるうちに徐々に打ち解け、最近の彼女は帰り際、こちらが手を出さないことにどこか戸惑った表情を浮かべるようになった。

大河内があちこちに連れ回すたび、早月はいつも素直な反応を見せる。恋愛ものの映画を見てポロポロ泣き、美味しいものを食べたときはキラキラと目を輝かせ、逆に好みの味でないときは微妙な顔をしつつも一生懸命食べようとする。

会計時は毎回頑なに「割り勘にしてください」と言い、最近はそれが「今回はわたしに支払わせてください」に変わった。

男に金を使わせることにあまり慣れていないのか、しきりに恐縮する様子を見せるため、大河内が「じゃあ、コーヒー奢《おご》って」と言うと、早月はいつもうれしそうにする。そんな些細《ささい》な表情の変化、そして素朴さが可愛くて、大河内はときおり彼女に触れたい衝動がこみ上げて仕方なかった。

（嫌われてはいないんだろうけど、俺はいつまで我慢すればいいんだかな。……そろそろ聞いてみるか）

　まさか行きずりの相手と偶然再会して、こんなふうに執着するようになるとは思わなかった。女はもう懲り懲りだと考えていたはずなのに——と大河内は自分の気持ちの変化を不思議に思う。

　かつて自分を辟易《へきえき》させた相手の顔がふと脳裏をかすめ、大河内はシクリと胸が疼《うず》くのを感じた。女が平気で人を裏切れる生き物なら、もう誰ともつきあわなくていいと思っていた。だが早月の素直さや真面目さに触れ、気づけば久しぶりに恋愛を楽しめそうな気になっている。

　そのときふいにスマートフォンの着信音が鳴り、大河内は手に取って確認した。メッセージの送り主は早月で、どうやら昼休みの終わり際に送ってきたものらしい。内容は簡潔で、「今日は午後九時くらいに帰れると思います」とあった。

（プランナーってやつも大変だよな。……客の都合で連日帰りが遅くなるんだから）

　そんなことを考えながら、大河内は「じゃあ九時過ぎに駅で待ってる」とメッセージを返す。そして「今日はどこに行こうかな」と、彼女と会う時間に思いを馳《は》せた。

＊　＊　＊

日中は晴れて気温が十五度くらいまで上がったものの、夜には二度まで下がり、本格的に暖かくなるのはまだ先だと感じる。

午後九時十五分、自宅の最寄り駅の改札を通り抜けた早月は、壁際でスマートフォンをいじっている背の高い男の姿を見つけた。彼は視線を感じたように顔を上げ、いつもどおりのクールな顔で言う。

「お疲れ」

「……こんばんは」

大河内に会うとき、早月はいつもどういう顔をしていいか迷う。

もう何度も顔を合わせ、抱き合ったこともあるのに、自分たちは正式な恋人同士ではない。その微妙な距離感が早月を戸惑わせ、モヤモヤとしたものが胸に渦巻いていた。

改札を抜けた人々が次々と通り過ぎていく中、大河内がこちらをじっと見下ろしてくる。早月はわずかに居心地の悪さを感じ、彼に問いかけた。

「あの、何か」

「ん？　今日はどこに行こうかと思って。これから電車に乗るのも面倒だし、近場にするか」

大河内はそう言って、さっさと駅の出口へと足を向ける。早月は小走りでそれを追いかけた。

「大河内さん、どこへ……」

「ここから歩いて行ける場所。だいたい五分くらいかな」

外に出た途端、ひんやりとした夜気が髪を揺らした。排気ガスの臭いが入り混じる湿った空気を吸い込みつつ、早月は大河内と並んで夜道を歩く。

チラリと横を窺うと、今日の彼は白のロンTの上に臙脂《えんじ》色のニットカーディガンを羽織り、下は黒のパンツというラフな恰好《かっこう》で、スタイルの良さが際立っていた。それを見た早月はなぜか気恥ずかしさをおぼえ、足元に視線を落とす。

（かっこいい、よね。……やっぱり）

痩せているがしっかりとした男らしい骨格、高い身長、切れ長の目や端正な顔立ちなど、大河内はあちこちのパーツが目を引いた。そんな彼が自分に好意を抱いてくれていると考え、早月はムズムズと落ち着かない気持ちになる。

こうして二人きりで会うようになって、もう何度目になるだろう。いつも一方的に奢ってもらうばかりで、早月は大河内に何も返せていない。

（コーヒーだけじゃ、全然対等じゃないし。……今日こそはわたしが払わせてもらおう）

そう決意した早月が連れて行かれたのは、一軒のお好み焼き店だった。

「ここ、ですか？」

「ああ」

引き戸を開けて中に入ると、店内には何組かの客がいた。香ばしい匂いが漂う中、「いらっしゃいませ」と元気な声を上げた店員の女性が、パッと笑顔になる。

「あら、大河内くんじゃないの。久しぶりねえ」

「こんばんは」

四人掛けの席に着くと、大河内がメニューを差し出してくる。それを受け取りながら、早月は小さな声で問いかけた。

「知り合いのお店、ですか？」

「同級生の実家なんだ。さっきの人は、そいつの母親」

この土地で生まれ育った大河内は、昔からときどきこの店に来ていたらしい。早月は「ふうん」と思った。

（こういうところにも来るんだ。何か意外だな……）

大河内は早月の好みを聞き、海鮮ミックスのお好み焼きと明太子チーズのもんじゃ、焼きそばとアルコールを注文する。そしてこちらを見て言った。

「そういやお前の次の来院、いつだっけ」

「えっ？　来週の月曜だったと思うんですけど」

「ふうん。ちょっと口開けて」

大河内が突然、当たり前のように命令してきて、早月は慌てて首を振る。

「い、嫌ですよ」

「何で」

「何でって、こんなところでおかしいじゃないですか。それに口の中を診られるのって、結構恥ずかしいんですから」

早月の言葉を聞いた大河内は、不可解そうな顔をする。

「そうか？　俺は見慣れてるから、全然何とも思わないけど」

確かに歯科医なら人の口の中をさんざん見慣れているだろうが、早月にしてみると下着を見られるのに似た羞恥がある。そう言うと、彼は噴き出して言った。

「じゃあ何か。俺は老若男女問わず、毎日他人の下着を見まくってる変態か」

「そ、そういうわけじゃ……」

もしかして今の言い方は失礼だったかと、早月は焦りをおぼえる。そんな様子を楽しげに眺め、大河内がニヤリとした。

「ま、俺はお前の口の中だけじゃなく、実際の下着も見たことがあるけどな」

「ちょっ、やめてくださいよ。こんなところで……っ」

「ビール二つと海鮮ミックス、お待ちどうさまー」

先ほどの女性がやってきてジョッキを二つテーブルに置き、早月は慌てて口をつぐむ。

こんな人目があるところできわどい話題を出され、どんな顔をしていいかわからなかった。

女性はニコニコと早月と大河内を見つめ、問いかけてくる。

「大河内くん、こちらの方は彼女さん？」

「どうかな。今のところは、まだそうじゃないかも」

「あらー、じゃあ頑張らなきゃねえ」

女性が「ごゆっくり」と言って去っていく。早月はきまり悪く黙り込み、手元を見つめた。

(彼女か……傍から見たら、やっぱりそういうふうに見えるのかな)

大河内は微妙な受け答えをしていたが、彼が実際に自分をどんなふうに思っているのか、早月にはわからない。ここ最近、まったく手を出してこなくなったのは、こちらへの興味が薄れたせいなのか。それとも頻繁に誘ってくるのだから、別に嫌いではないのか。

だが以前の大河内は、「絶対好きにさせてやる」と早月に宣言していた。

(わたし、気づけばこの人の気持ちばっかり考えてる……)

彩佳のことを思えば、大河内と会わないほうがいいのはわかっている。だが早月は彼に誘われると、用事がないかぎりつい応じてしまっていた。気軽に見知らぬ女と寝るかもしれない大河内に対して警戒心があるのに、いざ手を出されなくなるとやきもきし、彼の気持ちばかりを想像する日が続いている。

お好み焼きはとても美味しく、店の女性が鉄板焼きメニューをサービスで出してくれて、つい酒が進んだ。会計時、早月は素早く伝票を手に取り、大河内に言う。

「今日は絶対、わたしが払います」

「ん?　別にいいよ」

「駄目です。わたし、大河内さんにはもうかなりの借りがあるんですから」

そう、「借り」だ。一方的に奢られっ放しなのは、どうにも落ち着かない。

しかしそんな言葉を聞いた大河内は小さく息をつき、おもむろに早月の頭の上に手を載せる。そしてぐっと上から押さえつけ、あっさり伝票を取り上げて言った。

「――いいから、このくらい気にすんな」

大きな手の感触に思わず顔を赤らめると、女性が「仲がいいのね～」とひやかしてくる。それにいたたまれなさをおぼえつつ、結局今回も支払いができなかった早月は、店の外に出た。

「あの、大河内さん……すみません。ご馳走《ちそう》さまでした」

「ああ」

自然と早月の家の方角に向かいながら、しばらく互いに無言で歩く。早月はうつむき、複雑な思いを持て余した。

（この人は……一体どういうつもりでわたしと会ってるんだろう）

大河内と顔を合わせるたび、早月は少しずつ自分の中で彼への慕わしさが増しているのを感じる。

クールに見えるのに、実際の大河内はさほど無口ではなく、早月は彼と会話が弾んだ。ときおり見せる笑顔が思いのほか優しく、端正な顔やしなやかな体型にふと目を奪われる瞬間がある。指の長い大きな手が目に入ると、早月はそれが自分に触れたときのことを思い出してつい意識してしまっていた。

（わたし……）

それなのに今一歩踏み出せないのは、大河内に対して気になる点があるからだ。

お好み焼き店から十分ほど歩くうちに自宅アパートに到着し、建物の前で立ち止まる。早月が勇気を出して「──あの」と言うのと、大河内が「あのさ」と切り出すのは、ほぼ同時だった。

「えっ？　あっ」

言葉が被って早月が動揺すると、大河内が言った。

「あー、俺はあとでいいや。何？」

「……えっと」

出鼻を挫かれ、早月は口に出そうかどうか迷ったものの、結局思い切って口を開く。

「大河内さんは、いつも今日みたいに奢ってくれますけど……正直毎回っていうのは、気が引けます。負担させてしまっている心理的圧迫があるっていうか、気楽に会いにくくなる部分があって。……そこまでしていただく理由がないわけですし」

早月の言葉に、大河内が笑って答えた。

「別に負担じゃないから、全然いいよ。それに言っただろ、『絶対好きにさせてやる』って。俺はデートのつもりだったんだけどな」

「デート」というフレーズに、早月の頬がじんわりと熱くなる。こんな言葉ひとつでたやすく動揺する自分を恥ずかしく思いながら、早月は彼のほうを見ずに言った。

「わたし……大河内さんに聞きたいことがあったんです。今さらこんなこと言うのもどうかと思うんですけど」

「何」

「お、大河内さんは……あの、いつもあんなふうに女の人と飲んでるんですか？」

早月の思い切った問いかけに、大河内がきょとんとする。

「あんなふうにって？」

「わたしたちが最初に会ったときみたいに飲んで――誰かとホテルに行ったりしてるのかってことです。わたし、そういう大勢の中の一人みたいな扱いには耐えられそうもありません。だから大河内さんがそうしたつきあいを望むなら、もっと他にふさわしい人を探したほうがいいと思うんです」

早月の話を聞いていた大河内が、目を丸くする。やがて彼が喉奥で笑い出したのに気づき、早月の頭にじわりと血が上った。「馬鹿にされているのか」と考えつつ、大河内に問いかける。

「な、何がおかしいんですか」

「ん？　そんなことを考えてたのかと思って。なるほどな、だからいつまでも俺に対して、どっか及び腰だったわけか」

大河内はひとしきり笑ったあと、あっさり答える。

「――一年半ぶりだよ」

「えっ？」

「女とヤったのは。前につきあってた相手と、別れて以来だ」

　早月は驚き、目の前の彼を見つめる。そして小さく言った。

「……じゃあ、何でわたしと」

「見た目が好みだったし、酔ったときの反応が可愛いと思ったから。何となく、あのまま帰すのが惜しくなって、誘ってみた」

　早月の心に、気恥ずかしさと安堵《あんど》が同時に広がる。もし大河内が男女づきあいにルーズな人物なら、交際するのは無理だと思っていた。だが彼は、早月が考えていたより身持ちが固いらしい。

「でも、だったらどうして最近は――何もしないで帰ってばかりだったんですか？　わたし、大河内さんが何を考えてるのか全然わからなくて」

「へえ、手を出されたかったのか？」

「そ、それは」

　――大河内の言葉は間違いではない、と早月は思う。

　彼とは二回抱き合ったが、触れ方は決して嫌ではなく、むしろ相性はとてもいいように感じた。何度も顔を合わせるうちに少しずつ慕わしさが増し、いつしか早月は大河内が彩佳の想い人だということを忘れるくらい、彼を異性として意識するようになっていた。

　そんな早月を見下ろし、大河内が笑って言った。

「最近手を出さなかったのは、まずはお前に信頼されるのが先決だと思ったからだ」

「えっ？」

「始まりがあんなふうだったし、別に四六時中ヤることばかり考えてるわけじゃない。もっとお互いのことを知った上なら、お前が俺に惚《ほ》れてくれるかと考えてたんだけど。どうも上手く伝わってなかったみたいだ」

「…………」

早月は信じられない気持ちで大河内を見つめる。彼が想像よりずっと自分のことを真剣に考えてくれていたのだと知り、じんわりと喜びがこみ上げていた。

（……うれしい）

――大河内の気遣いが、そして彼の気持ちが自分に向いているという事実がうれしい。意図せずに転がり込んできた恋愛は、久しぶりに早月の胸をときめかせていた。

冷たい夜風が、足元を吹き抜けていく。早月は顔を上げ、少し緊張しながら大河内に向かって言った。

「あの……よければうちに、寄っていきませんか？」

「えっ」

「き、今日は、お茶もコーヒーもありますし」

以前ついた見え透いた嘘《うそ》を引用することに、羞恥がこみ上げる。しかし大河内に対する想いを自覚した早月は、どうにかして彼を引き止めたくて仕方がなかった。

大河内が笑って答えた。

「そっか。じゃあ、ご馳走になろうかな」

「……どうぞ」

アパートの建物内に入り、自宅の鍵を開ける。玄関とリビングの電気を点けた早月は、ソファに上着とバッグを置いて言った。

「あ、適当に座ってください。冷たいお茶にしますか、それともコーヒー？」

緊張がばれないよう、大河内と目を合わせずにキッチンに向かおうとした瞬間、後ろから強く手をつかまれる。振り返ると彼の眼差しに合い、早月はドキリとして息をのんだ。

「……っ、あの」

「茶はあとでいい」

「あとって……」

「俺を家に入れた意味を、お前の口から聞いてない。ただ単純に、茶を飲ませるためだけじゃないんだろ？」

早月は一瞬、言葉に詰まる。

本当は心にはまだ、彩佳に対する後ろめたさが渦巻いていた。彼女が想いを寄せていた大河内とつきあうことは、ひどい裏切りだと思われるかもしれない。

だが彼は見合いに正式な断りを入れ、誠意を見せてくれた。始まりこそ行きずりだったものの、こちらの信頼を勝ち得るために努力してくれていて、「そんな大河内に惹かれている事実から、もう目をそらしたくない」という思いが早月の中にある。

早月は彼に向き直り、言葉を選びながら言った。

「わたし――大河内さんの言うとおり、最初は逃げたいって思っていたんです。あなたとホテルに行ったのはわたしにとってすごくありえないことで、あのでき事は早く忘れなきゃいけないって考えてました。大河内さんが彩佳ちゃんのお見合い相手ならなおさら、もう会わないほうがいいんだって」

「……それは」

「でも、大河内さんがお見合いをきちんと断ってくれて、その後二人で会うようになって……ちょっとずつ、警戒心みたいなものが薄れてきたんです。あなたとは話していて楽しいし、他によそ見をするタイプには見えない。だから信じたい気持ちはあったんですけど、始まりが引っかかってて、もしあんなふうに気軽に誰かとホテルに行く人なら、つきあえないって思ってました」

――しかし大河内は先ほど、その懸念を払拭してくれた。浮ついたところのない日頃の彼の言動を見ていた早月は、素直にそれを信じることができた。

「本当は彩佳ちゃんのことを考えると、まだ罪悪感はあります。わたしが大河内さんと会ってるのを知ったら、きっと彼女は傷つくと思うから。でもわたしはこれからも大河内さんと会いたいし、あなたの気持ちが自分に向いてるって思うと……すごく、すごくうれしいんです」

早月の言葉を聞いた大河内が、ふっと笑う。彼は早月の腰に腕を回し、抱き寄せながら言った。

「俺もお前が、気軽に見知らぬ男とホテルに行く女だとは思ってない。そういうタイプじゃないのは、見てりゃわかるし」

身体が密着し、早月の胸の鼓動が一気に高鳴る。あの夜はあくまでもイレギュラーなでき事だったのだと大河内に信じてもらえて、心から安堵していた。

(あ、大河内さんの匂いがする……)

柔らかな彼独自の匂いの向こうに、かすかに消毒液の匂いを感じる。うんと近くに行ったときにだけ鼻先に香るそれは、独特だったが早月は嫌いではなかった。

間近で大河内の身体の硬さ、体温に触れ、胸の奥がきゅうっとする。早月は彼を見上げ、はっきりと告げた。

「わたし――大河内さんが、好きです」

「…………」

「今日はあのまま帰ってほしくなかったから、あなたを引き止めたんです。今までも帰ってほしくなかったんですけど、何だか言い出せなくて……」

口にした途端、自分のはしたなさを自覚して、早月の中に恥ずかしさが募る。そんな早月を見下ろし、大河内が言った。

「――今日は帰る気はなかったけどな」

「えっ？」

「今までは紳士的な振る舞いを心掛けてたけど、そろそろお前の本音を聞こうかって考えてたところだ。だからまあ、互いにいいタイミングだったんじゃないか？」

大河内が笑い、早月の腰を抱く腕に力を込める。そしてじっとこちらを見つめて言った。

「確認しておきたいんだけど、俺はもう我慢はしなくていいんだよな？」

「……っ、は、はい」

「いい加減、敬語はやめろ。もう彼氏彼女なんだろ」

からかうような言葉に恥ずかしくなり、早月は顔を上げられなくなる。耳の近くで響く低い声に、ゾクゾクしていた。

そんな様子に気づいた大河内が、楽しそうに笑った。

「可愛いよな、お前は。考えてることはダダ漏れなのに、いつもどっか腰が引けてて、そのくせたまに縋るような目つきをする。……危ないから、他の男の前では絶対やるなよ」

「えっ？　め、目つき？」

そんな目つきをした覚えはないが、確かに大河内と離れがたいと思ったことはこれまで何度かある。彼が言うとおり思考がダダ漏れだったのだろうかと考え、焦る早月に、大河内が続けて言った。

「――好きだよ、早月」

「……っ」

ふいに告げられた言葉に、早月の心臓がドクリと跳ねる。からかっているのか、それとも本心なのか確かめたくて顔を上げると、思いのほか優しい目がこちらを見下ろしていた。

「大河内さん、わたし……」

大河内の唇が、早月の髪にいとおしげに触れる。ぎゅっと強く抱きしめられ、硬い胸に顔を押しつけた瞬間、彼がボソリと言った。

「……やっぱり茶はあとだ」

「えっ？」

「もう我慢はしなくていいんだろ？」

耳元に吐息がかかり、耳殻を軽く噛《か》まれる。

耳をなぞる舌の感触に身体がビクビクと震えるのを抑えられず、早月は首をすくめながら言った。

「お、大河内さん……」

「ん？」

「わたし、耳は……ぁ、っ！」

言った瞬間に耳の中を舌先で舐《な》められ、高い声が出る。ビクリと肩が跳ねるのと同時にカットソーの中に手を入れられ、大河内の片方の手が早月の胸のふくらみを包み込んだ。

「あっ、や……っ」

やわやわとふくらみを揉《も》んだ手がブラのカップの中に忍び込み、大河内の指が胸の先端を嬲《なぶ》る。じんとした感覚が突き抜け、押し潰したり、軽く引っ張られたりするたびに声が漏れた。

「んっ……ぅっ、ぁ、は……っ」

　胸の先端がじんじんと疼き、身体が熱くなる。立ったままされるのがひどく不安定で、膝から力が抜けそうになり、早月は必死に訴えた。

「大河内、さん……」

「何？」

「お願い、ベッドで――んっ」

　言いかけた唇を、キスで塞がれる。すぐに大河内の舌が中に押し入ってきて、ぬめるその感触に早月は眩暈《めまい》をおぼえた。

「ふ……っ、んっ、ぅっ……」

　口腔《こうこう》に押し入った大河内の舌が、熱く絡みついてくる。口づけを解かれ、貪るように空気を吸い込んだのも束の間、彼は早月の身体をすぐ横にあるソファに押し倒してきた。

「……っ、あ、あの、ここで？」

「ああ。待てない」

　口調は淡々としているのに、こちらを見る眼差しには熱がこもっていて、早月の中に恥ずかしさが募る。端正な顔を前にするうちにじわじわと大河内への慕わしさが湧き起こり、早月はたまらなくなった。

思い切って腕を伸ばし、彼の首を自分に引き寄せる。早月の目元にキスを落とした大河内が、再び唇を塞いできた。

「んっ……」

早月のほうから舌を絡めると、大河内はそれ以上の熱心さで応えてくる。

スーツのジャケットとカットソーを脱がされ、床に放られる。早月のブラのホックをはずした大河内が、胸の先端に吸いついてきた。

「あ……っ」

先ほどさんざんいじられたところに舌が這《は》わされ、濡《ぬ》れて柔らかい感触に肌が粟立《あわだ》つ。形をなぞり、ときおり強く吸ったり軽く歯を立てたりされると甘い痛みが走って、早月は思わず漏れる声を押し殺した。

「……っ、ん……っ」

職業が歯科医のせいか大河内は歯並びがきれいで、彼の硬質な印象の歯が自分の肌に立てられている光景に、早月はゾクゾクする。

早月の視線に気づいたのか、大河内がチラリと顔を上げた。彼は胸のふくらみにキスを落としつつ、ボソリと言う。

「……そういう目で見るなよ」

「えっ、な、何ですか……？」

「いかにも触ってほしそうな、誘う目つきってことだよ」

「あっ！」

大河内の手がスカートをまくり上げ、下着の中に入り込む。

とっくに潤んでいた秘所を長い指が割り開き、溢《あふ》れ出た愛液をぬるぬると広げた。

「――もう濡れてる」

「あっ、や……っ」

蜜口をくすぐった指が、中に入ってくる。隘路《あいろ》に二本の指を押し込まれ、入り口近くでわざと音を立てて動かされて、早月は大河内の肩を強くつかんだ。

「んっ、待っ……」

早月の体内に指を挿れながら、大河内が首筋に舌を這わせてくる。身体の内側をなぞられる感触、首筋に触れる彼の濡れた舌や吐息に乱されて、早月はやるせなく太ももに力を込めた。

（やだ、わたしばっかり……こんな）

自分ばかりが余裕がなくて、嫌になる。悔しくなった早月は腕を伸ばし、大河内の着ているカーディガンに手を掛けた。かすかに目を瞠る彼に、早月は憤然と告げる。

「わ、わたしばっかりが脱いでるの、ずるいと思います」

「そうか？　だったらお前に脱がせてもらおうかな」

「……っ」

突然の申し出に内心動揺しつつ、早月は大河内のカーディガンを脱がせる。ロンTを頭から抜き去るとしなやかに引き締まった上半身が現れ、じんわりと頬が赤らんだ。

大河内がパンツの尻ポケットの中から、避妊具を取り出す。彼はおもむろにそれを早月に手渡して言った。

「着けて」

「えっ、わたしが?」

「うん」

早月はドキドキしながら起き上がり、ソファに座った大河内のズボンのベルトに手を掛ける。前をくつろげた瞬間、彼が既に兆しているのが下着越しにわかって、頭が煮えそうになった。

早月は避妊具のパッケージを開け、遠慮がちに大河内の下着を引き下ろす。そして硬くそそり立つ屹立《きつりつ》に、そろそろと薄い膜を被せた。

「で、できました……」

作業を終えて顔を上げると、後頭部をつかまれ、早月は唇を塞がれる。

ゆるゆると舌を絡ませてキスを堪能したあと、大河内は早月の背中を抱き寄せ、鎖骨や胸のふくらみにキスをしてきた。

「ぁ……っ、はっ……」

ついばむようなキスに身体を震わせ、膝立ちの早月は大河内の頭をぎゅっと腕に抱え込む。彼は肌に顔を埋めてささやいた。

「――お前の身体、きれいだ。細いのに抱き心地がよくて、すげー俺好み」

「……っ」

思いがけず甘い言葉をささやかれ、一気に体温が上がる。大河内に対する想いが溢れ、泣きたいくらいの幸福感に早月の目が潤んだ。

彼の手がスカートを脱がし、ストッキングと下着を引き下ろして床に放る。そして早月の身体を、向かい合って自分の腰を跨《また》ぐ形に誘導した。

「あ……」

避妊具を被せた剛直を蜜口にあてがわれ、早月は顔を赤らめる。その熱さ、硬さに最奥がきゅんと疼くのを感じながら、早月は大河内を見つめてささやいた。

「……好き」

「………」

「大河内さん、好き――ぅっ、ん……っ」

腰を下ろすとぐぐっと屹立が中に押し入ってきて、その大きさに早月は喘《あえ》ぐ。媚肉《びにく》を押し広げる硬さに強い圧迫感をおぼえながら、大河内の首にしがみついた。

「は……っ……んっ……ぁ……っ」

柔襞《やわひだ》を擦られる感覚にゾクゾクしながら、何度か腰を揺らし、彼を根元まで受け入れる。一分の隙もないほど隘路を満たされ、浅く呼吸をする早月の耳元で、彼が息を吐いてつぶやいた。

「……あー、やっぱいいな、お前ん中」

「……っ」

思わずきゅっと中を締めつけた途端、大河内がかすかに顔を歪《ゆが》める。彼は強く奥歯を噛み、そのまま早月の腰をつかんで律動を開始した。

「あっ！　はっ……ん……っ」

始めは緩やかに、ときおり強い動きも交えながら、大河内が下から早月の体内を穿《うが》ってくる。熱い楔《くさび》を深く埋められるのは苦しいのに、確かに快感があり、動かれるたびに中がどんどん潤みを増すのを止められなかった。

自分を抱く彼の腕は張り詰めて硬く、皮膚の下にしなやかな筋肉があるのがわかる。こちらを見つめる眼差しの奥には押し殺した熱情が垣間見え、早月の背筋をゾクゾクとした愉悦が駆け上がった。

――初めて会ったときは表情があまり変わらず、愛想のない男だと思った。だが今の顔を見ると、早月は彼が思いのほか雄弁に感情を表に出しているのだと気づく。

（……ああ、わたし、この人が好き）

端正な顔立ちも、見た目よりずっと優しく、細やかな気遣いができるところも。よそ見をせず自分だけを見てくれる一途さも、信頼できると思う。

気持ちに呼応し、内襞が大河内自身にきつく絡みついた。彼は快感をこらえるように息を吐き、突然早月の腰を浮かせると中から屹立を引き抜く。

「あ……っ」

驚く早月の身体を引っくり返した大河内は、ソファの背もたれにつかまる姿勢にさせた。そして腰を後ろに引き寄せ、再び中に押し入ってくる。

「うっ……んっ」

一気に挿れられたものの先端が、ぐっと最奥を押し上げる。その瞬間、肌が粟立つほどの強烈な快感が突き抜け、早月はソファの表面に爪を立てた。

「あっ！　ぅっ……んっ、……は……っ」

後ろから深い律動で揺らされると、中がビクビクとわななき、大河内を締めつける。腰を打ち付けられるたびに甘ったるい声が漏れて、早月はじりじりと快感に追い詰められた。

「ぁっ……はぁっ……や、駄目……っ」

「……何が」

「後ろから、そんなにしたら……っ、ぁっ！」

深く根元まで押し込まれ、早月は悲鳴のような声を上げる。腰をつかんで弱いところを繰り返し的確に抉《えぐ》りつつ、大河内が吐息交じりに言った。

「ここ、イイだろ。……当たるたびにビクビクする」

「あっ、あっ」

「俺もすげー、いい。……達きそう」

目がチカチカするほどの快楽に、思考が散漫になっていく。大河内が早月の背中に覆い被さり、首筋に唇を這わせながら、片方の手で脚の間を探ってきた。

「っ、あっ！」

大河内の指が接合部をなぞり、早月はビクリと身体を跳ねさせる。溢れ出る愛液を纏《まと》った指先がぬるぬると尖《とが》りを嬲って、早月はぎゅっと身を硬くした。

「やっ、ぁ、それ駄目……っ」

何度も奥を突かれ、重い愉悦がわだかまっていく。大河内の指が花芯を強く押し潰した瞬間、早月の思考が真っ白に塗り潰された。

「あ……っ！」

一気に昇り詰めた瞬間、隘路がきつく収縮して、息を詰めた彼が最奥まで自身を押し込んでくる。

「……っ」

硬く充実した屹立が中でかすかに震え、薄い膜越しに吐精されたのがわかった。

互いの荒い呼吸だけが響き、早月はぐったりとソファに身を委ねる。快楽の余韻に震える隘路が大河内を締めつけていたが、充足の息を吐いた彼が早月の体内からゆっくりと自身を引き抜いていった。

「ん……っ」

抜かれるときに内襞が擦られ、思わず声が出る。避妊具をはずし、テーブルの上に置かれたティッシュで後始末をした大河内が、腕を伸ばして早月の乱れた髪を撫《な》でた。

「……ごめん、結構激しくしたな」

「……平気」

疲労は感じるものの、身体はどこもつらくない。早月は床に落ちた自分の服を拾い上げ、身体を隠して大河内の腕を引く。彼は誘われるがままに早月の身体を抱き込み、ソファにゴロリと転がった。

ソファは二人で寝るには窮屈だが、密着する肌、そしてすぐ近くに感じる心臓の鼓動と大河内の匂いに、早月は深い安堵をおぼえる。彼の眼差しやしぐさには甘さがあり、自分に向けられている愛情を確かに実感することができた。

早月は大河内に頬をすり寄せ、彼の身体に強く抱きつく。硬い胸に顔を埋め、早月はポツリと言った。

「……大河内さんって、優しいですよね」

「ん？　最初にそう言っただろ」

「見た目はクールすぎて、近寄りがたいっていうか。口調は今もわりとつっけんどんですけど」

「褒めるんじゃなく、貶《けな》す気かよ」

「違います。そういう人がわたしだけを見てくれるのが、何だか不思議で……うれしいなって」

ささやき声でそう告白すると、大河内が微笑む気配がする。彼は早月の髪を弄びながら、穏やかな声で言った。

「自分の顔がどう見えてるかは知らないけど、俺はお前といるとき、いつもリラックスしてるよ。堅実で羽目をはずさなそうでいて、酒を飲むと途端にガードが緩むところも面白いし。正直俺は、お前の後輩みたいに女子力の高い、如才ないタイプは苦手なんだ。あんまりいい思い出がないから」

早月は大河内の言葉に驚き、顔を上げて彼を見る。

「いい思い出がないって……前につきあってた人がそういうタイプとか、ですか？」

「ああ、まあな」

苦虫を嚙み潰したような表情の大河内を、早月は複雑な気持ちで見つめる。

三十歳の大人なのだから、過去につきあった人間がいて当たり前だろう。だが女子力の高いタイプを引き合いに出されると、まるで自分がそうじゃないと言われているようで何だか面白くない。

（そりゃあ……わたしは彩佳ちゃんみたいに、キラキラした可愛い感じじゃないかもしれないけど）

すると早月の不満げな様子に気づいた大河内が、ぎゅっと鼻をつまんで言った。

「そんな顔すんなよ。苦手なタイプを言っただけで、別にお前のことを下げたわけじゃない。ほら、フランス料理のフルコースやら、インスタ映えするおしゃれな料理は毎日食えば飽きるけど、家庭料理ってそうじゃないだろ？　お前はそんな感じ」

「よ、要するに、地味ってことじゃないですか……」

彼の手を振り払いながら抗議すると、大河内が楽しそうに笑う。

「そうやってむくれたり、笑ったり、素直に感情を出すのを見るたびに可愛いって思ってる。それじゃ駄目なのか？」

「……駄目ってわけじゃ」

大河内の指が耳元をくすぐり、早月は首をすくめる。彼は抱きしめる腕に力を込め、早月の髪に顔を埋めて言った。

「――好きだ」

「……っ」

「お前の真面目すぎて不器用なところも、周りばっか気にして小心者なところも。――俺の前ではそんなふうに考えなくて済むように、甘やかしてやりたい」

思いがけず真摯な言葉をささやかれて、早月の胸がぎゅっと強く締めつけられる。

こんなふうに自分を受け止めてくれようとする人間は、今までいなかった。普段愛想がない分、大河内の言うことにはひとつひとつ重みがあって、彼が本当に心からそう思っているのが伝わってくる。

「わたしも、大河内さんが好きです。たぶん……初めて会った夜から」

恋の始まり方としてはあまり褒められたものではないかもしれないが、今早月の心には大河内への想いが確実に息づいている。

触れ合った肌のぬくもりに幸せを感じていると、大河内が突然「そういえば」と言った。

「お前の親知らず、上手く生着して、ほとんど動揺は収まったみたいだな」

「えっ？」

「さっきキスしたとき、舌先で触ってみた」

確かに大河内が移植した親知らずは、上手く歯茎にくっついたのかほとんど動かなくなっている。しかしキスの最中にそんな確認をされていたのだと知った早月は、じわじわと頬を紅潮させて抗議した。

「そういうの、デリカシーがないと思います。何でそんなときまで歯科医モードなんですか？」

「だって気になるだろ。お前、お好み焼き屋では口開けて見せてくれなかったし」

「恥ずかしいって言ったじゃないですか！」

憤然とする早月を見て、大河内が笑う。彼はなだめるように髪を撫で、眼差しに甘さをにじませて言った。

「ま、諦めろ。俺は主治医で、お前は患者なんだから」

「そうかもしれないですけど……っ」

「口ん中より恥ずかしいところも見てるんだ。今さら騒ぐなって」

納得がいかずに押し黙る早月に、大河内が触れるだけのキスをしてくる。間近で見つめられると怒り続けるのが難しくなり、早月が表情を緩めた途端、彼が笑いながら言った。

「お前は本当、素直だよな」

「何なんですか、もう……」

「そういうところが好きだって言ってんだよ」

唇や頬、目元にキスをされ、互いの間の空気がじわりと熱を帯びる。再び腰の辺りを撫でてきた大河内に、早月は問いかけた。

「んっ……大河内さん、家に帰らなくて大丈夫なんですか……？」

「歩ける距離だし、俺は朝に帰っても全然構わない。もちろん、お前が泊まってもいいって言ってくれたらの話だけど」

触れるぬくもりに慕わしさが募り、早月の中に離れがたい想いがこみ上げる。腕に力を込めて彼の背中を抱きしめ、早月は素直に自分の欲求を口にした。

「帰らないで……ください」

「ＯＫ」

微笑んだ大河内が音を立てて口づけてきて、すぐにキスが深くなる。

彼の手や唇に呼吸を乱され、もっと触れてほしい気持ちになりながら、早月はもたらされる快楽に素直に身を委ねた。

第7章

朝から空が澄み渡り、よく晴れている今日、日中の予想最高気温は十八度とかなり高くなっている。

すっかり雪が解けた道端では水仙やヒヤシンスなどが顔を出し、街路樹の枝に緑の新芽が芽吹きつつあった。日々少しずつ春らしくなっていく光景は、出勤時の早月の目を愉しませている。

(眩《まぶ》し……)

朝日に目を細め、早月はこみ上げた欠伸を押し殺す。

昨夜はお好み焼き屋に行ったあとに大河内と話をし、互いに気持ちを確かめ合って、早月は晴れて彼と正式に交際することになった。

ずっと心に引っかかっていた、「ひょっとして彼は、行きずりの相手と気軽にホテルに行く人間なのか」という懸念は大河内がきれいに払拭してくれ、彼が思いのほか深くこちらを想ってくれているのもわかった。

二週間ぶりの抱き合う行為は本当に幸せで、いつまでも離れがたく、結局大河内が帰ったのは今朝の六時だった。

(……何だか嘘《うそ》みたい)

彼と恋人同士になったのを考えると、胸の奥にじんとした熱が灯る。気持ちを自覚した途端、大河内への想いは止めようもなく溢《あふ》れ出て、出勤する最中も早月は昨夜の甘ったるいひとときのことばかりを思い浮かべてしまった。

勤務先に着き、従業員用の出入り口から中に入る。エレベーターに向かいつつ、早月は気を引き締めた。

(しっかりしなきゃ。こんなふうに浮かれてて、何かミスでもしたら大変だし)

エレベーターで上の階に昇り、更衣室のロッカーに私物を置いたあと、身だしなみをチェックしてオフィスに向かう。朝九時に朝礼を終え、デスクで事務作業に取りかかろうとしたところで、早月は支配人の後藤に声をかけられた。

「――香坂、ちょっといいかな」

「はい」

「何だろう」と思いつつ、早月は彼と連れ立って別室に向かう。そこで告げられたのは、思いもよらないことだった。

「クレーム……ですか?」

「うん。昨日、メールでね。君を名指しで書いてある」

プリントアウトされたものを手渡され、早月はその文面に目を通す。内容は、「香坂というウェディングプランナーに接客してもらったが、態度が非常に悪かった」というものだった。

後藤が言った。

「問題の接客がいつのものなのかは、メールには書かれていない。昨日は平本さまの打ち合わせだったね」

「はい。ドレスサロンで衣裳《いしょう》の打ち合わせをなさいましたが、終始和やかな雰囲気で、こちらの対応でお気に障った様子はなかったと思います」

「じゃあ、先週末のブライダルフェアのときかな。あの日は三組ほどご案内しただろう？」

「……はい」

早月の心臓が、ドクドクと嫌な鼓動を刻む。

客を怒らせる対応をした覚えは、まったくない。フェアでは相手がどの程度このホテルでの挙式に興味があるのか、そして真剣なのかを見極め、決してしつこくならないような接客をしてきたつもりだ。

早月の顔を見た後藤が、眦《まなじり》を緩める。彼は穏やかな声で言った。

「香坂の丁寧な接客ぶりは、よく知ってるよ。君はチーフだけあって気が回るし、多少面倒な客も安心して任せられる。だが人の受け取り方は千差万別で、ほんの些細《ささい》な言い回しが気に障る人物は、確かに存在するんだ。今後はもう少し気をつけて、きめ細やかな接客を心掛けてくれると助かる」

「はい、……申し訳ありませんでした」

早月は頭を下げ、部屋を出る。

心当たりはまったくないものの、後藤の言うとおり、自分の接客に不快になった誰かがわざわざクレームを入れている。その事実に気分が落ち込み、思わずため息が漏れた。

（反省しなきゃ。いつしか接客が、流れ作業みたいに雑になってたのかも）

チーフという肩書きがある以上、他のプランナーの模範になるような仕事をしなくてはならない。そう自分を戒め、早月は意識を切り替えようとした。


しかしそれから五日間、セレストガーデンホテルのブライダル事業課には、早月を名指しするクレームが相次いだ。

差出人は不明、内容はいずれも接客態度を咎《とが》めるもので、「話し方が上から目線」、「高額なプランばかり押しつけてくる」、中には「客の体型を馬鹿にするような目つきをした」というものまであり、身に覚えのない早月はひどく困惑した。

（どうして……）

クレームはメールだけではなくときおりＦＡＸでも届き、スタッフ間でも噂《うわさ》になりつつあった。水曜の朝、早月は後藤に呼ばれ、重い気持ちで彼の部屋に向かった。

「失礼します、香坂です」

中から「どうぞ」という応えがあり、早月はドアを開けて室内に足を踏み入れる。顔を上げるとそこには後藤の他、早月の同期の塚本もいた。

後藤が早月に向かって言う。

「呼ばれた理由はわかってると思うけど、例のクレームの件でね。この五日ほど、ほぼ毎日香坂を名指しで入ってる。実はさっき、塚本が気になるものを見つけたって報告に来たんだ」

「えっ……？」

「ちょっと、これ見て」

塚本がタブレットの画面を開き、早月に見せてくる。

そこに表示されていたウェブサイトは、匿名掲示板だった。ブライダルに関する専用スレッドで、さまざまな式場の不平不満が書き連ねられ、中には言いがかりといっていい内容のものもある。

塚本が示したのは、数日前の書き込みだ。一部伏せ字にはしてあるものの、ホテルの名称、そして早月の名前までが出され、誹謗中傷《ひぼうちゅうしょう》されている。

（何これ……）

心臓が、嫌な感じに跳ねた。

こういうスレッドがあるのは知っていたが、わざわざ覗《のぞ》いたことはない。伏せ字にされているとはいえ、自分の名前がわかる人にはわかるように書き込まれているのを見た早月は、顔から血の気が引いていくのを感じる。

塚本が言った。

「実は昨日、プランナーの子から『うちのサロンと早月さんのことが、匿名掲示板に書き込まれているみたいです』って相談を受けたんだ。調べてみると本当に見つかったから、俺がさっき後藤支配人に報告した」

「……そう」

「香坂、もう一度確認させてほしい。本当に心当たりはないのかな。特定のお客さまに失礼な言動を取ったり、何か打ち合わせの課程でこじれたりしたことは」

後藤の問いかけに、早月はぐっと唇を引き結ぶ。

その質問はこれまで積み上げてきたウェディングプランナーとしての評価を、すべて無にするようなものだ。だがこの状況では、後藤の疑問も当然だと思う。

胸に渦巻く泣きたい気持ちを、早月は意思の力で抑え込む。そして押し殺した声で答えた。

「心当たりは……ありません。ですがこうしたクレームが続くのは、ひとえにわたしの力不足が招いたことだと思っています」

後藤と塚本が、顔を見合わせる。後藤は椅子にもたれてしばらく考え込み、やがて口を開いた。

「香坂が今担当しているのは、二組だったかな」

「はい。佐藤さまと、平本さまです。あとは検討中のカップルが二組あります」

「そうか。じゃあ君はその二組のプランニングに集中して、それ以外のフェアなどの仕事からは一旦引いてほしい」

「……っ」

　新規の仕事からはずされるのだと知った早月は、顔をこわばらせる。後藤はそんな早月を見つめ、落ち着いた口調で言った。

「誤解しないでほしいんだが、これは暫定的な処置だよ。君をわざと表に出さない状態でさらなるクレームが入るかどうかを、僕としては確かめる必要があると思ってる。香坂には今担当しているお客さまのプランニングを続けてもらいたいし、チーフとして他のプランナーのフォローや新人教育も任せたいから、仕事がすべてなくなるわけじゃない。あくまでも、新規を持たないだけだ」

「………」

「会社としては、決して君に悪いようにするつもりはない。どうか焦らず、着実に目の前の仕事をこなしてくれ。いいね」

＊　　＊　　＊

「ねえ彩佳、聞いた？　早月さんの例の件」

午前の時間帯、書架で仕事に使うファイルを探していた彩佳は、ふいに背後からヒソヒソと声をかけられる。

振り向くと、そこには一年先輩のウェディングプランナーである瀬野満里奈《せのまりな》がいた。彩佳は抑えた声で答える。

「ひょっとして、掲示板の件ですか？　美雪《みゆき》ちゃんたちが言ってた」

「そう。塚本さん、後藤支配人のところに話を持ってったみたいよ。さっき早月さんも呼ばれてた」

ブライダル事業課は、今クレーム問題の話題で持ち切りだ。チーフウェディングプランナーである香坂早月を名指しで入るようになったそれは、その頻度からおそらく嫌がらせではないかというのが大方の見方で、課内には同情的なムードが漂っていた。

「怖いよねー、いつそういうのに目を付けられるかって思うと、全然他人事とは思えないもん。早月さん、今まで客受けがかなり良かったから、結構なダメージなんじゃない？」

「……そうですね」

確かにここ最近の早月が沈みがちなのを、席が隣の彩佳はひしひしと感じていた。

早月の接客はいつもとても丁寧で、相手の気持ちを汲《く》み取るスキルに長けている。決して出すぎた態度を取らず、押し売らず、控えめでありつつも客の要望に全力で応えようとする姿勢は上から高く評価されており、式を終えたあとの顧客満足度もこれまでほぼパーフェクトだった。

「あ、戻ってきたみたい」

瀬野がそうつぶやき、彩佳はオフィスの入り口を見る。

後藤のところから戻ってきたらしい早月、そしてイベントディレクターの塚本が、それぞれ自分の席に着くところだった。

（……身に覚えのないおかしなクレームが立て続けに入るなんて、ほんと怖い。私も気をつけなくちゃ）

目的のファイルを見つけた彩佳は、席に戻って仕事をこなす。

現在担当するカップルの挙式が二ヵ月後に控えていて、四回目の打ち合わせである昨日は装花とテーブルコーディネート、ブーケのデザインの他、引き出物と引き菓子を決めた。

引き菓子とは引き出物と一緒にゲストに渡すもので、留守番の家族へのお土産的な意味合いもある。相場は千円から千五百円ほどだが、主賓にはワンランク上のものを用意するなどの配慮が必要だった。

昨日新婦が選んだのは、チョコレートでコーティングしたスティッククラスクにドライフルーツや花をトッピングした華やかな品で、若い女性に受けのいいものだ。

彩佳は主賓用のショコラ専門店のフィナンシェとブラウニーの発注を併せて済ませ、お昼になって隣の席の早月に声をかけた。

「早月さん、お昼行きましょうよ」

「あ、……うん」

あまり食欲のなさそうな早月だったが、頷《うなず》いて立ち上がる。

社員食堂は、あちこちの部署の人間でにぎわっていた。彩佳はカルボナーラにほうれん草とベーコンのサラダがついたセット、それにグレープフルーツゼリーの会計を済ませ、席に着く。早月はハムとチーズのパニーニにサラダとスープがついた、軽めのセットを選んでいた。

（うーん、やっぱり雰囲気が暗い。……まあ、当たり前か）

目の前でサラダをつつく早月には、覇気がない。

彩佳にとっての彼女は、仕事の指導役でありつつも他のプランナーより親しい、頼りになる先輩だ。新入社員だった彩佳に一から仕事を教えた早月は、困ったときは誰よりも親身になって相談に乗ってくれる人物で、その真面目さと勤勉さはとても尊敬できる。

そんな彼女がクレーム問題に巻き込まれている今の状況は、気の毒としか言いようがない。匿名掲示板の書き込みは後輩の女の子に見せてもらったが、早月の人となりを知っている人間からすれば、「事実無根だ」とはっきり断言できるものだった。

しかし外部の者がそれを見たとき、彼女をひどいプランナーだと誤解する可能性は、充分に考えられる。

「あの、早月さん」

彩佳が声をかけると、彼女は「何？」とこちらを見る。彩佳は精一杯何気ない口調で言った。

「クレームの件、チラッと聞きましたけど、あんまり気にしないほうがいいですよ。今はそういう変な人、結構いますし」

彩佳の慰めの言葉に早月が目を丸くし、すぐに微笑む。彼女は少し明るい表情になって言った。

「ありがとう。気にしてないから、大丈夫」

明らかに空元気だとわかる笑顔だが、早月が笑ってくれたことに彩佳はホッとする。

その後はファッションや噂話など当たり障りのない話題を振り、彩佳は早月と一緒にオフィスに戻った。席に着いた途端、一人の男性スタッフが戸口から声をかけてくる。

「ごめん、誰か手が空いてる人がいたら、会議の資料のコピー手伝ってくれないかな」

オフィス内にいた数人が面倒臭そうな空気を醸し出した瞬間、早月が立ち上がる。

「いいよ、どれくらい？」

「わ、すみません、香坂さん」

「ううん、気にしないで」

先輩である早月に恐縮する男性スタッフに、彼女は笑顔で答える。二人が連れ立ってコピーに向かい、彩佳は自分のノートパソコンを立ち上げようとした。

そのときふいに電子音が鳴り響き、彩佳は何気なく早月のデスクを見やる。置きっ放しのスマートフォンのディスプレイにメッセージのポップアップが表示されており、それを見た彩佳は目を瞠《みは》った。

（えっ……？）

そこに表示されている送信者の名前は、「大河内貴哉」だった。メッセージは簡潔で、「今日の終わり、何時？」とある。彩佳は信じられない気持ちで、画面を食い入るように見つめた。

（どうして早月さんと大河内さんが——連絡を取ってるの？）

大河内は、彩佳の見合い相手だ。彩佳は彼と交際したいと考えていたが、二回目に会ってしばらくした頃、見合いを正式に辞退する連絡を受けた。

早月と彼は、一度顔を合わせたことがある。グループ交際からの進展を狙った彩佳が、彼女を飲み会に連れて行ったからだ。あの日の二人はさして会話はせず、その後彩佳が大河内に断られてショックを受けていたとき、早月は一生懸命慰めてくれた。

（私に隠れて、二人で会ってたってこと？　一体いつから……？）

あまりに衝撃が大きすぎて、言葉が見つからない。休憩からぞくぞくとスタッフが戻ってきてオフィス内が騒がしくなっていたが、外野の音が耳に入らなかった。

彩佳は呆然《ぼうぜん》としたまま、早月のスマートフォンを見つめ続けていた。

＊　＊　＊

午後八時、街中の駅構内は、仕事帰りのサラリーマンやＯＬの姿が目立つ。

まだスーツを着慣れていない様子の新社会人がちらほら見えるのは、四月ならではの光景だ。壁にもたれて立つ大河内は、スマートフォンをいじりながら考えた。

（今日はいつもより帰りが早いみたいだけど、あいつ、ようやく仕事が暇になったのかな……）

かねてから恋人未満のつきあいをしていた早月と晴れて想いが通じ合ったものの、この一週間、大河内はまともに彼女に会えていない。早月の家に泊まった翌日、大河内は彼女に連絡を取ったが、「ちょっと忙しいので、会えるようになったら連絡する」という返信がきた。

ウェディングプランナーである早月は、週末はいつも会えない。その翌日である月曜、大河内は自分のクリニックに来た彼女に、診療後「このあと会えるか」と聞いた。

『ごめんなさい……ちょっと疲れてて。また連絡します』

月曜に来たときの彼女はあまり顔色がよくなく、確かに疲れているように見えた。帰っていく彼女を診療室で見送った大河内は、早月の身体が心配な反面、肩透かしを食った気持ちになっていた。

月曜の様子では、彼女は何となく沈んだ雰囲気を漂わせていた気がする。ひょっとして悩みでもあるのかと考え、大河内はその理由を思案した。

（仕事で何かあったのか？　それとも俺とつきあうのに、まだ何か引っかかっているとか……？）

今日の昼に連絡を取ってみたところ、ようやくＯＫの返事がきた。午後八時には仕事が終わるという早月のため、大河内は彼女の職場の最寄り駅でこうして待っている。

（疲れてるなら、あんまり連れ回すのもかわいそうかな……）

街の中心部まで出ようと思っていたが、この駅周辺の店にしたほうがいいかもしれない。

そう考えていると前方から声をかけられ、大河内は顔を上げた。

「ごめんなさい、お待たせして」

「ああ、お疲れ」

仕事帰りの早月は、いつもどおりのダークスーツ姿だ。会社から制服として支給されているものもあるというが、それは挙式のときに着ていて、普段は自前のスーツで仕事をしているらしい。

大河内はふと早月の顔に目を留め、彼女の頬に触れて言った。

「――なあ、何かあったのか」

「えっ？」

「目の下に隈《くま》ができてるし、顔色も悪い」

早月は虚を衝かれたように大河内を見つめ、すぐに曖昧な笑みを浮かべる。

「あの……仕事で、ちょっと」

「とりあえず、どっか入るか。この辺の店でいいか？」

「はい」

早月を促し、大河内は以前も来たことのあるダイニングバーに向かう。幸い店は席が空いていて、すぐに入ることができた。

「その様子じゃ、あんまり食ってなさそうだな。何がいい？　野菜か、肉か」

メニューを見ながら問いかけると、早月が面映ゆそうに笑う。

「何でも大丈夫です。大河内さんは、お腹空いてますか？」

「まあまあ空いてる。今日は結構忙しかったし」

とりあえずは温野菜のバーニャカウダ、白レバーのパテとバゲット、牛頬肉の赤ワイン煮込みを頼み、クラフトビールとグラスワインで乾杯する。

大河内は目の前の早月に問いかけた。

「で？　何があったんだ」

「えっ……」

「一昨日うちのクリニックに診療に来たときも、あんまり元気がなかっただろ。たとえ仕事のことでも、話してみれば楽になるかもしれないんだから、話せ」

早月がワインのグラスをテーブルに置き、視線をさまよわせる。周囲から、他の席の客が談笑する声やカトラリーの触れ合う音が聞こえていた。

やがて彼女が、重い口を開いた。

「実は――先週から、わたしを名指しでクレームが入るようになったんです」

「クレーム？」

「わたしの接客態度が悪いって。最初は、自分でも気づかないうちに雑な対応をしてたのかもって反省しました。でも連日メールやＦＡＸが入って、正直身に覚えのないものばかりで……どうしたらいいか、わからなくて」

早月の語尾が震え、彼女はテーブルに目を伏せる。

――早月の話によると、クレームは無記名で、いつ接客をされたかの日時が書かれていないらしい。ネットの匿名掲示板の業界スレッドにもホテルや早月の名前を晒《さら》すような書き込みがあったといい、彼女は相当参っている様子だった。

「……何でもっと早く、俺に言わなかったんだよ」

大河内が渋面でそう言うと、早月が顔を上げる。彼女は泣きそうな顔で「……それは」と答えた。

「仕事の話ですし――こんな話を聞かされても、きっと大河内さんは楽しくないから」

「いつも周りのことばっか気にしてるお前なら、今まで相当しんどかったろ。とっとと俺に愚痴でも言えばよかったのに、一体何のための彼氏なんだよ」

大河内の言葉に、彼女はじわじわと表情を曇らせ、小さく謝ってきた。

「……ごめんなさい」

「てっきり俺とつきあうのを撤回したくて避けてんのかもって、ネガティブなことを考えてたよ。いきなりお前が素っ気なくなるから」

「そ、そんなことないです。ただ、会っても明るい顔をできそうもなくて――それで」

大河内はビールを一口飲み、じっと考える。そしてグラスをテーブルに置いて言った。

「今置かれてる状況は確かにしんどいだろうけど、普段のお前の仕事ぶりを知ってる同僚は、そんなことで見る目は変わらないんじゃないか？　クレーマーなんていうのはどこにでもいるし、身に覚えがないなら、誰かおかしな奴に逆恨みされているのかもしれない」

大河内の言葉に、早月が瞳を揺らす。

「……そう、でしょうか」

「あんまり続くようなら、警察に行くっていう手もある。実際に会社の業務に支障をきたしてるわけだし、相談の実績を作っておけば、何かあったときにすぐ動いてもらえるかもな。会社の法務に話をしてみるのもいいかも」

大河内が「上司には相談してるのか」と聞くと、早月は頷いて答えた。

「はい。うちの支配人や同期が親身になってくれていて、クレームを真に受けてわたしを強く咎めたりっていうことはありません。……ただ、新規の仕事からはずれてほしいと言われました。今の状況では、あまり表に出ないほうがいいからって」

彼女が孤立無援ではないのを知って、大河内は安堵《あんど》する。ほんの少し早月の表情が和らいだのを見て、彼女の頭の上に手を置き、安心させるように言った。

「……あんまり気にするなよ」

「…………」

「少なくとも俺はお前の傍にいるし、職場にも味方になってくれる人間はいるんだろ。そんな嫌がらせ、いつまでも続けられるわけないんだから」

大河内の手の下で、早月がじんわりと目を潤ませる。彼女はそんな自分を恥じるしぐさでうつむき、立ち上がって言った。

「あの、わたし、ちょっと化粧室に行ってきます」

＊　＊　＊

店内はざわめきに満ちていたが、化粧室の中は抑えた音量で音楽がかかり、静かだ。

鏡の前に立った早月は、わずかに紅潮した自分の顔を見つめ、小さくため息をついた。

（……危うく泣いちゃいそうだった）

今日、顔を合わせた大河内は、早月に会うなり「何かあったのか」と問いかけてきた。こちらが悩みを抱えているのを敏感に察知してくれた彼は、話を聞くだけではなく具体的なアドバイスもしてくれ、早月は少し気持ちが楽になった。

（あんまり他人に興味がなさそうに見えるのに、大河内さんって結構洞察力があるんだな……）

不安な気持ちも、自信を喪失してしまった惨めさも、彼は揺るぎなく受け止めてくれる――そう思った瞬間、涙が零れそうになった。この五日間、何となく大河内を避けていた早月だったが、こんなことなら彼の言うとおり、もっと早くに話をしておけばよかったのかもしれない。

（……そっか。わたし、あの人に甘えてもいいんだ）

正式な「彼氏」になってくれた今、もっと大河内に寄り掛かってもいい。そう考えると、早月はずっと重かった心がふっと軽くなる気がした。

少し乱れていた髪とメイクを直し、化粧室を出る。店内に戻ろうと歩き出した早月は、通路の途中に一人の女性が立っているのに気づいた。何気なく彼女に視線を向けた瞬間、あまりにも見覚えがある顔と目が合い、ドクリと心臓が跳ねるのを感じる。

「……彩佳ちゃん」

彼女は壁際から離れ、こちらに歩み寄ってきて言った。

「こんばんは、早月さん」

「……あ、の」

心臓が速い鼓動を刻み、早月はひどく混乱していた。なぜこんなところに、彩佳がいるのだろう。早月はこのダイニングバーに、大河内と一緒に来ている。もしかすると同じテーブルに座っているのを見られたかもしれず、どう説明するべきか内心パニックになった。

そんな早月を見た彩佳が、小さく笑った。

「早月さん、顔が真っ青ですよ？　でも、そうなって当たり前ですよね。よりによって大河内さんと一緒にいるんですから」

「……っ」

偶然会っただけだ——と弁明するべきかと考えたが、それでは彩佳に嘘をつくことになってしまう。言いよどむ早月を見つめ、彼女が言った。

「今日が初めてじゃないですよね？　お昼に早月さんのデスクでスマホが鳴ったとき、たまたま画面のポップアップが見えちゃったんです。大河内さんからのメッセージ、すごく簡潔で、いつも連絡し慣れてる気安い雰囲気の文面でした」

「………」

「今日は仕事のあと、早月さんをつけてきちゃいました。二人の関係を、どうしても確かめたかったので」

彩佳は会社を出た早月の後をつけ、店内の少し離れた席からこちらの様子を窺《うかが》っていたらしい。押し黙る早月から目をそらした彼女が、小さく息をつく。そして真顔になり、

「……最低」とつぶやいた。

「早月さん、私が大河内さんを好きだったこと知ってますよね。それなのに陰でコソコソ彼と会ってたなんて、ひどすぎますよ」

「……っ」

早月の胸に、ズキリと痛みが走る。

彩佳が怒るのは、当然だ。彼女が見合い相手の大河内に好意を抱いていたのを知った上で、早月は今彼とつきあっている。そうした行動を裏切りと取られても、仕方がなかった。

彩佳が自嘲的に言った。

「私が彼に断られたのを見て、笑ってたんですか？　慰めるふりをしながら、いい気味だって考えて」

「わ、笑ったりなんかしてない。あの、話を聞いて」

今こそ彩佳にきちんと説明するべきだと、早月は考えた。

本当は彩佳と大河内が見合いをする前に、自分たちは出会っていた。そして決して陰で笑ってはおらず、いつ話すべきか迷っていたのだと。

だが彩佳の表情はひどく頑なだった。彼女は足元を見つめ、ぐっと唇を引き結んだあと、押し殺した声で言った。

「早月さんのこと――信じてたのに」


彩佳が踵《きびす》を返し、目の前から足早に去っていく。早月は彼女を追えないまま、その場に立ち尽くしていた。

強い罪悪感がこみ上げ、胸がぎゅっと苦しくなる。自分の行動で彩佳を傷つける結果になってしまい、後悔ばかりが胸に渦巻いていた。

（もっと早くに……彩佳ちゃんに話せばよかった？　でも結局は、今と同じように「裏切られた」って思われたような気がする……）

そう考える一方、早月は「ずるい言い訳だ」と自らを非難する。彩佳を傷つけたくなかったという気持ちは、もちろんある。だがそれと同じくらい、早月は自分が彼女によって糾弾され、傷つけられるのが怖かった。

いつまでも化粧室の前にいることができず、早月は暗い気持ちで大河内の元に戻る。彼は早月の顔を見て言った。

「全然戻ってこないから、そろそろ探しに行こうと思ってた。どうした？　気分でも悪いのか？」

「いえ、……」

つい先ほど大河内から「何でも話せ」と言われ、早月自身も「彼に甘えてもいいのだ」と思ったはずなのに、喉に言葉が引っかかって上手く出てこない。彩佳の頑なな表情ばかりが脳裏をよぎり、早月は大河内に甘えることをひどくおこがましく感じていた。

その後、店内で彩佳と会ったことを話せないまま、早月は上の空で食事を終える。帰りも言葉少なな早月に、大河内はあえてうるさく話しかけてはこなかった。

いつもどおりアパートまで送ってくれた彼は、建物の前で早月に向かって言った。

「──家に入っていいか」

「…………」

早月は何と答えるべきか迷い、押し黙る。

大河内を好きな気持ちがあるのに、彩佳と顔を合わせて以降、躊躇《ためら》いばかりが心に渦巻いている。やはり彼女にきちんと話さないまま、大河内とつきあい始めるのは間違いだった。結果的に彩佳との仲はこじれ、早月は彼に素直に甘えられない心境になっている。

「……あの、今日は……」

悩んだ末、早月がそう切り出すと、大河内はふっと気配を緩める。

てっきり不満そうな顔をするかと思った彼は、意外にも穏やかに言った。

「わかった。じゃあ俺は、このまま帰る」

「…………」

「いろいろと考えるかもしれないが、夜はちゃんと眠れ。話くらいなら聞いてやれるから、もしそんな気になったら夜中でも連絡を寄越せよ。会いたいなら、すぐに飛んで来る」

気遣いに溢れた言葉に、早月はふいに泣きそうになる。重苦しいものが喉元までこみ上げ、今すぐ大河内に胸の内をさらけ出してしまいたい気がした。

「……っ」

だが自分の性格上、そうできないのはよくわかっていた。

かすかな風が吹き抜け、髪を乱す。辺りには人通りがなく、夜九時半の往来はしんと静まり返っていた。道の少し先にある自動販売機が、暗がりの中でポツンと明るい光を放っているのが見える。

「大河内さん、わたし……」

彼には優しくされるばかりで、何も返せていない。そう思った早月が謝ろうと口を開きかけた瞬間、大河内が突然腕を伸ばして肩を抱き寄せてきた。

彼は驚く早月の額に唇を押し当て、腕にぎゅっと力を込めたあと、ささやくように言う。

「――おやすみ」

離れたぬくもりに、胸が強く締めつけられた。

大河内は振り返らず、彼の自宅の方向に歩き去っていく。その後ろ姿を、早月は言葉もなく見送った。

（せっかく会ったのに……わたし、大河内さんに心配ばかりかけてる）

様子がおかしいのに気づいていながら、彼は「話したいときは連絡を寄越せ」と言うに留め、あえて踏み込みすぎずにこちらの気持ちを尊重しようとしてくれた。それがひどく申し訳なく、早月の中に情けなさが募る。

見上げた藍色の空には、満月が浮かんでいた。辺りを皓々《こうこう》と照らしていたそれは、横からきた雲にじわじわと隠されていき、やがて姿が見えなくなる。

（……わたしはどうしたらいいんだろう）

クレームの件、彩佳の件。そして大河内のことも心に重くのし掛かり、悩みが尽きない。

吹き抜ける風に、ふいに肌寒さを感じた。既に大河内の姿のない往来をしばしぼんやりと見つめ、早月は目を伏せて自宅へと入った。

第8章

水曜日の午前中、ノースデンタルクリニックは主婦や年配の患者で混み合っている。

「安田《やすだ》さん、椅子をちょっと倒しますよ」

通常は治療する部位により、椅子の角度を調節して歯科医が診療しやすくしている。しかし高齢者は噎《む》せやすく、誤嚥《ごえん》の危険性があるため、あまり診療台を倒すことができない。

結果的に歯科医自身が高齢者を優先して体勢を合わせる形となり、腰にかなりの負担がかかるのが現状だ。しばし診療に集中し、前屈みの上体を起こした大河内は、痛みを感じる腰をさすった。

（あー、きっついな……）

高齢者が多く来院する午前は腰が悲鳴を上げるものの、父親が療養中の今、歯科医は大河内一人しかいない。

どうにか患者をさばきつつ、診療の合間にカルテをパソコンで入力する。腰痛のみならず、眼精疲労も歯科医の職業病だ。デンタルミラーやライト、顕微鏡《マイクロスコープ》を駆使して狭い口腔《こうくう》を診る他、コンポジットレジンの充塡やホワイトニングなど、強い可視光線に晒《さら》されることが多く目に負担が大きい。

カルテの入力が一段落した大河内は、疲れた目元を揉《も》んだ。

「先生、お願いしまーす」

軽く息をついたのも束の間、すぐに歯科衛生士に呼ばれ、大河内は「はい」と返事して立ち上がる。十二時半に午前の診療を終えると、疲労が重く肩にのし掛かった。

（あー、昼飯どうするか……。買いに出るのは面倒臭いし、何かあったっけ）

院長室の棚を漁ると、買い置きのカップラーメンが見つかる。

電子ケトルでお湯を沸かしながら、大河内は昨夜のでき事を反芻《はんすう》した。約一週間ぶりに会うことに応じた早月は、最近クレームに悩まされていると大河内に打ち明けてきた。

（メールだけじゃなく、匿名掲示板にまで書き込まれるなんて……あいつも災難だな）

職種は違えど、彼女と同じ接客業といえなくもない大河内にとって、モンスタークレーマーは他人事ではない。幸い、会社の上司はクレームを鵜呑《うの》みにせずに早月の味方になってくれているようだが、彼女が感じているプレッシャーはかなりのものだろう。

（一人で悩んでないで、とっとと話せばよかったのに。……そんなに俺は頼りにならないか）

まだつきあいが浅いせいか、早月の態度にはどこか遠慮がある。それは彼女の元々の性格もあるかもしれず、大河内はもどかしい思いを抱えていた。

（それに……）

——一度話して少し雰囲気が和らいだかに見えた早月だったが、途中で化粧室に行って以降、何だか様子がおかしかった。

なかなか戻ってこなかった十分ほどのあいだ、彼女の中で一体どんな心境の変化があったのだろう。早月は大河内の目を見ようとせず、帰りもひどく口数が少なかった。

本当は彼女が望むなら、もう少し一緒にいたいと思っていた。しかし早月は申し訳なさそうに大河内が家に上がるのを拒否し、彼女が一人になりたいのだと判断した大河内は、何もせずに家に帰った。

（あんまりグイグイ問い詰めても、ああいうタイプは萎縮しそうだしな。……どうするのが一番いいんだろう）

詮索せず、早月が頼ってくるのを待つべきだろうか。大河内は昨夜から、自分の取るべき対応を決めかねている。

真面目さは早月の美点だと思うが、それが高じて彼女自身を追い詰めている気がして、大河内は心配になっていた。訳のわからないクレームの対応など上司に丸投げしてしまえばいいのに、早月はひどく気に病んで食欲も落ちているようだ。少し丸みの落ちた頬や沈んだ表情を思い出し、大河内は目を伏せる。

——自分にできることなら、何でもしてやりたい。一年半ぶりに心を動かされた相手である早月は、短期間で思いがけないほど深く大河内の中に入り込んでいた。

（あんな始まり方をした相手に、まさかここまで嵌《は》まるなんて。……賢人にばれたら、さ

んざん冷やかされそうだ）

大河内が心惹《ひ》かれたのは、ときおり見せる早月の無防備な表情だった。素の彼女はどこか肩肘張った印象だが、最近はときおり笑ったり、むくれたりと、さまざまな表情を見せてくれる。そんな顔を目にするたび、大河内は自分の中で少しずつ早月へのいとおしさが増すのを感じていた。

（あいつは遠慮するかもしれないけど、やっぱり明日くらいに連絡してみよう。一緒にメシでも食えば、少しは気晴らしになるだろうし）

精神的につらい状況なら、せめて傍に寄り添っていたい。話したくないなら何も話さず、家に入れなくてもいい。ただ大河内は、早月のために何かしてやりたくてたまらなかった。

窓から見える空は薄曇りで、はっきりしない天気だ。気温も六度程度と肌寒く、ここ最近の暖かさがトーンダウンしている。

気づけば目の前の電気ケトルの沸騰が終わっていた。大河内はカップラーメンにお湯を注ぎ、蓋を閉じた。

＊　　＊　　＊

同じ時刻、昼休みの早月はオフィスの自分の席にいた。チラリと視線を向けた隣のデスクには誰もおらず、閉じられたノートパソコンがポツリとある。

（彩佳ちゃん……やっぱり怒ってるんだ）

彼女が怒ることは想定していたはずなのに、実際に目の当たりにした早月は、ひどくダメージを受けていた。

今朝、いつもより少し早めに出社した早月は、朝礼の前に彩佳と話をするつもりでいた。しかし彼女はなかなか現れず、ギリギリの時間になってオフィスに入ってきて、早月を視界に入れないよう目をそらしていた。

そんな彩佳の態度にズキリと胸が痛んだものの、早月はお昼に改めて話をしようと考えていた。だが先ほど勇気を出して「彩佳ちゃん、あの……」と声をかけた瞬間、彼女は席を立ち、早月を無視する形で他の女性社員と共にお昼に行ってしまった。

食欲のない早月は昼食を取る気になれず、今も人気がまばらなオフィスの自分の席にいる。

（直接話せないなら、せめてメッセージを送ってみようかな……。早く謝りたいし）

そう考え、早月は時間をかけて文章を作成し、何度か読み返したあとにメールの送信ボタンを押した。しかし送った直後に着信音が鳴り、スマートフォンを確認してみると、メールがエラーになって戻ってきている。

（メールが、着信拒否されてる……？）

心臓がドクリと音を立て、早月は通話アプリの画面を開いて彩佳にメッセージを送ろうとした。だが彼女からブロックされているらしく、送信ができない。

「…………」

早月は呆然《ぼうぜん》とスマートフォンのディスプレイを見つめた。

昨日の様子から、彩佳が相当怒っているのは感じていたものの、まさかメールも通話アプリも拒否されるとは思わなかった。

（彩佳ちゃんは……わたしと話したくないんだ。だからわたしに繋《つな》がる連絡手段を、全部ブロックしてる……）

改めて自分がどれだけ彩佳を傷つけたのかを実感し、早月はぎゅっと顔を歪《ゆが》めた。彼女は大河内に一目惚《ひとめぼ》れして、彼の動向にこっそり一喜一憂していた。

そこまで想っていた相手と早月が連絡を取り合い、二人で会っていた——その事実を知った彩佳が、怒りの感情を抱くのは当然だ。

要領が良く、仕事で上手く手を抜く彼女に呆《あき》れつつも、今までの早月ははっきりと拒絶できないままつきあってきた。だがこうなってみて、自分がいかに彩佳の明るさに助けられていたのかを思い知らされる。

この一週間ほど、クレーム問題に悩まされていた早月を、彼女は気遣ってくれた。「あんまり気にしないほうがいいですよ」と何でもないことのように言ってくれ、あれこれと他の話題を振って慰めてくれた。

そんな彩佳が、今こちらを無視して頑なな態度を取っている。目も合わせてくれなかった先ほどの様子を思い出し、早月はじっとうつむいた。

（どうにか話す機会をもらって、彩佳ちゃんに説明させてもらうしかない。……だってわたしの、自業自得なんだもの）


しかしその日の午後から、オフィス内で早月を取り巻く空気が変わった。

視線を感じてそちらに目を向けると、後輩のプランナーたちがそそくさと顔を背ける。何やらヒソヒソとされているのがわかって、早月は戸惑いをおぼえた。

（……何だろう）

明らかに、女性社員たちから遠巻きにされている。クレームの件かと思ったが今さら感もあり、早月は何ともいえない居心地の悪さを感じた。

その理由がわかったのは、午後九時半に客との打ち合わせを終え、帰り支度をするために更衣室に行ったときだ。ホテル内の女性スタッフたちのロッカーが並ぶ更衣室内は広く、何列かに分かれている。

早月が更衣室に足を踏み入れたとき、入口からは見えない奥のほうから話し声が聞こえた。

「えー、じゃあ本当の話なの？」

「うん。だって私、彩佳本人から直接聞いたんだもん」

ふいに聞き覚えのある名前が耳に飛び込んできて、早月はドキリとする。二人はこちらに気づいていないらしく、そのまま会話が続いた。

「でも香坂さんって、全然そういうタイプには見えないけどなー。すごく気が回る人だし、あんまり悪い印象がないっていうか」

「それがね、彩佳、お見合い相手の人に一目惚れして、グループ交際から発展させようと思って早月さんを飲み会に連れてったんだって。そのときは相手と全然話してなかったのに、実は裏で連絡を取ってて、しかもちゃっかりつきあってるっていうんだよ？　普通の神経を持ってたら、後輩が好きな男とはつきあわないでしょ。何だか失望したわー」

声を聞いているうち、早月はそこにいるのが後輩プランナーの瀬野満里奈と、その同期であるキッチンスタッフだと気づく。瀬野の話す内容から、早月は彩佳が彼女に事情を話したのだとわかった。

（……噂《うわさ》が広まってるんだ）

すうっと血の気が引き、胃がぎゅっと引き絞られる。彼女たちのあいだで、自分がすっかり「後輩の好きな相手を横取りした女」だと思われているのを悟り、早月は複雑な気持ちになっていた。

やがて帰り支度をした彼女たちが、こちらに向かって歩いてくる。話しながら歩いてきた二人は、通り過ぎざまに「お疲れさまです」と言いかけたものの、そこにいたのが早月だと気づいてぎょっとした顔をした。

「あ、……」

瀬野とキッチンスタッフの女性は、どちらも一様に「ヤバい」という表情をした。早月が何も言えずに押し黙っていると、ぐっと眦《まなじり》を鋭くした瀬野が、開き直ったように言う。

「早月さん、今の私たちの話――聞いてましたよね」

「…………」

「私、間違ったことを言ったつもりはありませんから。だってひどいじゃないですか。早月さん、彩佳が好きだったお見合い相手を横から奪ったんでしょう？」

「ちょっ、満里奈、やめなよ……」

キッチンスタッフの女性が慌てて瀬野を制止しようとするが、彼女は止まらない。瀬野は強気な口調で続けた。

「彩佳、落ち込んでました。相手のことがすごく好きだったのに、まさか早月さんに裏切られるとは思わなかったって。――早月さんを、信用してたのにって」

「信用」という言葉を聞いた早月の胸に、鈍い痛みが走る。背の高い瀬野は、言い返さない早月をじっと見下ろした。

「……何とか言ったらどうですか」

「…………」

「普段は仕事一筋で『男なんかいなくても構わない』って顔をしてるのに、後輩に歯科医を紹介された途端に食いつくなんて、早月さんって案外現金なんですね。その手の速さ、私も見習ったほうがいいかも」

皮肉っぽく言った瀬野は、「じゃあ、お先に失礼します」と言って去っていく。

おろおろと成り行きを見守っていたキッチンスタッフの女性が、申し訳なさそうな顔で早月に頭を下げ、瀬野のあとを追って更衣室を出て行った。

静まり返った更衣室内で、早月は立ち尽くす。思いがけず瀬野に敵意をぶつけられたことがダメージになっていて、彼女に何も言い返せなかった。

（……………帰ろう）

しばらく立ち尽くしていたが、いつまでもこんなところにいるべきではない。そう考え、ロッカーから上着とバッグを取り出した早月は、更衣室を出てエレベーターに乗る。そして守衛に挨拶して、ホテルの外に出た。

見上げた空は曇天で、重い雲が立ち込めている。ここ数日の暖かさが嘘《うそ》のように気温がぐんと下がっていて、早月はトレンチコートの前を掻《か》き合わせた。

（ああ、何だか……すごくしんどい）

身から出た錆《さび》といえば、確かにそのとおりなのかもしれない。自分の行動が、彩佳を怒らせてしまったのも事実だ。だが当事者ではないはずの瀬野に、なぜあんな言い方をされなければならないのだろう。

ふと、これが彩佳の意趣返しなのかと早月は考えた。職場にプライベートなことを言いふらし、早月を悪者にすることで、彼女は溜飲《りゅういん》を下げようとしているのかもしれない。

（彩佳ちゃんと話をしたいけど……いつ応じてくれるかな）

外野を交えず、彩佳に直接自分の気持ちを話したいと早月は考えた。そのためには周りから何を言われようと構わず、じっと機会を待つしかないのだろう。

ひんやりとした空気は心細さを助長して、ふいにぬくもりに触れたい気持ちがこみ上げる。大河内の面影が脳裏をよぎったものの、早月は目を伏せることでそれを打ち消し、唇を引き結んで地下鉄へ向かう階段を下りた。

＊　＊　＊

昨夜遅くから降り出した雨は朝になっても止まず、道のあちこちに大きな水溜《みずた》まりを作っている。

雨の日は憂鬱だと、彩佳は考えた。せっかく時間をかけてセットした髪が湿気で膨らむ上、お気に入りの靴にもダメージがある。

（オフィスに行く前に、トイレに寄って髪を直さなきゃ……。ああ、もう）

朝八時四十五分、ホテルの従業員専用の入り口で傘を閉じた彩佳は、守衛に挨拶をしてエレベーターに向かった。更衣室に入った途端、彩佳は通りかかったカフェスタッフに声をかけられる。

「おはよう、河合さん」

「おはよう」

「聞いたよー、今大変なんだって？」

突然振られた話題に彩佳はきょとんとし、「何が？」と問い返す。相手は気の毒そうな顔で声をひそめて言った。

「先輩のプランナーに男を取られたって、すっかり噂になってるよ。河合さんがそんなことになるの、意外だねーって皆言ってる」

「――――」

彩佳は驚き、動きを止める。なぜそんな話が、一日で他部署のスタッフにまで広まっているのだろう。

顔をこわばらせた彩佳は大急ぎでロッカーに私物を置き、オフィスに向かう。戸口から中を見渡し、一人のプランナーを見つけて声をかけた。

「満里奈さん！」

「あ、彩佳、おはよう」

「ちょっと、こっち来てください」

瀬野の腕を引っ張った彩佳は、廊下に出る。そして人気のないところまで来て、彼女に問いかけた。

「一体どういうことですか。満里奈さん、例の話を他の人に話したんですか？」

「あー……」

「『誰にも言わないでください』って、あれほどお願いしたじゃないですか！」

彩佳が言っているのは、早月と大河内に関する話だ。

一昨日の夜、早月が密かに大河内と会っているのを知った彩佳は、ひどくショックを受けた。裏切られたと感じ、心の整理がつかないまま出勤した昨日は朝から彼女を無視するような態度を取ってしまったが、その様子を瀬野に見られていたらしい。

彼女にランチに誘われ、「何かあったなら話を聞くよ？」と言われた彩佳は、誰にも漏らさないと約束させた上で、事の顚末《てんまつ》を瀬野に話した。

話を聞いた彼女は彩佳に同情し、早月に対して憤慨していた。思わぬ白熱ぶりに少し心配になった彩佳は、「くれぐれも他言はしないでほしい」と念を押し、瀬野はそれを了承したはずだった。

その後、午後に打ち合わせが立て込んでいた彩佳はほとんどオフィスにおらず、早月や他のプランナーと顔を合わせる暇がなかった。しかし先ほど他部署の人間から話しかけられたということは、ブライダル事業課にはとっくに噂が広まっていると考えて間違いない。

彩佳の顔を見た瀬野が、曖昧に笑って答えた。

「あー、その……ちょっと世間話みたいな感じで、他の子に話しただけだよ？　何かあちこちに広まっちゃったのは、悪いと思ってる」

「全然約束が違うじゃないですか。これじゃあまるで……っ」

「でも、彩佳も早月さんにムカついてたでしょ？　ちょっとくらい針の筵《むしろ》に座るのは当然じゃないの？　だって人の男を取ってるんだからさ」

人の男――と瀬野は言うが、彩佳と大河内は交際していたわけではない。そうなる前に、彼のほうから断りを入れられた形だ。だから厳密にいえば、あの二人が交際するのに異議を唱えられる立場ではないことになる。

（そうだよ……私が勝手に大河内さんを好きだっただけで、彼女でも何でもないんだから）

彩佳としては自分の気持ちを知っていたにもかかわらず、密かに大河内と連絡を取り合っていた早月の行動は裏切りだと感じた。知ったときは頭に血が上ってかなり感情的になり、思わず大河内の従兄弟の上原に「二人の関係を知っていたのか」と問い質すメッセージを送ってしまったくらいだ。

彼とは初めて会った日からちょくちょく連絡を取り合っており、普通の友人のようなやり取りをしていた。上原が数日前から海外出張に行くと言っていたのを思い出したのは、メッセージを送信したあとだった。

（満里奈さんに話したのは、失敗だったかも。……だって）

――これではまるで、彩佳が早月に憤り、彼女の評判を落とすための噂を故意にばら撒《ま》いたように見えてしまう。

確かに早月に対して思うところはあるが、彩佳は彼女を孤立させたかったわけではない。しかし今になって、瀬野が自分に近づいてきたのは、こうした展開をあらかじめ想定してのことだったのかもしれないと感じた。

(満里奈さん、前からあんまり早月さんを好きじゃなさそうだったんだよね。……ちょっと鬱陶しく感じてるみたいな)

瀬野は優秀なウェディングプランナーだが、現在のウェディング事業課で一番業績が目立っているのは、チーフである早月だ。

立ち回りが上手い瀬野は表立って不平不満を出さないものの、ときおりオフレコで早月の真面目さを皮肉る発言をしたり、最近のクレーム問題に同情しつつもどこか面白がっている節があった。

彩佳の怒りを察したのか、瀬野が少し焦った顔をする。彼女は取り繕う笑みを浮かべて謝ってきた。

「あの……ごめんね？　これ以上は、他の人に話したりしない。本当に約束する」

「………………」

「実は昨日、帰り際に更衣室で会った早月さんに、直接文句言っちゃったんだけどさ。話してるのを聞かれちゃったから、流れ的に仕方なく」

突然の暴露に彩佳は驚き、瀬野を見る。

「直接って――一体何を言ったんですか？」

「何って、彩佳が傷ついてるとか、歯科医に食いつくなんて現金だとか？　ちょっと言いすぎだって、一緒にいた同期の子に怒られちゃったんだけどね」

あっけらかんと言い放つ瀬野を、彩佳はじっと見つめる。自分を上手く利用し、絶好の機会とばかりに早月を攻撃した彼女に、じわじわと怒りがこみ上げていた。

（この人に話をしたの――本当に間違いだった）

彩佳は無言で踵を返す。瀬野が「彩佳？」と声をかけてきて、足を止めて振り向いた。

「――これ以上話が広まるようなら、私、満里奈さんがわざとしてることだって周りに言いますよ」

「えっ？」

「だから私を利用して早月さんの足を引っ張るの、もうやめてください。社員間で嫌がらせや悪質な噂の流布があるのを知ったら、後藤支配人は絶対に放置せず調査をするはずです。そうなれば満里奈さん、きっと早月さんを押しのけて出世するどころじゃなくなりますよ。よく肝に銘じておいてくださいね」

第9章

週末に挙式がある場合、ホテル内は金曜から徐々に慌ただしい雰囲気になる。

担当のプランナーは席札や搬入された荷物のチェック、ウェルカムボードのセッティングなど細々した作業が多くあるが、それ以外のスタッフはブライダルフェアの準備をしたり、自分の仕事をしたり、客との打ち合わせを行う。

日曜の挙式の担当プランナーはまだ入社二年目で経験が浅いため、早月は当日自分の打ち合わせの合間を縫って補佐につくことになっていた。今日の夕方から開催される合同ミーティングにも、参加する予定になっている。

（……彩佳ちゃん、今日は休みか）

午後三時、自分の席でブライダルフェアの資料送付の作業をしていた早月は、無人の隣の席を見てため息をついた。

（……明日には話せるかな）

大河内の件が彩佳に発覚した火曜の夜以降、早月は彼女と話せていない。メールや通話アプリのアカウントがブロックされている今、直接声をかけるしか話す手段がないが、互いに忙しくてなかなかそういう機会を見つけられずにいた。

オフィス内での早月は、相変わらず他の女性社員たちに遠巻きにされている。あからさまに嫌味を言われたりということはなかったものの、何となくよそよそしさがあり、彩佳が休みの今日は瀬野と他の数人がこちらを見て何かヒソヒソ話している姿を見かけた。

(気にしないでおこう。当事者じゃない人に言い訳しても、仕方がないんだし)

早月が抱えているトラブルはそれだけではなく、一向に収まらないクレーム問題もある。

会社の問い合わせ窓口には、相変わらずフリーアドレスによるメールが届き続けていた。その文面の類似性から、支配人の後藤は一連の苦情は事実に即したものではなく、早月をターゲットにした嫌がらせである可能性が濃厚だという判断を下した。

彼は会社の上層部に今回の件を報告し、今後の対応を考えるらしい。

(……あとは支配人に任せて、あんまり気にしないほうがいいんだろうな)

クレームに関しては、早月にできることはない。あとは彩佳や瀬野たちの問題が残っているが、ただヒソヒソ話しているだけならさして実害はないだろう。

そう思っていた早月だったが、夕方に合同ミーティングの会場となるバンケットホールに向かったところ、そこがガランとした無人の状態で啞然《あぜん》とした。

(何これ……一体どういうこと?)

昼頃デスクに置いてあったメモにはミーティング会場としてこの場所が書かれていて、早月は何の違和感も抱かずそれを鵜呑《うの》みにしていた。しかし目の前の光景を見るかぎり、書かれていた内容はどうやら嘘《うそ》だったらしい。

早月は急いでエレベーターに乗り、他の階のバンケットホールを目指した。ひとつ目はまたもや空振りで、二つ目でようやくスタッフが集まっている場所を引き当てたものの、既に開始時刻の十分を過ぎている。

「すみません、遅れました」

多忙な人間ばかりのため、遅れて入ってくるスタッフは珍しくないが、申し訳なさが募る。

一番後ろの椅子に腰を下ろし、進行表とペンを取り出した。ふと視線を感じて顔を上げると、少し離れた席から瀬野がこちらを見ている。彼女はすぐに目をそらしたものの、その顔を見た瞬間、おそらく嘘のメモをデスクに置いたのは瀬野だ——という確信が早月の中に広がった。証拠はないが、なぜかそんな気がする。

(……くだらない。こんなことをして、一体何が楽しいの)

早月は背筋を伸ばし、真っすぐ前を見た。そもそも彼女に嫌がらせをされる理由が、早月にはわからない。もしかすると瀬野は彩佳の件で義憤を募らせ、彼女の代わりにこちらを懲らしめているつもりなのかもしれない。

気にしないでおこうと思うのに、胃の中に重い石を入れられたような不快感がある。二時間半ほどの合同ミーティングを終えたあと、早月はオフィスに戻り、スタッフブログの更新に取りかかった。

ブログはブライダル事業課のスタッフが持ち回りで更新を受け持っていて、外部に向けてフェアや挙式のリアルな雰囲気を伝え、集客アップに繋《つな》げることを目的としている。

更新業務を終えたあとは事務仕事をこなし、早月は午後九時頃トイレに立った。今日の仕事の目途がついたため、そろそろ帰ろうかと思いながらオフィスに戻ると、デスクに一枚の付箋が貼ってある。

（メモ……？）

それは担当している客からの電話を知らせるメモで、相手が打ち合わせ日時の変更を申し出てきたという内容だった。本来明後日だった予定を、明日の午後一時半に前倒しにしてほしいという希望が書いてあったが、電話を受けた時刻は今日の昼になっている。

（……昼に受けたはずの電話のメモが、どうして今頃わたしのところに来るの？）

担当する客が来る前日、プランナーにはいろいろと準備がある。

打ち合わせの進捗状況を確認し、翌日に決めるべき事柄の資料を揃《そろ》え、なおかつ現時点での見積もりを出しておく必要があった。

結婚式の見積もりは、打ち合わせをするたびに変わっていく。各項目が確定していくごとに内容を見積もりに反映させる作業をしなければならないが、客も重要視することから決して間違いがあってはならない。

また、前回の打ち合わせで客に質問を受けていればそれを解決するための答えを用意し、逆にこちらからお願いした事案の確認もする。つまり準備をすべてこなすには、それなりの時間が必要だった。

（……明日は午前に別の打ち合わせが入ってるから、準備は今日中に済ませておかなきゃ間に合わない）

そろそろ帰ろうかと思っていたが、それどころではなくなってしまった。早月は椅子に座り、ファイルが入った引き出しを開けながら考える。

――普段はこのような、連絡の遅れはない。先ほどまでオフィスに残っていたプランナー二人は瀬野と仲のいい女性社員で、見回してみると既に姿がなく、おそらく彼女たちが早月へのメモを故意に隠し、今頃になって戻してきたのだと察しがついた。

（さすがにメモを捨てたら大事《おおごと》になるから、そこまではできなかったんだろうけど。……でも、ギリギリに戻してくるなんて）

悔しさと怒りが胸に渦巻き、早月はぐっと唇を噛《か》む。

業務に支障をきたすような真似をするなど、いい大人がやることとは思えない。そこまでこちらが気に食わないならば面と向かって不満をぶつけてくればいいのに、行動があまりにも幼稚すぎる。

（でも、今気がついてラッキーだったたって考えよう。少なくともお客さまには、迷惑をかけずに済むんだから）

早月は集中し、やるべき仕事に取りかかる。抜けがないか途中で何度も確認しながら作業をして、ふとオフィスに人が入ってくるのに気づいて顔を上げたときは、時刻は午後十時近くになっていた。

「香坂、まだ残ってたのか。お疲れ」

「……塚本くん、お疲れさま」

入ってきたのは、イベントディレクターである塚本だ。彼は週末の挙式に向け、披露宴会場のセッティングや打ち合わせをしていたらしい。

「こんな時間まで残るような仕事、何かあったのか？」

「うん、ちょっと……担当するお客さまの打ち合わせ日時が、明日に変更になったから」

「ふうん、そっか」

しかしそれもようやく一段落し、帰るところだ。早月がそう言うと、塚本がこちらを見てさらりと言った。

「じゃあ、家まで送ってってやるよ」

「えっ？」

「俺は車だから。荷物を持ったら、駐車場で待ち合わせな」

＊　＊　＊

いつもより三十分早くクリニックを閉めた金曜の今日、大河内は歯科医師会館で開催されたフォーラムに出掛けていた。

口腔《こうくう》外科の権威二名が口腔ガンの見分け方や治療の実態について講演する内容で、パネルディスカッションも行われ、大河内は興味深く話を聞いた。終わったのは午後九時を少し過ぎた頃で、同じくフォーラムを訪れていた同業者の知人と少し言葉を交わしたあと、電車で帰宅する。

（あー、疲れた……）

金曜ともなると、日々の疲れがだいぶ蓄積してくる。しかし明日の午前を乗り切れば、その後は一日半の休みだ。

自宅に到着し、鍵を開けて玄関に入った。三和土には男物の革靴があり、「おっ」と思っているところで、リビングからスーツ姿の上原がひょっこり顔を出す。

「おかえりー」

「何だ、来てたのか。お前確か、海外に出張だったんだろ。ホーチミンだったっけ」

「うん、そう」

上原は建築資材を扱う商社で働いており、会社は合板や木質、金属、樹脂や窯業建材の仕入れ、そして販売と商品開発を行っている。国内外にいくつか拠点があり、彼は数ヵ月に一度の頻度で海外出張に出掛けていた。

週初めの月曜、上原は大河内に「明日から海外出張だ」とメッセージを送ってきたが、思えばそれ以降まったく音沙汰がなかった。彼は二階に上がる大河内のあとからついてきて、一緒に部屋に入る。そして上着を脱ぐ大河内に言った。

「なあ、お前にちょっと聞きたいことがあったんだけどさ」

「何」

「お前と早月ちゃんって、もうつきあってるんだよね？」

突然の確認するような言葉に、大河内は上原を見つめて「うん」と答える。

本当は想いが通じ合って以降、まったく恋人らしい時間を過ごしていない。しかしそれは、最近の早月に余裕がないからだ。彼女は仕事で謂《いわ》れなきクレームに悩まされ、ひどく落ち込んでいた。

そんな早月の負担になりたくなかった大河内は、この数日はメッセージのやり取りをするに留め、彼女と顔を合わせていなかった。先ほど帰ってくる道中、「そろそろ会いに行ってみるか」と考えていたところだが、たまたま自宅に来ていた上原に出くわし、今に至る。

彼は大河内のベッドに腰を下ろして問いかけてきた。

「早月ちゃんから、彩佳ちゃんとの間に何かあったとかって聞いてる？」

「いや、特に。仕事のほうでちょっとゴタついてるとは言ってたけど、後輩がどうとかは聞いてない。……何で？」

大河内の答えに、上原は「実はさ」と切り出してきた。

「彩佳ちゃんが、水曜にメッセージ送ってきてて。俺は海外だったからすぐに返せなかったんだけど、あの子、『上原さんは大河内さんと早月さんの件、知ってたんですか』って質問してきたんだよ。そのあとで、『早月さんに裏切られた』って」

「…………」

「俺はとりあえず『最近忙しくて貴哉に会ってないから、よくわかんない』ってとぼけておいたけど。たぶんお前と早月ちゃんがつきあってるの、彩佳ちゃんにばれちゃったんじゃないかな。だとしたらあの二人、結構まずいことになってるかも」

大河内は火曜の夜、早月に会ったときのことを思い出す。

クレーム問題の件は彼女の口から聞いたものの、帰り際の早月の様子はどこかおかしく、他にも何かあるのかと引っかかっていた。

そもそも彼女は後輩の彩佳に大河内との仲がばれることを、最初からひどく恐れていた。大河内からしてみれば、彩佳より前に早月と知り合い、見合いをはっきり断っているという事実から、交際を遠慮する筋合いはないと考えている。

しかし早月は彩佳から横取りしてしまったような罪悪感を消せず、大河内との関係を言い出せなかったのかもしれない。もし何らかの形でそれがばれてしまったのなら、彼女と彩佳の仲がこじれてしまっていることは、充分に考えられる。

(何だよ、あいつ……いろいろ抱えすぎだろ)

それでなくとも原因不明のクレームが重なり、早月は精神的に落ち込んでいた。それに彩佳の件が加われば、ますますストレスを感じるに違いない。

時刻を確認すると、午後十時を少し過ぎたところだった。大河内はスマートフォンのディスプレイを見つめ、じっと考える。

（そろそろ家に帰ってる頃かな。会おうって言ったら時間的に遠慮するかもしれないし、直接行ってみるか）

もし彼女が不在でも、少し待てば帰ってくるはずだ。そう結論づけ、大河内は上原を見た。

「悪い。これからあいつの家に行って、ちょっと話を聞いてみる」

「うん。彩佳ちゃんって顔が広そうな分、敵に回したらわりと面倒そうだしさ。早月ちゃん、気に病んでるかもしれないから、話を聞いてあげたほうがいいよ」

上着を手に階段を下りると、リビングから顔を出した朋子が、「貴哉、お夕飯は？」と聞いてくる。

「あー、ごめん、いい。ちょっと出てくる」

「あら、そう」

外に出た途端、かすかに排気ガスの臭いが入り混じる夜気が全身を包み込んだ。少し離れたところにある踏切の遮断機が下りていて、目の前の線路を電車が規則正しい音を立てながら走り去っていく。

電車内から漏れる明かりが照らす道を、大河内は早月の自宅がある方向に歩き出した。駅から離れると周辺は薄暗くなり、ときおり車が通りすぎていくものの、辺りは閑散としている。

（……あいつは何で、俺に肝心なことを話さないんだろう）

歩きながら、大河内はじっと考える。もし上原が言うとおりに彩佳とこじれているのなら、早月はクレーム問題も相まって相当苦しい状況のはずだ。それなのに彼女は、大河内に対して弱音を吐こうとしない。

理由を考え、大河内は目を伏せた。

(まだそこまで頼るほど、信用してないってことなのか。……時間が足りないのかな)

どこまで距離を詰めていいのか、大河内には匙加減《さじかげん》が難しい。互いに自立している大人だからこそ踏み込みすぎてはいけないと考え、しかし無関心ではないために動向が気になって仕方がない。

早月の自宅アパートまでは、歩いて十分もかからない距離だ。うつむきがちに歩いていた大河内は、目的地近くまで来て顔を上げる。そこでちょうど往来からやって来た一台の車が、アパートの前で停車するのに気づいた。

(あれ……)

停まった車から降りてきたのは、早月だ。彼女は運転席まで回り、窓越しに車の中の相手と話をしている。足を止めた大河内は、その相手が男であることに気づいた。

(……誰だ、あの男)

年齢は早月と、同じくらいだろうか。男の話を聞いていた彼女がふと笑みを浮かべ、二人はとても親密そうに見える。

そんな姿を前にした大河内は、何となく疎外感をおぼえた。足元を、ふいに強い風が吹き抜けていった。

＊　　　＊　　　＊

更衣室で帰り支度をし、上着とバッグを持った早月は、ホテルの駐車場に向かう。塚本の車は国産のスポーツセダンで、まだ真新しかった。

「あの……ごめんね、送ってもらうことになっちゃって」

「いや、別についでだし。香坂の家、どこ？」

早月が住所を告げると、彼はウインカーを出して公道に出る。早月は居心地の悪い気持ちで、助手席のシートに背を預けた。思いがけず塚本に送ってもらうことになり、ひどく困惑している。

（……何だか気まずい）

早月と塚本は同期入社で、年齢も同じ二十八歳だ。

入社したときから彼とは何かと比べられることが多く、最初の頃の早月はときおり塚本に張り合うような態度を取ってしまっていた。しかしマイペースな彼は、いつもどこ吹く風だ。淡々と、だが着実に結果を出していく塚本を、早月はいつしか素直に尊敬するようになっていた。

（でも……）

目端の利く塚本だからこそ、今の早月は気まずい。クレームの問題のみならず、彼は早月が彩佳を始めとした女性社員とぎくしゃくしているのに気づいているはずで、事情を聞かれると思うと暗い気持ちになった。

「……塚本くんの家って、どこ?」

ごまかすような早月の問いかけに、塚本は運転しながら答える。

「東区。結構遠いんだ」

「通勤時間、車でどれくらい?」

「三十分くらいかな。朝はもうちょっとかかるかも」

地理的に、彼にはだいぶ遠回りさせてしまっていることになる。早月が「ごめんね」と謝ると、塚本は笑って言った。

「車でこのくらいの距離は、たいした遠回りじゃないよ。それよか香坂が立案した『特製デザート食べ比べとドレス試着付き・初夏のブライダルフェア』だけど、パティシエの沢《さわ》田《だ》さんが、だいたいの骨子ができたって言ってた」

「えっ、ほんと?」

「うん。さっき厨房《ちゅうぼう》で新作デザートのラフを見せてもらったんだけど、メロンのグラニテとか、プラムのジュレに南国フルーツのマチェドニアとバニラムースを添えたものとか、夏らしくて華やかなものばっかりだったな」

「えー、見たい!」

てっきり彩佳とのことについて何か聞かれるのかと思いきや、塚本は何も言わない。それどころか早月が興味のある話題を自然な形で振ってきて、約十五分ほどの帰り道は話が弾んだ。

やがて車は、早月の自宅付近までやってくる。アパートの前で停めてもらい、車を降りた早月は、運転席側に回って彼にお礼を言った。

「送ってくれて、どうもありがとう」

パワーウィンドウを下げた塚本は、おもむろに「――あのさ」と切り出した。

「もし本当に困ったことがあったら、相談しろよ」

「えっ？」

「女同士のいざこざに口を出す気はないし、結局は当人同士の話だと思うから、詳しい内容は聞かない。でも、あまりにも業務に支障をきたすようなら、俺が仲裁に入ってもいいと思ってる」

突然の塚本の申し出に、早月は驚く。小さく「……どうして」とつぶやくと、彼は当然のように言った。

「どうしてって、香坂の普段の仕事ぶりや接客を見てるからだよ。人の評価って、そういう積み重ねでおのずと決まるもんだろ？　こんなことで潰れて辞めてほしくないし、今のブライダル事業課に香坂の力は不可欠だ。そう思ってるの、絶対俺だけじゃないから」

塚本の励ましは意外なもので、早月は言葉もなく彼を見つめた。

　彩佳や瀬野、それに他の数人のことばかりが気になって、ここ最近の早月はひどく視野が狭くなっていた。だが心配してくれている人もいるのだと知り、ほんの少しだけ気持ちが軽くなる。

「じゃあ、また明日な」

　塚本が話を切り上げ、早月は笑顔で答える。

「うん、ありがとう。……おやすみなさい」

　塚本の車が緩やかに発車し、早月は去っていく赤いテールランプを見送る。足元を強い風が吹き抜け、小さく息をついた。

（……塚本くん、あれが言いたくて、わざわざ送ってくれたのかな）

　最近は暗い気持ちにばかり苛まれていたが、これまで積み上げてきたことを評価をしてくれる人も、確かにいるのだ。

　そう思い、自宅に入ろうとした早月は、ふと視線を感じて顔を上げる。少し離れた道の先に見知った姿を見つけて、驚きながらつぶやいた。

「……大河内さん」

　彼と顔を合わせるのは、数日ぶりだ。もしや気づかないうちに連絡がきていたのかと考え、早月は焦りをおぼえる。

　それと同時に、今塚本に送られてきたのを彼に見られたことに気づき、歩み寄ってきた大河内に慌てて説明した。

「あの……残業の終わりが一緒になった同僚に、車で送ってもらったんです。わたしは電車で帰るって言ったんですけど、ついでだからって」

「……そうか」

早月の目の前で立ち止まった彼は、それきり何も言わない。

ここ最近、仕事や彩佳のことで落ち込みがちな早月を気遣い、大河内はメッセージのやり取りだけに留めてくれていた。今日こうして会いに来てくれた理由はわからないが、きっとこちらを心配してのことなのだろう。

（せっかくつきあい始めたのに……わたし、自分のことばかりで、全然大河内さんとの時間を作れてない）

彩佳に交際がばれてしまい、早月は自分だけが彼と幸せな時間を過ごすのは、どこかおこがましい気がしていた。だが見方を変えてみれば、それは好意を向けてくれている大河内を蔑ろにすることに他ならない。

自分の立ち回りの悪さにいたたまれなさをおぼえながら、早月は彼を自宅に誘おうと口を開いた。

「あの、大河内さん、中に……」

「――なあ、何か困ってることないか」

「えっ？」

「俺に助けてもらいたいこととか」

唐突な問いかけに、早月は言葉を失う。

困っていることなら、自分の周囲に山積みだ。しかしクレームの件は上司である後藤に一旦預けた形となり、会社の人間関係のことも先ほど塚本に励まされ、気持ちが少し上向きになった。あとは彩佳と機会を見つけて話をし、どうにか自分の気持ちをわかってもらうしかないと考えている。

だからわざわざ、大河内に助けてもらうことはない。そう結論づけ、早月は彼を見つめて答えた。

「いえ。別に……何も」

「………」

早月の答えを聞いた瞬間、大河内は何ともいえない表情になった。それを見た早月は、自分の返答が彼の意にそぐわないものだったのかもしれないと、直感的に悟る。

（あれ？　わたし、何か言い方を間違えた……？）

戸惑う早月の前で、大河内が一旦目を伏せる。すぐに顔を上げた彼は、いつもどおりの顔をしていた。大河内は軽い調子で「そっか」とつぶやき、早月の頭にポンと手を置いて笑った。

「何もないなら、いいや。俺はもう帰る」

「えっ……？　あの、大河内さん、何をしに」

「顔を見にきたけど、お前は疲れてるみたいだしな。残業してきたんだし、とっとと風呂入って寝ろよ。――じゃあ、おやすみ」

第10章

いわゆる「虫歯」とは、ミュータンスと呼ばれる細菌が発生させる酸によって、歯が溶かされた状態を指す。その進行度合いによってC0からC4でレベル分けされ、定期検診を受けることによって早期発見と早期治療が可能だ。

（……半年ぶりの来院か。前回はC1だったんだな）

カルテの内容を確認した大河内は、二十代の女性患者に話しかけた。

「松本《まつもと》さん、今診たところ、上顎のこの部分の歯が少し虫歯になっています。放っておくと進行してしまうので治療をお勧めしますが、どうしますか？」

笑ったときに目立つ位置にある歯であること、そして虫歯自体はまだ小さいもののため、大河内はコンポジットレジンを用いた修復を勧める。

コンポジットレジンは光で硬化する特殊な樹脂《プラスチック》で、歯を削る量が少なくて済み、色調も既存の歯に合わせることができて仕上がりがとても自然だ。

方法としては虫歯になった部分を削り取り、欠損部分にレジンを塗布したのち、特殊なライトを当てて硬化させる。銀歯のように型を取る必要がないので、長くても三十分程度で治療を終えることが可能だ。最後に表面を磨けば、まったく違和感のない見た目に修復できる——と実際の写真を見せて説明すると、患者は納得して治療を了承した。

「では、これから処置をします。このまま少しお待ちください」

大河内は二つ隣のブースに向かい、ラテックスの手袋を交換しながら「山田《やまだ》さん、こんにちは」と声をかける。土曜の午前の忙しい時間帯、患者を順次診療する合間に、パソコンの画面に向かった。

（あー、気分が上がらない……）

電子カルテの入力をしつつ、大河内は眉を寄せる。

思い出すのは、昨夜のやり取りだ。従兄弟の上原から「早月と彩佳が、トラブルになっているらしい」と聞いた大河内は、早月と話をする目的で彼女のアパートに向かった。

そこで目にしたのは、見知らぬ男の車から降りる早月の姿だった。どうやら会社の同僚に送ってもらったらしいが、こちらの姿を見た瞬間、彼女が一瞬気まずそうな顔をしたのを大河内は見逃さなかった。

（……俺に見られたら、困る光景だったのかな）

あるいはいきなりアポなしで行ったのが、迷惑だったのか。

考えてみるとどちらも当てはまる気がして、大河内は気鬱を深める。親密そうな二人の姿を見たとき、正直大河内は不快になった。しかしたかが会社の同僚に嫉妬をするのは、あまりにも狭量だ。

そう思った大河内は精一杯何食わぬ顔を作り、早月に問いかけた。

『なあ、何か困ってることないか。……俺に助けてもらいたいこととか』

本当は、何もかも打ち明けてほしかった。早月が頼ってくれるなら、自分にできるかぎりの力で支えてやりたい。そんなふうに考えていたものの、彼女は一瞬迷うように視線をさまよわせ、やがて曖昧な笑みを浮かべて答えた。

『いえ。……別に、何も』

――彩佳とのトラブルを、隠された。そう悟った瞬間、大河内は無力感とかすかな失望をおぼえた。

(俺は、あいつの中で……一体どういう存在なんだろう)

好きだと言われたし、もう三度抱き合った。だが早月のすべてを手に入れた気にはまったくなれず、大河内は悶々とする。

(くそっ。中学生じゃあるまいし、俺はいつからこんなに女々しくなったんだ)

久しぶりの恋愛にやきもきしている自分に、大河内は苦々しい気持ちになる。いい大人が仕事の最中も女のことを考えて渋面を作っているなど、ダサくてまったく笑えない。

十二時半で診療を終え、スタッフが帰っていく。少し遅れてカルテの入力を終えた大河内は、疲れた首を回した。

(……メシでも買いに行くか)

ケーシーを脱ぎ、私服に着替えて、大河内はクリニックを出る。

外はうららかに晴れ、いい天気だった。気温は二十度近くまで上がっていて、上着の必要がないほど暖かい。民家の庭先ではムスカリ、クロッカスなど色とりどりの球根が花を咲かせ、春らしい雰囲気を醸し出していた。

（ついこのあいだまで、雪が残ってたのにな）

空気に混じる仄《ほの》かな土の匂いに、季節の移り変わりを感じる。

コンビニに向かう道中、駅の傍まできたところで、大河内はふと前方からやってくる人物に目を留めた。若い女性で、オフホワイトのカットソーにベージュのフレアスカートを合わせ、服装はとても上品だ。緩く編み込んだ髪や首元のネックレス、パンプスなどで華やかさを加味しており、日傘を差して歩く姿は優雅そのものだった。

その顔を見た大河内は、驚きに目を瞠《みは》る。

（……どうして）

歩み寄ってきた女性が、大河内の顔を見て微笑む。彼女はかつてと変わらない、柔らかな声で言った。

「久しぶりね、貴哉」

「……何でこんなところに」

「たまたま近くに来たから、元気かなと思って。実家に戻って仕事してるって、風の噂《うわさ》で聞いてたしね」

もう、会わないと思っていた相手だった。

彼女——里奈《りな》は、大河内のかつての交際相手だ。一年半前に婚約寸前までいき、大河内の両親にも会わせていたものの、彼女の浮気がきっかけで破局した。

（どうして今頃……のこのこ目の前に現れるんだ）

こんなふうに普通に会話ができるほど、自分たちは穏やかな別れ方をしたわけではない。そう考える大河内の前で、里奈は微笑んで話を続けた。

「元気そうじゃない。お父さまはもう引退されたの？」

「いや、腰を悪くして療養中。治ったらまた復帰すると思う」

「そう」

何ともいえない居心地の悪さをおぼえ、大河内は目を伏せる。

今頃になってわざわざ会いにくる、彼女の意図がわからない。里奈と破局したとき、大河内は大きなダメージを受けた。浮気は彼女に一〇〇パーセント落ち度があり、こちらは完全な被害者だ。しかし発覚直後、里奈はあたかも大河内のほうが悪かったかのように周囲に吹聴し、自らの評判を落とさないための保身に走った。

大河内が聞いた話によると、彼女は「貴哉にはモラハラの気があって、自分はいつも言葉の暴力に晒《さら》されてきた。実際に殴られることもあり、嫉妬深く束縛が激しい」と知人に語り、涙ぐんでいたという。

結果、知人の半分ほどは里奈の言うことを信じ、大河内の評判は下がった。彼女はそのまま音信不通となって、おしとやかで優しいタイプだと思っていた里奈の予想外のしたたかさを目の当たりにした大河内は、恋愛に夢を持てなくなった。

過去の経緯を思い出した大河内は、苦い気持ちで眉を寄せる。そして口を開いた。

「……それで、用事はただ顔を見に来ただけなのか？」

「んー、報告っていうか。私、結婚するの。相手は会社の上司でね、十二歳年上で、かなりのエリートよ」

「……へえ、そっか」

一体どの面を下げて、昔の男に結婚の報告をしに来るのだろう。そう考える大河内に、里奈がにこやかに質問してくる。

「貴哉は？　今、つきあってる人はいるの？」

「ああ、まあ」

「どんな人？」

里奈の問いかけに、大河内は「ウェディングプランナーで、二歳年下だ」と答える。里奈は「ふうん」と言って、意味深に笑った。

「素敵な仕事よね、ウェディングプランナー。誰かの幸せのために仕事をするんですもの。私もあるサロンに、式のプランニングをお願いしてるの」

「…………」

「でも接客業って、もしクレームが入ったりしたら大変じゃない？　社内評価に関わるし、今はＳＮＳなんかもあるから、下手したら外にも悪い評判を流されちゃう。特定の人間を潰そうと思えば、案外簡単なのかもね」

里奈の言葉を聞いた大河内は、ふと引っかかりをおぼえる。しかしその瞬間、彼女が微笑んで言った。

「今日は土曜だし、貴哉はもう仕事は終わり？」

「ああ」

「じゃあ、私はこのあと式の打ち合わせがあるから、これで」

日傘を差し、優雅な姿で里奈が去っていく。その後ろ姿を見つめた大河内は、先ほどおぼえた違和感について考えた。

（何だろう。里奈が今さら俺に会いに来た時点で、充分おかしな話だけど）

——里奈の話を、脳内で繫《つな》ぎ合わせてみる。

彼女は自身の結婚の報告をし、こちらに「つきあっている相手はいるのか」と問いかけてきた。そして早月の職業を聞き、自分もとあるブライダルサロンに出入りしていると明かした上で、「接客業だから、もしクレームが入ったりしたら大変よね」と語った——。

（……まさか）

考えすぎだ、と打ち消そうとした。だが違和感を並べてみるとますますそうとしか思えず、大河内は眉をひそめる。

（俺の考えが、杞憂《きゆう》だったらいい。でも、もし想像のとおりだとしたら……）

真偽を確認するだけの価値はある。そう判断した大河内はポケットを探り、スマートフォンを持っていないことに気づいて踵《きびす》を返した。

心にザラリとした嫌な感じがあって、どうにも気持ちが悪い。大河内は足早にクリニックまで戻りながら、こみ上げる不快感をじっと押し殺した。

＊　＊　＊

土曜日の今日、セレストガーデンホテルでは一件の挙式が行われている。その傍ら、別のフロアでは料理試食会付きのおもてなし体験フェアが開催されていて、非常に盛況だった。

フェアは会場のコーディネート実例やドレスサロン、チャペルの見学に加え、相談会や引き出物の展示など盛り沢山の内容で、多くのカップルが楽しげに参加している。

午後十二時に午前の部が終わり、客を送り出して休憩に入った彩佳は、一旦オフィスに戻った。中に入ると、事務所内の一角で早月が新人二人を研修しているのが目に入り、気まずく視線を落とす。

(早月さんと話さなくなって、何日だろ。……もう四日だっけ)

彼女が彩佳の見合い相手である大河内と会っていると判明したのは、火曜日の話だ。あの日以来、彩佳は早月のメールや通話アプリのアカウントをブロックし、彼女を無視していた。

自分が好意を抱いていた大河内と早月の親密な様子を知ったとき、彩佳は頭に血が上った。裏切られたと感じ、まるで大河内を横取りされたような理不尽さをおぼえて、自分が彼女を無視するのは当たり前だと考えていた。

しかし四日経った今、彩佳のそんな気持ちは次第に揺らいできている。

(私……早月さんの話を、まったく聞いてない。早月さんは私に、何か話したがってたのに)

彼女のほうにどんな経緯があり、大河内とつきあうことになったのか。そして後輩である自分に対してどう思っているのか、彩佳は一切聞こうとせず拒絶していた。

冷静になってみると、自分の態度がいかに子どもっぽいかがわかる。話も聞かずに相手を無視をするなど、まるで中学生女子のようだ。しかも彩佳は今回の件をうっかり職場の人間に漏らしてしまい、結果として早月を苦しい立場に追い込んでしまっていた。

(しっかり釘《くぎ》を刺しておいたし、たぶん満里奈さんが何かすることは、もうないと思うんだけど……)

早月と話すきっかけが、つかめない。席が隣同士でありながら会話をしない状況を、彩佳はだいぶ気詰まりに感じていた。

そのとき事務所内に電話が鳴り響き、早月が新人の一人にそれを取らせる。少しぎこちない口調で電話に出た新人の女性社員は、やがて保留にしてこちらを見て言った。

「あの、河合さん、吉野《よしの》さまからお電話です」

「はい」

吉野とは、先週彩佳が担当して挙式を行った客の名前だ。彩佳は席に着き、受話器を上げて電話に出た。

「お電話変わりました。河合でございます」

先週の式は滞りなく済み、二人はその二日後に新婚旅行に出掛けたはずだ。五日の予定と言っていたためにそろそろ帰ってきていておかしくなく、彩佳は客の用件は自分やホテルに対するお礼だと思っていた。

しかし話を聞くうち、自分のそうした考えが見当違いだったことを知る。

「ドレスの返送……ですか？　吉野さまがおっしゃったとおり、レンタル業者さんのほうにお送りしたはずですが」

『ですから、それが間違っていたと言ってるんです。新郎のタキシードと私のドレスは別々のところから借りたのに、まとめてタキシードのほうの業者に届いてるって旅行中に自宅に連絡がきていました。そのせいで私、ドレスのレンタル業者から延滞料金を請求されてるんです』

電話の相手は怒り心頭で、彩佳は心臓の鼓動が速くなるのを感じる。

客はこのホテルのドレスサロンではなく、外部から衣裳《いしょう》を調達し、その分の持ち込み料を支払っていた。式が終わったあと、彩佳は厚意で衣裳の返送業務を請け負ったが、どうやらそれが間違っていたらしい。

（嘘《うそ》……どうしよう）

話しているうちに顔色が変わった彩佳に気づき、早月や他のスタッフがこちらの様子を窺《うかが》っている。とりあえず折り返して電話をする旨を伝え、彩佳は一旦電話を切った。

するとすると早月が歩み寄ってきて、声をかけてくる。

「彩佳ちゃん、吉野さまの電話、何だって？」

「……持ち込みだったレンタルドレスの返送先を、私、間違って新郎のタキシードと同じところにしてしまったらしいんです。その分、延滞料金が発生してるって」

彩佳はひどく動揺していた。新婦が業者から請求された延滞料金は、四万円近くになるという。相手はかなり怒っており、「河合さんの落ち度なんですから、もちろんそちらが払ってくれるんですよね？」と高圧的に言ってきて、彩佳は何と答えていいかわからなかった。

（どうしよう……私が払わなきゃいけないの？　それともうちのサロンが？）

今まで困ったことがあったとき、すぐに先輩である早月の指示を仰いでいた彩佳は、咄《とっ》嗟《さ》にどう判断していいかわからない。早月が眉をひそめ、彩佳に質問してきた。

「ドレスは吉野さま自身が契約して持ち込んだもの？　挙式後の返送業務を受け持ったのは、そうしてほしいって相手から依頼されて？」

早月の問いかけが詰問口調に聞こえ、彩佳はぐっと唇を引き結ぶ。

まるで彼女がここ最近の鬱憤を晴らすため、ここぞとばかりに自分を糾弾してきている場だ。ように感じた。早月はチーフという役職で、彩佳に事情を聞いてきてもおかしくはない立場だ。

（……でも）

彩佳の心に、早月への反発心がこみ上げる。「彼女に命令されたくない」という気持ちがふつふつと湧いてきて、気づけば彩佳はきつい口調で言っていた。

「――大丈夫ですから、放っておいてください」

「彩佳ちゃん、でも……」

「いつまでも半人前扱いしないでください。このくらい一人で対応できますし、早月さんにいちいちお節介焼かれるの、正直うんざりなんですよ」

オフィス内が、しんと静まり返る。

言いすぎだと、自分でもわかっていた。それでも一度出てしまった言葉は消せず、彩佳は虚勢を張り続けることでしかプライドを保てない。

そのとき横から、低い声が響いた。

「――いい加減にしろよ」

ビクリとして顔を上げると、話に割り込んできたのは塚本だった。ブライダルフェアでバンケットホールの接客担当をしていた彼は、休憩でオフィスに戻ってきていたらしい。

塚本が淡々とした口調で彩佳に言った。

「河合がミスをして、現時点でお客さまに迷惑をかけてるんだろ？　チーフが情報を共有して対応を一緒に考えるのは当たり前だし、お節介でも何でもない。そもそも今までさんざん香坂にフォローしてもらってきた立場なのに、そんな言い方をするのはおかしいんじゃないのか」

「……っ」

塚本の言葉が胸に突き刺さり、彩佳はぎゅっと拳を握る。

彼の言うことは、正論だ。これまで彩佳は業務で失敗しそうになるたび、当然のように早月に手伝ってもらってきた。

気づけば周囲の視線も冷ややかに感じて、彩佳は顔を上げられなくなる。そのとき突然、目の前にいた早月が腕を伸ばし、彩佳の手首を強くつかんできた。そして周囲に向かって、明瞭な声で言い放つ。

「ちょっと、二人で話してきます」

驚く彩佳の手を引き、早月がオフィスを出る。彼女は廊下を進むと、人気のない会議室に入り、ドアを閉めた。

「…………」

しんとした会議室の中、彩佳は気まずく押し黙る。オフィス内の空気が悪くなったのを悟り、早月が気を使って自分をあの場から連れ出してくれたのだと、わかっていた。

そんな様子を見つめ、早月が口を開いた。

「さっきの吉野さまの件を、確認させて。ドレスはお客さま自身が契約して、うちに持ち込んだものなんだよね？」

彩佳は頷《うなず》き、説明する。

——新郎と新婦の衣裳のレンタル先が同一ではない事実は、聞いたような気もするが記憶が定かではないこと。ドレスとタキシードの郵送先が同じでいいか確認したつもりでいたものの、相手は「聞いてない」と言っていること。そしてホテルか彩佳自身が延滞料金を全額支払うべきだと、高圧的に言われたこと——。

早月が冷静な顔で答えた。

「法的にいうとドレスを契約したのが吉野さまなら、返却義務も吉野さま自身にあるの。もし彩佳ちゃんに頼む場合、吉野さまは『返却先を厳密に指定して』依頼する義務があるから、今回の件は一〇〇パーセントこちらに落ち度があるとはならないはず」

「……そう、なんですか？」

「昔、他のプランナーが同じようなクレームを受けたのを見たことがあって。返送先をきっちり指定してこちらに依頼したと吉野さま本人が立証できなければ、原則としてはうちに弁済義務はない。でも、彩佳ちゃんがもう少し気をつけていれば防げたことでもあるし、うちは客商売だから、四分の一くらい金額を負担するのが落としどころかもね」

早月の説明を聞き、彩佳の気持ちが少し軽くなる。

もちろん、自分にミスがあったのは確かで反省する点であり、支配人に報告したり始末書を書いたりしなければならないが、全額を弁済しなくていいとわかってホッとしていた。

（……やっぱり早月さんって、頼りになる）

突発的なでき事があっても冷静さを失わず、適切な対応ができるのは、彼女自身の経験の賜物だ。

彩佳はじっと足元を見つめた。先ほどの早月への暴言を、きちんと謝るべきだという思いが胸に渦巻いていた。いくらプライベートで彼女に思うところがあるとはいえ、あんな公衆の面前で憎まれ口を叩《たた》いていいわけがない。

（塚本さんが怒るのも、当然だ。……私、いつも早月さんに助けてもらってるのに）

彩佳は顔を上げ、早月に謝ろうとする。だがそれより一瞬早く、彼女が口を開いた。

「せっかくこうして二人きりになれたから、彩佳ちゃんに話したいことがあるの。――大河内さんの件について」

「……っ」

彩佳はドキリとして息をのむ。早月が静かな口調で言った。

「まずは謝らせて。大河内さんと会っていたのを、彩佳ちゃんに話せなくて……黙っていて、ごめんなさい」

「………………」

「彩佳ちゃんが怒るのは、当然だと思う。あなたのお見合い相手、しかも結婚を考えていた人とわたしがこっそり会ってたんだから、裏切ったって考えても無理ないよね。でも、実はわたしと大河内さん、彩佳ちゃんがお見合いする前に出会ってたの。バルで席が隣同士になって」

「……えっ？」

——早月は説明した。

彩佳と大河内が見合いをする数日前、早月は彼と知り合っていたこと。流れでホテルに行き、互いに名前も知らないまま別れたが、見合い後に引き合わされて心底驚いたこと。

大河内は伯父の顔を立てて見合いをしたものの、彩佳と交際するつもりはなかったらしい。彼は偶然の再会のあと、早月に告白してきた。早月は元々彼に心惹《ひ》かれていたのもあり、やがて二人は交際する流れとなった。だがその事実を知れば彩佳が傷つくと考え、なかなか言い出せなかったという。

早月がうつむいて言った。

「この数日、彩佳ちゃんに無視されて……黙っていた罰が当たったと思った。わたしがちゃんと筋を通さなかったから、彩佳ちゃんを傷つけることになってしまった。——本当にごめんなさい」

早月が頭を下げてきて、彩佳は驚く。彼女が語った話は意外なものだったが、もしそれが真実なら、早月が自分に謝る理由はないと思えた。

（だって……あとから割り込んだのは、私のほうなのに。……大河内さんは最初から、私とつきあう気はなかったのに）

彩佳の胸に、ズキリと痛みが走る。

大河内に一目惚《ひとめぼ》れし、自分の父親の力を利用してでも交際に発展させたいと思った気持ちに、嘘はなかった。どんなことをしても手に入れたいと願った相手から正式に断られたときは、心底落ち込んだ。

早月が彩佳の顔を見つめ、言葉を続けた。

「でも誓って言うけど、彩佳ちゃんを陰で笑ったりなんかしてない。今までちゃんと謝りたくて――でも話せなかったから」

「………知ってましたよ」

彩佳がボソリと答えると、彼女は「えっ？」と目を見開く。彩佳は目をそらして続けた。

「早月さんが、そんなふうに私を笑ったりするはずがないってこと。性格的にすごく悩んだんだろうなっていうのも、想像できましたし」

――でも、どうしても悔しかった。大河内が自分ではなく、早月を選んだという事実を、なかなか受け入れられなかった。

彩佳の発言を聞いた早月が、痛みを感じたように目を伏せる。そんな彼女を見つめ、彩佳は言った。

「本当は私のほうこそ、早月さんに謝らなきゃならないんです。私、二人の仲を知った翌日、無関係な満里奈さんについ事情を話してしまいました。……好きだった男性を早月さんに取られた、しかもその人は自分の見合い相手だって」

「…………」

今思えば、瀬野に話した自分の行動は、間違いだったと思う。結果的に彼女は悪意をもって噂を広め、彩佳は体よく利用された形になってしまった。

「信じてもらえるかどうかわからないですけど、私はあの人に口止めをしてたんです。絶対に他の人には話さないでほしいって。でも、満里奈さんは私を利用して早月さんの足を引っ張りたかったみたいで……結局あちこちに話を言いふらされることになっちゃいました」

彩佳の胸に、後悔の念がこみ上げる。彩佳は早月に向き直り、深く頭を下げた。

「私の考えなしな行動が、結果的に社内での早月さんの評判を下げてしまいました。――本当に申し訳ありません」

「…………」

「満里奈さんには強く抗議して、これ以上悪意のある話を言いふらすなら、私も対応を考えるって警告しました。軽い気持ちで話したことが、こんなに広まってしまって……深く反省しています」

彩佳の目に、じんわりと涙がこみ上げる。

本当は、もっと早くに謝りたかった。しかし振り上げた拳の下げ方がわからず、早月が遠巻きにヒソヒソされているのを知っても、あえて目を背けていた。

頭を下げる彩佳を、早月がじっと見つめているのを感じる。やがて彼女は、静かな声で言った。

「………信じるよ」

「えっ？」

「彩佳ちゃんが、わたしを貶《おとし》める目的で噂を広めたわけじゃないってこと。満里奈ちゃんからの悪意のほうが、ずっと強く感じたから」

早月は理由として、合同ミーティングの場所について嘘のメモが置かれていた件や、客からの電話メモを故意に隠されていた件を挙げる。そんなでき事があったのを知らなかった彩佳は、ひどく驚いた。

（満里奈さんが、そこまでするなんて……）

瀬野は元々早月に否定的な感情を持っていたのだろうが、それが顕在化するきっかけを作ったのは、おそらく自分だ。そう思い、彩佳は罪悪感をおぼえる。

そして彩佳は先ほどの件のことも思い出し、早月に謝罪した。

「さっきの吉野さまの件も、皆の前で嫌な言い方をして、すみませんでした。今まで早月さんにどれほどフォローされてたかなんて、私自身が一番よくわかってます。それなのに……何だか意地になっちゃって」

「ううん、いいの。彩佳ちゃんはもう一人前のプランナーで、プライドもあるんだから、わたしが言い方を考えるべきだったよね」

早月と和解できて、彩佳はホッとする。大河内の件は、「もう仕方がないのだ」と自分の中で折り合いがつきつつあった。そもそも彼は彩佳の恋人ではなかったのだから、すっぱりと諦め、今後は二人の関係を応援するべきなのだろう。

（本当はまだちょっぴり、胸が痛いけど。……しょうがないよね）

「そろそろ戻ろうか。吉野さまにはわたしか後藤支配人が説明の電話をしてもいいけど、どうする？」

早月の提案に、彩佳は答える。

「後藤支配人の判断を仰いだ上で、まずは私から吉野さまにお詫《わ》びをしたいと思っています。その後、上の人からお話ししてもらったほうが、流れ的にはスムーズかなって」

「うん。そうだね」

早月が会議室から出るため、ドアに手を掛ける。その背中に、彩佳は声をかけた。

「そういえば、早月さん」

「何？」

「早月さんにきてるクレーム、収まってないんですよね？　言いにくいんですけど……美雪ちゃんが、匿名掲示板の書き込みもまだチラチラあるって言ってました」

「それはもう、後藤支配人に任せてるの。あまりにも頻繁だから、まっとうな苦情じゃなく、嫌がらせだって判断してくれて」

後藤が普段の早月の仕事ぶりを評価し、その上でクレームの対応をしてくれていると聞いて、彩佳はホッとする。しかしここまで執拗《しつよう》な行為に、ふと疑問がこみ上げた。

（早月さんに苦情を入れてる人は……一体何が目的で、そういう行為をしてるんだろう）

彩佳との話し合いを終えて、早月はオフィスに戻る。

塚本が心配そうな顔をしてこちらに視線を向けてきたため、小声で「ちゃんと話したから、大丈夫」と告げると、その言葉だけですべて悟ってくれた様子の彼は、「そっか」と言って笑い、オフィスを出て行った。

（……とりあえず、彩佳ちゃんと話せてよかったな）

心を塞いでいた憂鬱のひとつが解消され、ホッとする。しかし先ほど彩佳が言っていたとおり、クレームの件はいまだ解決していなかった。

午後一時半に打ち合わせの予定が入っている早月は、顧客ファイルを手にサロンに向かう。

＊　＊　＊

本来、明日の予定だった打ち合わせを今日にしてほしいと連絡してきたのは、先日衣裳の決定をした平本だ。今日は披露宴の演出やBGMを決め、招待ゲストの確定をしたあとで、席次表やメニュー表、席札のデザインを選ぶことになっている。

（装花の決定までいけるかな……イメージくらいは、聞いておけるといいけど）

サロンで確認事項をチェックしていると、やがて平本が現れる。早月は立ち上がり、彼女に挨拶をした。

「こんにちは、平本さま。お待ちしておりました」

今日の彼女はオフホワイトのカットソーにベージュのフレアスカートと、品のある服装をしている。緩く編み込んだ髪や首元のビジューのネックレスが華やかで、清楚《せいそ》な美しさを引き立てていた。

「お飲みものは、いかがなさいますか?」

打ち合わせの際に提供するドリンクは、三十種類を超える豊富さで用意されている。「優雅な空間の中で、カフェにいるようにくつろいでほしい」というコンセプトで、サロンにやって来る客に好評だ。平本がメニューを眺めて答えた。

「では、キャラメルラテで」

「かしこまりました。少々お待ちください」

ドリンクを提供し、打ち合わせに入る。今日も彼女は一人で、早月は笑顔で声をかけた。

「新郎の小沢さまは、お忙しくていらっしゃるんですか?」

「ええ。彼は今、出張中なの」

「そうですか」

雑談をしながら早月は顧客ファイルを開き、プリントを一枚取り出す。昨日の夜に作成した書類で、内容は現時点での見積もり金額になっていた。

「まずはこちらが、今決定している分を含めたお見積もり金額となっております。招待状の宛名は筆耕ではなく印刷、枚数は一〇八枚で、ご衣裳はこちらのものとなり……」

内容を一点一点説明する早月の話を、平本が黙って聞く。やがて彼女が、口を開いた。

「――この金額、ちょっとおかしくありません？」

「えっ？」

「初めに聞いていたのと、全然違います。今の時点でこれなら、最終的にはかなりの誤差が出てくるんじゃないですか」

早月は平本に向かって微笑み、丁寧に言葉を返す。

「最初に出したお見積もりは、あくまでも暫定的なものになります。お打ち合わせで内容を決定していく際、基本よりグレードの高いものなどを選ばれますと、その分お見積もり金額も変動いたします」

客には最初から、その旨を説明している。早月がそう告げると、平本は鼻白んだ顔をして言った。

「こちらの予算は、始めにお伝えしましたよね？　打ち合わせごとにどんどん金額が跳ね上がっていくなんて、信用できないわ。そもそもグレードの高いほうを香坂さんがさんざんゴリ押しして、それで無理やり決定させられたのに」

「あの、……」

早月は困惑していた。

グレードの高いサービスを無理やり勧めた事実はなく、前回の打ち合わせまですべて彼女の希望に沿って決定してきた。平本の声はまるで周囲に聞かせようとするかのように大きく、近くにいた打ち合わせ中のカップルが「何事か」という顔でこちらを見ている。

早月は努めて落ち着こうとしながら、穏やかに言った。

「どのお客さまにもご予算があるのは承知しておりますので、当サロンではグレードの高いサービスを無理やり勧めることはございません。ひとつひとつ平本さまにご確認を取った上で決定したはずですが、もしご納得いただけない部分がおありでしたら、最初からご説明させていただいてよろしいでしょうか」

「あら、とぼける気？　あなたはチーフという肩書きがあるそうだけど、ずいぶんと居丈高なのね。気分が悪いから、プランナーを変えていただきたいわ。それが叶《かな》わないなら、もういっそここでの挙式をやめたいくらい。責任者の方を呼んで」

これまで早月は彼女と友好的な関係を築き、トラブルになったことはなかった。それだけに、なぜ突然こんな言いがかりをつけられているのか、まったく理解できない。

早月はテーブルの下でぐっと拳を強く握り、近くにいたプランナーに目線で合図する。彼女は心得た様子で、奥に入っていった。やがて後藤が姿を現し、にこやかに挨拶する。

「失礼いたします、平本さま。わたくし、支配人の後藤と申します」

後藤の声は落ち着いていて、物腰も洗練されている。彼は平本に向かって名刺を差し出したあと、早月の隣に座った。

「責任者とお話がしたいとのことで、わたくしが参りました。何かご不満な点がございましたでしょうか」

「不満だらけよ」

平本はきれいにネイルを塗った指で先ほどの見積もり表を示し、つんとして答える。

「このプランナーさんに高いものばかり勧められて、うんざりしているの。指摘しても間違いを認めないし、気分が悪いから、担当を変えていただきたいと思って」

「当サロンにお越しいただくお客さまは、それぞれ挙式に求められるものが違い、プランナーはその希望をひとつひとつ汲《く》み取っていくのが仕事です。何が必要で何が不要か、ご予算に応じて臨機応変に対応いたしますので、平本さまがおっしゃったように、お客さまのご意向を無視したお見積もりを出すことはないはずなのですが」

言い方は柔らかく、だが毅然《きぜん》として後藤が言葉を返すと、平本はじっと彼を見つめる。

やがて彼女は薄く笑って言った。

「……実は先ほど私がキャンセルの話を持ち出した際、香坂さんが値引きの提案をしてくださったんです。もしこのままこちらのホテルで挙式をしてくれるなら、費用を五十万安くしてくれるって」

「…………」

「納得できない部分はありますけど、そこまでしてくださるなら、キャンセルを思い留まるのもやぶさかではないわ。もちろん、プランナーは変えていただきますが」

早月は驚きに目を瞠《みは》り、平本を見る。そんな話はまったく出ておらず、寝耳に水だ。

隣に座った後藤が、ニッコリ笑う。彼は顔色を変えることなく、彼女に問いかけた。

「そうですか、五十万円のお値引きを。それは一体、どのような項目で？」

「項目？」

「確かにプランナーは値引きをする幅を持っておりますが、時季的にできるものがあったりなかったりと、闇雲に引いているわけではありません。どちらかといえばオプションをサービスでお付けするという形で、実質的に値引きになるという場合が多いのです。香坂がどの部分でそのようなお約束をしたのか、お伺いしてもよろしいでしょうか」

「……それは」

平本がぐっと言葉に詰まる。

後藤はそんな様子を見つめ、早月に向かって言った。

「香坂、あれを出しなさい」

「支配人――でも」

「いいから。僕が責任を取る」

後藤に促され、早月はスーツのポケットから小さな機械を取り出す。それは起動中のICレコーダーだった。

「実はここ最近、当サロンに悪質なクレームが相次いでおりまして。プランナーがトラブルに巻き込まれることを防ぐため、失礼とは承知の上で、お打ち合わせの内容を録音させていただいていたのです」

平本がさっと顔色を変える。そして険しい表情で言った。

「こちらに無断でそんなこと……プライバシーの侵害でしょう」

「おっしゃるとおりです。しかし当社としては経験を積んだ有能なプランナーを、卑怯《ひきょう》な誹謗中傷《ひぼうちゅうしょう》で失うわけにはいきません。録音した音声データを表に出すつもりは一切なく、無事にプランニングが終われば、消去するつもりでおりました」

――ICレコーダーで打ち合わせの内容を録音するのは、後藤の提案だった。

会社に入ったクレームが正当なものであるかどうかは、打ち合わせの音声データを聞けばわかる。もし接客に問題がないにもかかわらず名指しで苦情が入るなら、それは嫌がらせに他ならない。そう考えた彼が録音を提案し、早月に手渡されたものだった。

後藤が平本に向かって言った。

「もし平本さまがおっしゃるお値引きの件が本当ならば、このレコーダーに香坂の発言が録音されているはずです。確認させていただいてもよろしいでしょうか」

「……っ」

平本が勢いよく椅子から立ち上がり、後藤と早月を睨《にら》む。彼女はバッグと日傘をひっつかみ、その場から立ち去ろうとした。

「もういいわ。気分が悪いから、帰らせていただきます。契約はキャンセルしますから」

「お待ちください。現時点でのご契約のキャンセルは、お見積り金額の三十パーセントと実費をいただくことになっております。そしてキャンセルに至るまでの経緯は、ご契約者である新郎さまにも逐一ご報告させていただきます」

キャンセル料、そして新郎の名前を出された途端、平本が落ち着きのない表情になる。

彼女はしばらく逡巡《しゅんじゅん》していたものの、やがて小さな声で言った。

「あの……ごめんなさい。ちょっとした勘違いっていうか、急に感情的になってしまって。契約をキャンセルすると言ったのは、撤回します。だから——」

「申し訳ございません。平本さまの一連の言動を拝見いたしますかぎり、当サロンとの信頼関係は、既にないものと判断して差し支えはないかと存じます。今後はすみやかにご契約の破棄に関する書類を作成し、キャンセル料の請求をさせていただくと同時に、新郎さまにも経緯をご報告させていただく所存です。ご了承くださいませ」

「待って。あの……っ」

なおも何か言い募ろうとする平本の前で、後藤が立ち上がる。

彼はたじろぐ彼女に向かって折り目正しく一礼し、丁寧に告げた。

「——お話しすることは以上です。どうぞお引き取りください」


サロンを出て行った平本の後ろ姿を、早月は呆然《ぼうぜん》と見送っていた。

(まさか、平本さまが……あんなふうに豹変《ひょうへん》するなんて)

これまでの彼女の印象は決して悪くはなく、おっとりとした雰囲気の美しい女性だと思っていた。しかし今日は打ち合わせの冒頭から無茶なことを言い始め、挙げ句の果てに約束した覚えのない大幅値引きの話まで持ち出した。その理由を、早月は考える。

（どうしてあんな嘘をついたんだろう。わたしのせいにして大騒ぎすれば、支配人が値引きを了承するとでも思った……？）

「——やっぱりこれが、役に立ったな」

立ったまま平本を見送っていた後藤がそうつぶやき、目の前に置かれていたＩＣレコーダーを手に取る。

確かにこれがなければ、平本の嘘を立証するのは難しかった。そう考える早月の中に、理不尽なクレームに対する怒りがふつふつとこみ上げる。

（……何でわたしが、人前であんなふうに言われなきゃならないんだろう。彼女がそうするだけのことを、わたし、何かした……？）

早月は椅子から立ち上がる。後藤が「香坂？」とこちらを見てきて、早月は彼に言った。

「わたし——ちょっと平本さまと話してきます」

「香坂、それは……」

「すぐ戻りますから！」

早月はサロンを飛び出し、エレベーターホールに向かう。

エレベーターは二基あるが、辺りに平本の姿はなかった。既に一階に下りてしまったのかと思い、早月はエレベーターを待つのももどかしく階段に足を向ける。どうしてあんなことをしたのか、早月は彼女に直接理由を確かめたかった。

（もしかして今までのクレームも、平本さまの仕業……？　考えすぎかな）

そのとき突然、ポケットの中でスマートフォンのバイブが振動する。てっきり後藤が連絡してきたのかと思って取り出した早月は、そこに表示された名前が大河内で、戸惑いをおぼえた。

（何でこんな時間に、大河内さんが……）

一瞬どうしようか迷ったものの、早月は結局通話ボタンに指を滑らせ、電話に出る。そして「今は仕事中で立て込んでいるため、改めて連絡する」と伝えようとした。

「もしもし、香坂です。大河内さん、申し訳ないんですけど、今は――」

『早月？　仕事中にごめん。いきなり変なこと聞いて悪いけど、お前のサロンの顧客に、平本里奈っていう女はいないか』

突然大河内から平本の名前を出され、早月は心底驚く。心臓がドクリと跳ねるのを感じながら、小さく答えた。

「います……わたしが担当するお客さまです。実はさっき見えられたんですけど、ちょっとトラブルになってしまって」

早月は「自分はたった今出て行ったばかりの平本を、追いかけようとしているところだ」と、大河内に説明する。すると彼は早口で言った。

『――そいつをどうにか捕まえといてくれ』

「えっ？」

『俺も近くまで来てる。すぐそっちのホテルまで行くから』

一体どういうことなのかわからないまま電話を切り、早月は足早に階段を駆け下りる。ロビーを見回したがやはり平本の姿はなく、早月は自動ドアを通ってホテルの外に出た。

(平本さまの住所なら……きっと帰りは地下鉄を使うはず。だから駅の方向に行ってみよう)

天気がよく週末のせいか、外は人の姿が多い。ブライダルフェアの午後の部にやって来たらしいカップルたちの脇を走り抜け、ホテルの敷地内を出た早月は、横断歩道の手前で平本の後ろ姿を見つけて声を上げた。

「待ってください!」

ほっそりとした後ろ姿が、こちらを振り返る。不機嫌そうな顔でこちらを見つめているのは、確かに平本里奈だった。

「……………何のご用?」

「あの……平本さまと、どうしてもお話がしたくて。先ほどはなぜ、あんなことをおっしゃったんですか?」

平本が鼻で笑い、「あんなことって?」と問い返してくる。早月は荒い呼吸を整えながら言った。

「わたしが、グレードの高いサービスをゴリ押ししたとか……法外なお値引きをお約束したとかです」

平本がふっと皮肉っぽい笑みを浮かべる。彼女は冷めた目つきで早月を見つめ、答えた。

「理由なら、シンプルよ。――あなたが気に食わないから」

「……っ」

直球で投げつけられた悪意に、早月の胃がぎゅっと縮む。どうしてこんなふうに言われるのか、理由がわからない。これまでの打ち合わせではとても友好的な関係を築けていると思っていただけに、精神的なダメージが大きかった。

「それは……わたしが何か、平本さまのお気に障ることをしてしまったからでしょうか。でしたら何なりと、理由をおっしゃってください」

そのとき駅の方角からやって来た背の高い男が、こちらに大股で近づいてくるのが見える。彼が「早月」と声をかけてきて、その声を聞いた平本が振り返った。彼女は男の姿に目を留め、顔を歪《ゆが》めてつぶやく。

「……貴哉」

「大河内さん……」

現れた大河内を見た早月は、先ほどの電話の内容を問い質したくてたまらなかった。しかし平本の前で話すのは憚《はばか》られ、結局言いよどむ。

こちらに一瞬視線を向けた彼は平本を見下ろし、切り込むような口調で言った。

「早月の会社にクレームを入れて嫌がらせをしてるのは、お前なんだろ。――里奈」

「…………」

平本が挑戦的な目で大河内を見つめている。早月は状況が理解できず、内心ひどく混乱した。

(平本さまは、大河内さんの知り合い？　しかも苦情の件も……？)

大河内は平本から目を離さず、早月に説明した。

「俺とこいつは、一年半前までつきあってたんだ。婚約寸前までいったけど、里奈の浮気が原因で別れた」

「えっ……？」

「今日里奈は俺のところまで、わざわざ結婚の報告をしに来た。そのとき、俺の今の彼女がウェディングプランナーだと聞いた上で、気になることを言ってたんだ。『もしクレームが入ったりしたら、社内評価に関わるから大変』とか、『今はSNSがあるし、下手したら外にも悪い評判を流される』とか」

――早月から「自分を名指しで苦情が入っている」という話を聞いていた大河内は、平本の言葉が引っかかったという。

彼女は「特定の人間を潰そうと思えば、案外簡単なのかも」とも発言していたといい、大河内は平本がわざわざ自分の前に現れたこと、そして意味深にクレームの話を持ち出したことを繋ぎ合わせ、彼女がやったかもしれないという可能性に思い至って、急遽《きゅうきょ》早月の勤務先まで来たらしい。

「――で、どうなんだ、一体」

「………」

大河内に迫られた平本は、黙り込んでいる。早月は固唾を飲んで二人のやり取りを見守っていた。

やがて平本が、ふっと笑って答えた。

「ええ、そうよ。――貴哉の言うとおり」

「………」

「私、香坂さんが気に食わなかったの。だから評判を落として、困らせてやろうって思ってた」

平本の答えを聞き、大河内が眉をひそめて問いかけた。

「理由は？」

「あなたたちが、つきあってるからよ」

彼女はあっさりと言い放つ。そして高慢な表情で、言葉を続けた。

「あなたたちが夜の街中で一緒に歩いてるのを見かけたの、三月の末頃だったかしら。初めは貴哉に目が行って、隣にいるのが私の担当プランナーの香坂さんだって気づいたとき、驚くのと同時にすごく面白くない気持ちになった。……気がついたら、ホテルに匿名でクレームを入れてた」

一度やったあとは平本の行動はエスカレートし、メールやＦＡＸなどを使った苦情を毎日のように入れていたという。早月は顔をこわばらせて彼女を見た。

「平本さまは……小沢さまと婚約なさっているんでしょう？　それなのにどうしてわたしと大河内さんが交際してる事実に、そこまで目くじらを立てなきゃならないんですか？　そんな些細《ささい》なことでわたしをターゲットにして、嫌がらせを繰り返すなんて」

平本が鼻で笑い、早月に視線を向ける。彼女は美しい顔に小馬鹿にした色を浮かべて微笑んだ。

「別に深い意味なんてないわ。わからない？　とっくの昔に別れた男でも、誰かに取られるのを目の当たりにしたら、面白くないものよ。しかもそれが仲睦まじい光景なら、どうにかして壊してやりたくなっちゃう。……たとえ自分が幸せで、婚約者がいようともね」

＊　　＊　　＊

翌日の日曜の昼下がり、大河内は自室でパソコンに向かい、論文の執筆をしていた。窓からは眩《まぶ》しい午後の日が差し込み、室内はかなり暖かくなっている。

（……里奈の件、一体どうなったかな）

かつての交際相手だった平本里奈が自分勝手な不満を募らせ、大河内の現在の恋人である早月に嫌がらせをしていたのが判明したのは、昨日のことだ。

聞けば平本は、打ち合わせ中にも彼女に対して言いがかりをつけ、挙式の契約がキャンセルになる事態に発展していたという。

昨日、早月の勤務先のホテルの前で話していたところ、戻ってこないのを心配した彼女の同僚が様子を見に来た。早月は一旦平本を帰し、大河内には「夜に電話します」と告げて、仕事に戻っていった。

（しかし、「とっくの昔に別れた男でも、他の女に取られたら腹が立つ」とか。……あいつはどこまで傲慢なんだ）

平本の言い分を思い出し、大河内はこみ上げる不快感を押し殺す。

早月からは、昨日の夜九時頃に電話がきた。大河内と別れて仕事に戻った彼女は、支配人の後藤と以前入ったクレームを一件一件精査し、平本への今後の対応を話し合ったらしい。

平本の行動は完璧な私怨で、理由のない苦情の対応で会社は時間を割かれている。そのあいだ業務が停滞していることから、法務の見解では偽計業務妨害に問えるかもしれない案件だという。

また、早月への名誉棄損も加わるかもしれず、夜に電話で平本に連絡を取った後藤が「改めて明日来社していただき、詳しい事情をお聞かせ願いたい」と伝えたところ、彼女は何とかそれを回避しようと行けない理由を並べ立てた。警察への相談も考えていることを匂わせた途端、ようやく平本は聴取に応じるのを了承したのだと早月は語っていた。

『明日、必ず事の次第を大河内さんにも報告します。だからわたしの仕事が終わるまで待っててもらえますか？』

小さく嘆息した大河内は、しばし論文の執筆に集中する。

やがて午後四時頃、デスクの端に置いたスマートフォンの着信音が鳴った。ディスプレイに表示されているのは、早月の名前だ。大河内は指を滑らせて電話に出る。

「もしもし？」

『あっ、大河内さん、わたしです。……香坂です』

早月はたった今仕事が終わり、帰るところだという。大河内はワークチェアの背にもたれて言った。

「いつもより、帰りが早いんだな」

『はい。例の件が、一応決着したので。昨日からバタバタしてましたし、今日は早く帰っていいって支配人に言われて』

大河内はマウスを操作し、書きかけの論文を保存しながら早月に告げる。

「――じゃあ、駅前で待ってろよ」

『えっ？』

「車で迎えに行ってやる」

大河内の自宅から市の中心部までは、車で十分ほどだ。夕方の時間帯、そこそこ混み合う市街地を徐行して運転した大河内は、駅前で早月を拾う。

助手席に乗り込んだ彼女は、開口一番で謝ってきた。

「すみません、わざわざ迎えに来てもらっちゃって」

「いいよ。どうせ俺は休みだったんだから」

ハンドルを握る大河内は、ウインカーを出して右に曲がり、国道に出る。車が自宅の方向に向かっていないのに気づいた早月が、不思議そうに問いかけてきた。

「あの、どこに行くんですか？」

「ん？　せっかくだから、軽くドライブ。で、どうなった？」

「えっ」

「あいつの件」

早月は手元に視線を落とし、話し出した。

「平本さんには……今日の朝十時に、サロンではなくホテルの会議室まで来てもらいました。そして昨日のサロンでの発言の件や、これまで入った苦情がすべて彼女によるものなのか、ひとつひとつ確認してもらったんです」

彼女はフリーのメールアドレスをいくつも取得し、それらを駆使してクレームを入れていた。ＦＡＸはコンビニのものを使用して、足がつかないようにしていたらしい。

「ああいう嫌がらせって……一度やると楽しくなっちゃうみたいですね。彼女には素敵な婚約者がいて、挙式の準備をしている今は一番幸せな時期のはずなのに……そんなことに夢中になるなんて」

――おそらく平本は、自身の結婚を壊す気は微塵《みじん》もなかったはずだと早月は言う。

彼女はわざわざ大河内に会いに行って自分が結婚する事実を自慢しつつ、早月と交際しているという裏付けを取った。そして勝手に不満を募らせ、ブライダルサロンで早月を陥れるような言いがかりをつけて、プランナーとしての地位を失墜させようとした。

「平本さんに事実確認をしたあと、支配人は彼女の婚約者に連絡を取りました。そして一部始終を報告し、うちのホテルではもう挙式を請け負うことはできないこと、そして契約の破棄とキャンセル料の支払いを求める旨をお話ししたんです」

婚約者の小沢は驚き、すぐにホテルまでやって来た。そして今回の件に対するサロン側の見解を聞いた上で、すべてを了承したという。

「彼は平本さんに、『気分次第で他人を誹謗中傷ができる人間とは、この先やっていけない』って言ってました。わたしたちの前で婚約破棄を言い渡された平本さんは、すごくショックを受けた様子で……泣き崩れてました」

当然だ、と大河内は考える。もしそんなことをする女が恋人なら、自分もきっと結婚をやめるに違いない。

（浅はかな行動の結果、何もかも失うなんて……悪いことはできないもんだな）

今となっては、過去に彼女と破局したのはよかったと思える。たとえ何事もなく結婚していたとしても、そんな性格の持ち主ならいずれ何らかのトラブルを起こしていただろう。

そのときふいに、早月が話題を変えてきた。

「あの、ところでわたし、大河内さんに聞きたいことがあって」

大河内は「何？」と彼女を見る。早月が少し緊張した顔で言った。

「お、大河内さんは、平本さんと……おつきあいしてたんですよね」

「ああ」

「前に言ってた女子力の高いタイプって、彼女のことですか？」

早月の問いかけに、大河内は苦笑して答える。

「まあな。あいつは見てのとおり、服にも身だしなみにも気を使ってて上品で、周囲からは高嶺《たかね》の花みたいに扱われてた。……つきあってるときはおしとやかで優しかったから、二年も経つ頃には俺は結婚を意識してた」

——両親にも会わせ、交際は順調だった。しかしそんな矢先、彼女が浮気をしていることが発覚した。

「思えば今回みたいなことになる片鱗《へんりん》は、あのときからあったんだろうな。自分が一〇〇パーセント悪いくせに、あいつは俺の悪口をさんざん言いふらして、あたかもこっちに破局の原因があるように振る舞ったんだ。俺の評判はだいぶ落とされたし、女ってのはあそこまで利己的になれる生き物なんだと思うとうんざりして、それからは誰ともつきあわないまま、気づけば一年半が過ぎていた」

「……そうだったんですか」

図らずも大河内の前の交際相手と顔を合わせてしまった早月は、今何を思っているのだろう。大河内は運転しながら彼女をチラリと見やり、謝った。

「――何か、ごめんな」

「えっ？」

「お前がクレームで悩まされたの、結局のところ俺のせいみたいなもんだろ。昔つきあっていた相手が、お前を勝手に敵として認定したのが発端なんだから」

「そ、そんなことありません。わたし自身、偶然平本さんの挙式の担当になったことで、彼女と関わりを持っていたわけですし。それに大河内さんとつきあうのは、わたしが自分で決めたことですから」

　早月の言葉を聞き、大河内は笑う。そして彼女を見つめて言った。

「へーえ。俺がお前の彼氏だって、ちゃんと覚えてたのか」

「なっ……そんなの、忘れるわけないです」

「つきあい始めたはずなのに、全然恋人らしい時間を持ててないからな。てっきりお前の中では、なかったことになってんのかと思ってた」

　大河内の冗談めかした皮肉に、早月がみるみる表情を曇らせる。彼女はきまり悪そうにうつむいた。

「それは――本当に反省してます。わたし、自分のことばかりで、大河内さんを蔑ろにして」

「俺はお前に、もっと頼られたいって思ってたよ。お前、あの後輩に俺とのことがばれて揉《も》めてたんだろ」

「えっ?」

「賢人が彼女から、メッセージをもらったらしい。俺とお前がつきあってるのを知って、『裏切られた』って恨み言を言ってたって。何で俺に話さなかったんだよ」

早月は躊躇《ためら》うように視線をさまよわせる。そして言葉を探しつつ、慎重に言った。

「わたし……昔から何でも、一人で抱え込む癖があるんです。あまり人を頼れないっていうか、他人の力を当てにせず、自分でどうにかしようとしてしまって」

「ああ、何かそんな感じだよな」

──だからこそ、遊び歩いてろくに大学に通わない弟のために、せっせと仕送りをしている。周りの目ばかりを気にして、自分の気持ちを抑え込んでしまう部分がある。

大河内はそんな早月を、全部受け止めたいと思っていた。前を向いて運転しながら、大河内は彼女に告げた。

「……なあ、もっと頼れよ」

「……大河内さん」

「俺はそんなお前を、うんと甘やかしてやりたいって思ってる。笑ってるのを見るとホッとするし、一緒にいるときにあんまり気を使わないでいられるのもいい。そうやって緩い時間を、もっと一緒に過ごしたい」

大河内の言葉を聞いた早月が、じんわりと頬を染めている。大河内は苦笑いして言った。

「でもあんまり急いで距離を詰めすぎると、お前が息苦しくなるかもしれないって考えて、自重してたんだ。それなのにお前は、会社の男に送ってもらったりしてるし」

——自分には頼らないくせに、他の男には送ってもらっている。そんな嫉妬めいた気持ちをおぼえ、でも早月に知られたくなくて、あの日はあっさり帰宅した。大河内がそう言うと、彼女は必死な顔で言い訳をした。

「あのときの同僚は……そんなんじゃありません。わたしが彩佳ちゃんと揉めてるのに気づいて、心配してくれてただけで」

そこで早月はふと思い出したように、昨日彩佳とようやく話をし、彼女と和解したのだと報告してきた。それを聞いた大河内は「よかったな」と思いつつ、早月に問いかける。

「じゃあお前を悩ませてた案件は、もう全部片づいたのか？」

「えっと……はい、そうです」

大河内は「そっか」とつぶやき、たまたま行く手に現れたラブホテルの駐車場にウインカーを出す。早月が驚きに目を見開き、それから狼狽《うろた》えた様子でこちらを見た。

「あ、あの、大河内さん？」

時刻はまだ午後四時半で、外はかなり明るい。大河内は平然とした顔で言った。

「——だったらそろそろ、俺にお前を独占させろよ」

「……っ」

「お前の気持ちを尊重して、さんざん我慢してきた。いい加減、欲求不満でどうにかなりそうだ」

偶然目についてに入ったラブホテルは、そこそこきれいな内装だった。

適当に部屋を選び、エレベーターで二階に上がって中に入る。早月が何となく緊張しているのが、躊躇いがちな足取りからわかった。大河内は彼女を背後から抱き寄せ、顎をつかんでその唇を塞ぐ。

「ん……っ」

後ろから覆い被さるような口づけに、早月がくぐもった声を漏らした。腕の中の腰の細い感触、身体の柔らかさ、ぬめる舌や口腔《こうこう》の熱さに、じりじりと大河内の欲情が煽《あお》られる。

早月の膝をすくうように抱え上げ、大河内は彼女の身体をベッドに横たえた。再び唇を塞ぐと、早月の腕がおずおずと首に絡まってきて、いとおしさを掻《か》き立てられる。

「……っ、はっ……」

間近で目を合わせ、舌を絡める。触れるうちに早月の瞳が情欲に染まっていくのがつぶさにわかり、蒸れた吐息を混ぜ合う行為をいつまでもやめられなかった。

（あー、全然余裕ねえな……）

自分が思っていたより、相当煮詰まっていたらしい。早月の身体に触れた途端に大河内の中の飢餓感は強くなり、気を抜けば暴走してしまいそうだ。

だがそんな気持ちは早月も同じだったようで、彼女は大河内を見つめて口を開いた。

「お、大河内、さん……」

「ん？」

「もっと……、んっ」

大河内は求められるがままに早月の小さな口腔に押し入り、中を舐《な》め尽くす。

彼女が喉奥から漏らす声が可愛らしく、何度も深く貪った大河内は、やがて唇を離した。

「キスは好きか」

「……っ、好き……」

「他には？」

大河内の手がストッキングに包まれた太ももを撫《な》でると、早月は「ぁっ……」とあえかな声を漏らす。耳元と首筋を唇でなぞる動きに、彼女がビクリと首をすくめた。

「ん……っ……大河内さんが触るなら、全部……」

早月の答えに大河内は一瞬目を瞠《みは》り、そしてすぐに眦《まなじり》を緩める。

「……可愛いこと言いやがって。ずいぶんサービスいいな」

彼女はじんわりと頬を染め、唇を引き結ぶ。やがて早月は、心外だと言わんばかりの口調で言った。

「サービスなんかじゃありません。わたしだって、ずっと大河内さんに会いたかったたし……触れたかったんですから」

甘えることが下手な彼女が、精一杯気持ちを言葉にしてくれている。そう思うと、心にじんわりと温かいものがこみ上げて、大河内は笑って答えた。

「そっか。じゃあ、遠慮なく触らせてもらおうかな」

「ど、どうぞ……」

早月のスーツのジャケットを脱がせ、カットソーごと床に放る。

現れた白い上半身を見下ろし、大河内はブラ越しに胸のふくらみに触れた。手のひらで揉み込む動きに、早月が「んっ」と声を漏らし、弾力のある感触が手の中でたわむ。

「ぁ……っ」

首筋に唇を這《は》わせつつ、大河内は早月の背中に手を回してブラのホックを外す。途端に緩んだカップから、きれいな丸みが零れ出た。

ブラの下に手を忍ばせ、大河内は肌に直に触れる。やわやわと揉み、清楚な色をした先端に指先で触れると、早月がかすかに身体を揺らした。

「は……っ、ぁ……」

指先でいじるうち、先端が徐々に芯を持ち始める。大河内は身体をずらし、早月の肩に中途半端に引っかかっていたブラを取り去って脇に放った。そして尖り始めた胸の頂に、舌を這わせる。

「……っ、はっ……」

早月は胸が敏感らしく、これまで抱いたときも触れるたびにビクビクと身体を跳ねさせていた。大河内はことさらゆっくりと乳暈《にゅううん》を舐め回したり、ときおり強く吸い上げたあとで歯を立てたりと、早月を翻弄する。

清楚な色だった先端が嬲《なぶ》られるうちに色濃くなり、唾液で濡《ぬ》れてピンと勃ち上がっているのが、ひどく淫靡《いんび》だった。両方の胸を嬲られた早月が、目を潤ませてこちらを見る。足先がもどかしげにベッドカバーを乱していて、大河内は彼女のスカートをたくし上げ、ストッキング越しに脚の間を撫でた。

「あ……」

ストッキングと下着を隔てた接触に、早月がじんわりと頬を染める。大河内がいつまでもそれ以上の行為に進まずにいると、彼女は膝でぎゅっと腕を挟み込み、小さく言った。

「な、何でいつまでも、こんな……っ」

「直に触られたい？」

ほんの少し意地悪がしたくて大河内が笑って聞くと、早月は一瞬悔しそうな顔をする。怒らせたかと思ったものの、彼女は腕を伸ばし、大河内の首に強く抱きつく。そして耳元でささやいた。

「……触ってください」

思いがけず素直な様子にぐっと気持ちをつかまれ、大河内は早月を首に抱きつかせたまま彼女の下着の中に手を入れる。

とっくに愛液を溢《あふ》れさせていたそこは、ぬめって熱くなっていた。大河内は花弁を開

き、蜜口から体内に指をもぐり込ませる。襞《ひだ》を掻き分けて奥へと進む動きに、早月がしがみつく腕に力を込め、声を上げた。

「んぁっ……は……っ……あ……っ」

温かく濡れた襞を、内側からゆっくりなぞる。指を行き来させるたびに柔襞が絡みつき、早月の漏らす声が甘くなった。大河内の指は長く、根元まで埋めると最奥に到達する。

「っ、ん……っ！」

触れるとビクッと反応する部分を、大河内は執拗に撫でる。早月が身体を震わせ、小さな声で言った。

「や、そこ……っ」

「ああ、触るとビクビクするな。どんどん溢れてくる……」

早月が感じている証に、指を受け入れたところはどんどん潤みを増す。ぬめる愛液は指を動かすたびに粘度のある水音を立て、淫靡な雰囲気を高めていた。

「早月、口開けろ」

「んぅ……っ」

体内を穿《うが》つ手を止めないまま、大河内は早月の唇を塞ぐ。

深く嚙み合わせて舌をねじ込み、口腔を舐め尽くしながら喉奥まで探ると、彼女は苦しそうに呻《うめ》いた。蜜口から挿れる指を増やした大河内は、隘路《あいろ》を何度も行き来させる。動かすたびに溢れ出た愛液が立てる水音が大きくなり、次第に内部の締めつけがきつくなった。

内襞がわななく頻度が上がっていき、口づけを解いた早月が、切羽詰まった声を上げる。

「待っ……指、いや……っ」

「心配すんな、あとで指じゃないのも挿れるから。ほら、達くとこ見せろよ」

「っ……ぁっ……んっ、あ……っ！」

隘路がビクッと狭まり、早月が身体を跳ねさせる。奥からぬめる愛液が溢れ出て、大河内の手のひらまで濡らした。

「はぁっ……はぁっ……」

涙目で息を乱しながら、早月がこちらに視線を向けてくる。どこか不満げな表情をしているのが可愛いと思いつつ、大河内は彼女に問いかけた。

「……何でそんな顔してるんだよ」

「だって、下着が……それに大河内さんは、全然脱いでないし」

確かに下着は大量の愛液で濡れてしまい、こちらはまだ着衣を乱していない。

大河内は早月のスカートとストッキング、下着を脱がせ、自分が着ていた薄手のニットを頭から抜いた。床に放ったところで、早月が「あの」と言った。

「わ、わたしもしますから……」

「えっ？」

「大河内さんのを、口で」

早月が身体を起こし、大河内のベルトに手を掛けてくる。大河内は彼女を見下ろしてその髪に触れた。

「別にしてもらわなくてもいいけど」

「駄目です。わたしばっかりされるのは、フェアじゃないですから」

早月は意地になったようにそう言い募り、大河内のデニムと下着を引き下ろす。

途端に既に兆した欲望があらわになって、彼女は息をのみ、一瞬たじろいだ様子を見せた。しかしすぐに手を伸ばして、そっと大河内自身に触れてくる。

茂みに顔を埋め、早月は根元にキスをした。そして舌で幹をなぞり、先端まで舐め上げてくる。

「……っ」

屹立《きつりつ》が反応して、ピクリと動いた。上気した顔で大河内自身を握り、舌で丁寧に全体を舐める姿は、ひどく煽情《せんじょう》的だ。しばらくその様子を眺めた大河内は彼女の頰に触れ、先端をその唇にあてがってささやいた。

「──咥《くわ》えて」

「……っ」

じんわりと頰を染めた早月が躊躇いがちに先端部分を口に含み、吸いついてくる。疼《うず》くような快感をおぼえた大河内は彼女の頭をつかみ、口の奥までゆっくりと自身を押し込めていった。

「んんっ……」

早月の歯が幹に当たり、一瞬かすかな痛みが走る。

彼女は少し眉を寄せて苦しそうな顔をしながらも、柔らかな舌を必死に幹に絡めてきた。狭く温かい口腔は、大河内に得もいわれぬ快感を与える。硬く張り詰めたそれは質量を増し、苦しくなったらしい早月が口から吐き出した。彼女が詫びるように幹を丁寧に舐めてきて、大河内は熱い息を吐く。

(口から出してくれて、助かった。……うっかり達きそうだったし)

早月の喉奥で放つのも悪くないが、今までさんざん我慢したのだから、彼女の中に挿れたい。そう思い、大河内は彼女の動きを押し留めた。

「……っ……大河内さん……？」

「もういいよ」

唾液で濡れた唇を拭ってやり、大河内は取り出した避妊具を着ける。その作業から恥ずかしそうに目をそらした早月が、小さく言った。

「ごめんなさい……わたし、あんまり上手じゃなくて」

「別に悪くなかったけど？　お前の中に挿れたいから、途中で切り上げただけ」

大河内はベッドの上に座り込んだままの早月の後頭部を引き寄せ、その唇を塞ぐ。

「ん……っ」

労うように舌を舐めると、彼女が遠慮がちに応えてくる。角度を変えて何度か口づけるうち、早月の瞳が潤んだ。大河内は吐息の触れる距離で、彼女に問いかけた。

「──前からするのと後ろからするの、どっちがいい？」

「えっ……」

早月が恥ずかしそうな顔をし、口ごもる。大河内はふと思いついて言った。

「そうだ、上っていう手もあるな」

「う、上？　ぁ……っ」

大河内はベッドに寝転がり、彼女の身体を上に引っ張り上げる。そしてまだ潤みを残している花弁に自身をあてがい、割れ目に沿って擦り上げた。

「ん……っ」

早月がビクッと身体を震わせて、目の前できれいな胸が揺れる。

大河内はいわゆる素股の状態で彼女と自身を密着させ、愛液のぬめりを借りて前後に動かしながら口を開いた。

「コレ、お前の中に入ったときのことを覚えてるか？」

「……っ」

かあっ、と早月が顔を赤らめる。まるでとんでもなく淫らなことを言われたかのような顔をする彼女に、大河内は笑って言葉を続けた。

「奥の奥まで深く挿れて、中をさんざん擦ってやった。お預けされてるあいだ、何度も思い出したよ。──初めてヤったばかりのガキみたいに」

「ぁ……っ！」

　早月の腰を浮かせて蜜口から亀頭をもぐり込ませ、大河内はそのままゆっくりと屹立を埋めていく。硬くいきり立った欲望を狭い内部に包み込まれるのは、肌が粟立《あわだ》つほどの快感があった。

（あー、ヤバ……保《も》つかな、これ）

　早月の体内はひどく熱く、柔襞が入り込んだものをきつく締めつけてくる。ときおり蠢《うごめ》くのがあまりにも心地よくて、大河内は思わず充足の息を吐いた。

　一度最奥まで挿れたあと、彼女の尻を抱えて半ばまで引き出す。内部の抵抗を感じながら根元まで埋め、そのまま律動を開始すると、大河内の肩口に顔を伏せた早月が甘ったるい声を上げた。

「あっ……はぁっ……ぅっ……ぁ……っ」

　奥を突くたびに上がる声に煽られ、大河内はぐっと奥歯を噛む。上体を倒して覆い被さっている形の彼女の髪が首に掛かるのがくすぐったく、その耳元で問いかけた。

「……きつくないか？」

「平気……、ぁっ、もっと……っ」

　小ぶりな尻をつかみ、リクエストどおりに激しい突き上げをした途端、早月が高い嬌声《きょうせい》を上げる。

　次第に量を増した愛液で動きがスムーズになり、互いに息を荒げて快楽を貪り合った。

　やがて顔を上げた彼女が大河内を見つめ、潤んだ瞳で言う。

「……好き」

「…………」

「わたしがこんなふうに思うのも、甘えられるのも……大河内さんだけです。大河内さんは口調こそ愛想がないけど、いつも揺るぎなくわたしを想ってくれてるって……態度で伝えてくれるから」

早月の言葉を聞いた大河内は、ふと微笑む。目の前の彼女へのいとおしさが急激に増して、早月の頬を撫でて答えた。

「――俺も好きだ」

「………」

「抱きたくて仕方なかったのは、俺のほうだ。物分かりがいいふりも楽じゃねーな」

「あっ！」

早月のウエストをつかみ、下からずんと深く突き上げる。濡れそぼった内部は苦もなく大河内をのみ込み、わななきながら締めつけてきた。

「はっ、あ、大河内さん、待っ……」

「待てない。ほら、俺も動くから、お前も腰振れよ」

手加減しない強い突き上げに、大河内の胸に手をついた早月が高い声を上げる。

溢れる愛液で接合部がすぐにぬるぬるになり、動くたびに淫らな水音が立ち始めた。中の狭さも、締めつけてくる圧も、自分の上で揺れる二つの胸のふくらみもたまらない。今

まで我慢していた想いの丈をぶつけるように、大河内は激しい動きで早月を啼《な》かせた。

「ぁっ……はぁっ、や、……もっとゆっくり……っ」

「言っただろ、我慢してたって。ほら、俺のが一番奥まで届いてる……」

「んんっ……！」

先端が感じやすいところを抉《えぐ》るたび、中の締めつけがきつくなる。

互いに息を乱しながら快感を追いかけ、いつしか早月がまた上に覆い被さる姿勢になっていた。嬌声を上げる彼女の尻をつかんだ大河内は、ひときわ深く自身を突き入れる。

「あ……っ！」

早月の内部がぎゅっと収縮し、ビクリと跳ねた身体で彼女が達したのがわかる。大河内は快感に抗わず、ありったけの精を膜越しに放った。

「……っ」

絶頂の余韻に震える内襞が屹立に絡みつき、大河内を煽る。たった今放出して治まったはずの情欲がまたこみ上げてくるのを感じ、内心苦笑いした。

（……ったく、嵌《は》まりすぎだろ）

――生真面目な反面、小心者で甘え下手な恋人に、こんなにも夢中になっている。かつて恋愛に対して抱いた苦手意識は、いつのまにか早月が払拭してくれた。もしかして自分は、こんなふうに愛情を注げる相手を探していたのかもしれないと大河内は思う。

（……だとすれば、もう逃がせないよな）

早月が自分から離れられないように徹底的に甘やかし、惚れさせるしかない。

そう考え、微笑む大河内を、息を乱した早月が不思議そうに見つめていた。大河内は自分の上に乗ったままの彼女の乱れた髪を、優しく撫でる。そして笑って言った。

「……さて、もう一回するか。今までさんざん我慢させられてたんだし、時間はいっぱいあるもんな」

「……っ」

初心な恋人が頬を染めるのを、大河内は楽しく眺める。それからいまだ治まらない熱を発散させるべく、ベッドに早月を押し倒して白く柔らかな肌に顔を埋めた。

エピローグ

平日の午後、セレストガーデンホテル内にあるメイクルームでは、にぎやかな声が響いている。

「えー待って、ファンデ、まだ盛るんですか？　何だか濃すぎません？」

鏡を前に不安そうな顔をしているのは、一ヵ月後に挙式を控えた新婦だ。四回目の打ち合わせである今日は、メイクルームで当日の髪型や化粧を決めるべく実演をしていた。

彩佳はにこやかに答える。

「飯田《いいだ》さま、確かに今こうして見ると盛りすぎに感じるかもしれませんが、濃いのにはいろいろと理由があるんですよ。まずはドレスに負けないこと」

「ドレス？」

「花嫁のドレスはとてもゴージャスなので、普段のメイクだとお顔が薄く見えてしまうんです。その点ブライダルメイクは、結婚式の当日、お二人から遠い席のゲストにもよく見えるという利点があります。あとは写真映えですね」

写真を撮るときにフラッシュをたくと、顔の正面に光が当たる。薄いメイクだとこのときに目元の陰影やチークの色が飛んでしまい、ぼんやりした顔で写ってしまうのだ。

そんな彩佳の説明を聞いた若い新婦が感心し、「そっかー」とつぶやいた。そこでメイク担当のスタッフが、安心させるように言う。

「何種類ものファンデを使っているのは、きれいに陰影を出すためです。汗や涙でも崩れないように作り込みますし、睫毛《まつげ》はマスカラだと取れてしまうかもしれないので、付け睫毛をご提案させていただいているんですよ」

メイク担当はお色直しのドレスに合わせたメイクチェンジも提案し、打ち合わせは和気《わき》藹々《あいあい》と進む。やがて帰っていく客を送り出した彩佳は、ホッと息をついた。

（さてと、日報を書いたら今日は帰れるかな）

足取りも軽く、オフィスに戻る。午後六時、早く帰れる人間は徐々に退勤していく時間だが、奥の席で早月が新人二人に研修をしているのが見えた。

（早月さん、自分の仕事の他に新人の面倒まで見てるんだもんね。……大変そう）

チーフという肩書きを持つ彼女の苦労は、それだけではない。早月は四月に入ってからしばらく、いわれなきクレームに悩まされ続けた。

犯人は彼女が担当する客で、何と交際相手である大河内貴哉の元彼女だったらしい。二人がつきあっていることを偶然知った女性は早月を逆恨みし、プランナーとしての信用を失墜させるため、嫌がらせのクレームを繰り返していたという。

その騒動が収束したのは、一週間余り前の話だ。何となく雰囲気の良くなかったブライダル事業課は、今ようやく平穏を取り戻していた。

日報を書き終え、彩佳は明日の仕事の準備を終える。時計を見ると、午後七時を少し過ぎていた。チラリと窺《うかが》うと早月はまだ帰れそうになく、彩佳は彼女を待つのは諦めて席を立つ。

「お先に失礼しまーす」

残っていたスタッフが口々に「お疲れさま」と応え、彩佳はオフィスを出る。

更衣室に向かい、身支度を終えて、スマートフォンからメッセージを送った。

(「今から向かいます」……送信、っと)

ついでに早月のスマートフォンにも、あとで集合できるように場所を送っておく。

四月も下旬に差しかかった最近、夜の気温はだいぶ上がってきている。数日後から始まるゴールデンウィークを前に、街中は何となく浮き足立った雰囲気だ。

ホテルを出た彩佳はしばらく歩き、駅の傍にあるダイニングバーに足を踏み入れた。

「すみません、待ち合わせをしてるんですけど」

店員に通された彩佳は、カウンターに向かう。そこで待っていた男が振り向き、笑ってこちらを見た。

「お疲れ、彩佳ちゃん」

「上原さん、こんばんは」

待ち合わせの相手は、上原賢人だ。

商社マンである彼は、スーツ姿が様になっている。先にビールを飲んでいたらしい上原が、メニュー表を彩佳に手渡して問いかけてきた。

「何飲む？」

「じゃあ、私もビールで」

彩佳のオーダーが意外だったのか、上原がかすかに眉を上げる。彼は「ふうん」と言って笑った。

「彩佳ちゃんみたいな子って、男の前では絶対ビールなんか頼まないと思ってた。何だか意外だなあ」

「うーん、相手によりますね。落としたい男性の前では、ストロベリーフィズとか可愛いものを頼みますよ？　もちろん」

ニッコリ笑い、言外に「あなたはそういう対象ではない」と告げると、彼は噴き出す。

「いいね、そういう裏表。見てて面白い」

「まあ、大河内さんには効きませんでしたけどね。あの人は初めから、早月さん狙いだったみたいですし」

本当は彼の面影を思い出すと、今も少し胸が痛む。だが彩佳はもう大河内をすっぱり諦め、早月の恋愛を祝福するつもりでいた。

「その早月ちゃんだけど、貴哉の元カノに目を付けられるなんて災難だったね。もう全部片づいたの？」

「はい。平本さんは早月さんを貶《おとし》めるのが目的で匿名のクレームを入れたことが明らかになって、結局婚約が破談になってしまったそうです。でもその婚約者の人、『香坂さんに慰謝料を支払うから、どうか警察沙汰にはしないでやってほしい』って支配人に嘆願してきて。元婚約者への、せめてもの情けなんでしょうね。挙式のキャンセル料も、彼が全額支払ったそうですよ」

――平本里奈は「今後一切、迷惑行為をしない」という誓約書を書き、早月やサロンに謝罪文を提出した。会社の上層部は協議の結果、大事にしてもメリットはないと考え、被害届を出さず穏便に事を済ませたという。

しかしその過程で、意外な事実が判明した。

「クレームの件を調査してるとき、平本さん、『匿名掲示板の書き込みは自分じゃない』って言っていたみたいで。だとすれば書き込みした人物は他にいるってことになって、支配人はうちの課のスタッフに詳細を説明した際、『今後も調査を継続する』って発言したんです。すると『自分がやった』って申告する人が出てきて」

――匿名掲示板に早月を誹謗中傷《ひぼうちゅうしょう》する書き込みをしたのは、同じ課に所属するプランナーの瀬野満里奈だった。

彼女は平本が起こしたクレーム騒ぎに便乗し、匿名掲示板に悪意ある書き込みをしていたらしい。かねてから早月に対して妬みの感情を抱いていたという瀬野は、ホテルの名前や早月のフルネームなど、見る者が見ればわかるような書き方で中傷を続けていた。

「支配人の言葉で『犯罪として立件されるかもしれない』って可能性に気づいて、怖くなって自分から申告したそうです。早月さんは同じ課の後輩がしたことだと知って、ショックを受けていました」

立て続けに他人から悪意をぶつけられた早月の心痛は、察して余りある。事実、発覚してから数日間の早月は、ひどく沈み込んでいた。

瀬野は申告した翌日以降に出社しなくなり、その後退職届を提出したという。後藤は彼女が今後同じ会社で働き続けるのは無理だと考え、それを受理したそうだ。瀬野に泣きながら謝られた早月は、彼女の謝罪を受け入れたらしい。

話を聞いた上原が、感じ入ったように言った。

「なるほどねえ。人の悪意って、何をきっかけに暴走するかわかんないね」

「本当にそう思います。平本さんの動機も身勝手ですけど、満里奈さんだって……結局仕事を失うことになっちゃってるんですから」

彩佳にとっても、深く考えさせられた事件だった。接客の仕事をしている以上、いつ理不尽な逆恨みをされるかわからないし、自衛するにも限界がある。

そして瀬野の件も、もしかしたら自分も逆恨みをこじらせて「あちら側」に行っていたかもしれないと考え、身につまされる思いがした。

「私、大河内さんの件で腹を立てていて……早月さんが他の女の子たちにヒソヒソされてるのを見たとき、どこかで『いい気味だ』って思ってた部分があったんです。途中で満里奈さんの悪意に気づいて、それを反面教師にどうにかこちら側に踏み留まれましたけど。だから今はちょっと、自己嫌悪です」

彩佳は苦笑いし、目の前に置かれたビールに口をつける。そんな様子を眺めた上原が、微笑んで言った。

「ふうん、ちゃんと反省してて偉いね。で、彩佳ちゃんはもう、貴哉のことは完全に諦めたの？」

「はい。実はこのあいだ、大河内さんから直接電話をもらって。そのとき彼に謝られたんです、『申し訳なかった』って」

――突然大河内から電話をもらったとき、彩佳は心底驚いた。

彼は見合いに関しての自分の態度が不誠実だったと考え、改めて電話を寄越したらしい。

『伯父の顔を立てるためだったとはいえ、半端な気持ちで見合いをするんじゃなかった。河合さんの気持ちを傷つけて、本当に申し訳ないと思ってる』

彼はその後、「どうか早月のことは責めないでやってほしい」と彩佳にお願いしてきた。

『俺が一方的に好きになって、あいつに迫ったんだ。早月は後輩である河合さんに遠慮して、俺を拒もうとしてた』

（……結局のところ、大河内さんは早月さんを庇《かば》いたくて、私に電話してきたんだよね）

話を聞くうち、彼がどれだけ早月を大切に思っているか、そして守ろうとしているのかが言葉の端々から伝わってきて、何ともいえない気持ちになった。彩佳はほんの少しの胸の痛みをおぼえながら、彼に告げた。

——二人の交際については自分がとやかく言う権利はなく、今は祝福していること。そして自分がうっかり他の社員に事情を話してしまったせいで、早月を苦しい立場に追い込んでしまい、申し訳なく思っていると。

「大河内さんって見た目はクールですけど、実は結構な溺愛タイプっぽいですよね。早月さんのためにわざわざ私に連絡してくるとか、そういう感じの人に見えないからびっくりしちゃいました。いい意味で予想を裏切っていて、やっぱり逃した魚は大きかったかもなーって思います」

彩佳の言葉を聞いた上原が、微笑んで言った。

「うん。あいつはああ見えて、情に篤いんだ。何だかんだで面倒見はいいし、浮気はしないし、歯科医としての腕もいいし。早月ちゃんのこと、きっとすっごく大事にすると思うよ」

大河内について語る上原の声には、どこか自慢げな色がある。彼の言い方にカチンときた彩佳は、頬を膨らませて答えた。

「そんなのわかってるって言ってるじゃないですか。いちいち駄目押しして、私の心の傷を抉らないでくださいよ」

「あー、ごめんね？　彩佳ちゃんみたいなタイプがしゅんとしてると、つい構いたくなっちゃって」

当初は上原のことを「人当たりが良く、かっこいい」人物だと考えていた彩佳だったが、それは間違いだったのかもしれないと頭の隅で考える。

いかにも女受けの良さそうな整った男の顔を見つめ、彩佳はボソリとつぶやいた。

「……上原さんって優しそうな顔してますけど、実はかなり癖が強い人ですよね」

「おっ、わかった？」

「ま、興味がないんで、どうでもいいんですけど。あーあ、大河内さんみたいな人、どっかに転がってないかなー」

フードメニューを眺めながら、彩佳はため息混じりにぼやく。

――恋愛がしたい。ありのままの自分を深く愛してくれる人と、身も心も満たされる恋がしたい。最近きれいになった早月を見て、強くそう思っていた。

(もう一回、うちのパパに頼んでみるのもいいかも……素敵な人とお見合いさせてほしいって。優しい年上の人がいいな)

そんな彩佳を、上原が思案顔でじっと見つめている。彼はおもむろに彩佳を覗《のぞ》き込み、あっさり言った。

「――いるじゃん、目の前に」

「は？」

「貴哉みたいに歯科クリニックの跡取り息子ではないけど、俺の勤務先はそれなりに名の通った商社だし、給料も同年代に比べて悪くないよ。それに俺は、好きな子をめちゃくちゃ大事にする。俺のことしか考えられなくなるくらいにズブズブに溺愛して、虜にする自信がある」

「………」

「だから彩佳ちゃん、俺にしようよ」

ニッコリ笑って告げられた言葉を、彩佳は頭の中で反芻《はんすう》する。そして思いきり顔をしかめて答えた。

「――無理。断固としてお断りします」

「何で？」

「だって上原さん、性格悪いですもん。私、苛められたりするのは嫌ですから」

「えー、苛めるとしても、愛ある苛めだよ。あくまでも恋愛のエッセンスとしてっていうかさ」

「嫌ですってば！」

猛然と言い返しているところに、控えめに「あの……」という声が割り込む。

振り返ると、そこには早月と大河内が並んで立っていた。

「どうしたの？　二人とも言い合ったりして、喧嘩《けんか》？」

彩佳は「早月さん！」と言って彼女の腕を強くつかんだ。

「この人に言ってください。私の好みはうんと優しくて包容力のある、素敵な大人の男性だって！」

「だから、俺はその条件を全部満たしてるって言ってんじゃん」

「どこがですか！」

相変わらず言い争う彩佳と上原を、早月が「少し落ち着いて、ね？」と慌てて取りなそうとしてくる。その隣で、大河内がこらえきれない様子で噴き出していた。

――早月と大河内のように、落ち着いた大人の恋愛がしたい。静かだが互いに想い合ってるのがじんわりと伝わってくる、そんな二人のような関係が彩佳の理想だ。

だが上原が相手だと、ニコニコしながら苛め抜かれるのが目に見えている。何としても他にいい人を見つけようと野心を燃やし、彩佳は手元にあったグラスのビールを一気に飲み干した。

番外編　初めての実家訪問

午後の日差しが、柔らかく辺りに降り注いでいる。六月も半ばを過ぎた週末、早月は緊張の面持ちでノースデンタルクリニックを見上げていた。

今日訪れたのは歯科医院ではなく、隣接する院長宅のほうだ。早月の緊張を察したのか、隣で大河内が口を開く。

「そんなに緊張しなくていいぞ。うちの親、ごく普通のおっさんとおばさんだし」

（そうは言われても……だって初めて会うのに）

大河内と正式につきあい始めて二ヵ月半、早月は週の半分ほどを彼と過ごし、関係を深めてきた。

どこかに出掛けたりするのはもちろん、自宅で一緒に料理をしたり、DVDを見たりするだけでも充分に楽しい。そんなある日、大河内が思わぬことを言い出した。

『もし週末に休みが取れるなら、うちに遊びに来るか？』

彼は仕事の関係上、実家住まいだという。そのため、大河内の家に行けば家族と顔を合わせてしまうのは必然だ。

するとそんな早月の逡巡《しゅんじゅん》を察したのか、大河内があっさり言った。

『あ、全然特別な意味はないぞ。ごく普通に、晩飯でも食いにくるかってこと』

『でも……ご両親がいるなら、迷惑じゃない？』

『実はその両親が、お前に会いたいって言ってて。……主に母親が』

大河内いわく、早月とつき合い出したと知って以降、彼の母親はこちらに興味津々らしい。驚く早月に、大河内が言った。

『俺が一人息子のせいか、かなり過干渉な母親なんだ。いつも「こっちのプライベートに首を突っ込むな」ってきつく言ってるし、それを跳ねのけてまで関わってくるタイプじゃないから、そう害はないんだけど。お前が嫌なら、断っても全然構わない』

おそらく世の中の女性が聞けば、「子離れできていない母親なのか」と警戒心を抱くところだろう。

早月自身、そう思わないでもなかったが、わざわざ「会いたい」と言ってくれるなら、ちゃんと挨拶したい。大河内の家族と円満な関係を築きたい――そんな気持ちがこみ上げ、彼に向かって答えた。

『わたし……大河内さんのおうちに行ってみたい』

『いいのか？』

『うん。お言葉に甘えて、お邪魔させてもらっていいかな』

――かくして土曜日である今日、担当するカップルの挙式がなく休みが取れた早月は、大河内の自宅まで来ていた。

一方の彼は、昼までの診療だ。クリニックが閉まる時間に待ち合わせ、デートがてら街まで手土産を買いに行って、今に至る。

午後四時の外はまだ明るく、昼間の陽気を残して気温が高い。改めて見ると院長宅はかなり立派な建物で、早月はにわかに緊張が増すのを感じた。

（軽い気持ちで「訪問する」って言っちゃったけど、早まったかも。もし気に入ってもらえなかったらどうしよう……）

一人息子に過干渉だという母親だ。「彼女」である自分が敵対心を抱かれる可能性は、充分に考えられる。

だがここまで来てしまった以上、訪問を取り止める選択肢はない。そう考える早月の横で、大河内が玄関に歩み寄り、ドアを開けた。

「ただいま」

すぐにリビングからパタパタと足音がし、五十歳前後に見える女性が顔を出す。

「おかえりなさい、貴哉。そちらの方が……？」

「ああ」

早月は緊張しながら挨拶をする。

「香坂早月と申します、初めまして」

広々とした玄関は掃き清められており、余計な靴が出ておらずきれいだ。大河内の母親の朋子はふんわりとした雰囲気の女性で、五十歳を過ぎているとは思えないほど若々しい。

早月を見つめた彼女は、頬を紅潮させて「まあ」とつぶやいた。

「よく来てくださったわね。どうぞお上がりになって」

「はい。お邪魔いたします」

玄関と同様に家の中も掃除が行き届き、落ち着いたインテリアだった。リビングのソファに座っていた五十代後半の男性が、微笑んで挨拶してくる。

「いらっしゃい、貴哉の父です。腰を悪くしていて、出迎えられずに申し訳ないね」

「いえ、とんでもありません。香坂早月と申します、初めまして」

甘いもの好きだという両親のため、手土産は有名パティスリーのケーキにした。それを差し出すと、朋子が目を輝かせる。

「うれしいわ、どうもありがとう。今お茶を淹《い》れるから、皆でいただきましょう、ね？」

二人ともごく普通に愛想が良く、早月はホッと胸を撫《な》で下ろす。朋子がお茶を淹れ、皆でテーブルを囲みながら、世間話をした。

「香坂さんは、今日はお仕事がお休みなのかな」

大河内の父親の直樹は息子とはあまり似ておらず、中背の穏やかな男性だ。彼の問いかけに、早月は頷《うなず》いて答える。

「はい。基本的に週末は休めないのですが、今日は可能だったのでお休みをいただきました」

「では、サービス業を？」

「ウェディングプランナーをしています」

それを聞いた瞬間、大河内の両親が同時に「えっ」という顔をする。その驚きようを見た早月は、ふと戸惑いをおぼえた。

（そんなに驚くこと？　もしかして大河内さん、ご両親にわたしの職業を話してなかった……？）

するとと大河内がコーヒーを啜《すす》り、淡々と説明する。

「実は早月は、前に見合いした河合さんの先輩に当たるんだ。ウェディングプランナーとしてのキャリアは上で、職場ではチーフをしてる」

「そ、そうか」

「そうなのね……」

両親がぎこちなくそう答え、早月はようやく彼らの驚きの理由を理解する。

後輩の河合彩佳は、かつて大河内とお見合いした相手だ。互いの両親を交えて会ったはずで、二人は彼女の職業を当然知っている。

（だとしたら――）

自分は彼らに、どう思われているのだろう。ふいにそんな疑問がこみ上げ、早月はヒヤリとする。

大河内は彩佳との見合いを断り、現在早月とつきあっている。彼女の職場の先輩に当たる人間が横から彼を掠《かす》め取ったと思われても、まったく不思議はない状況だ。

（こんなふうに考えるの、ご両親に対して失礼かな。……でも）

最近、仕事絡みで他人の悪意に嫌というほど翻弄された早月は、つい疑心暗鬼になってしまう。

そのとき重くなった空気を払拭するように、朋子が手を叩《たた》いて言った。

「ね、時間も時間だし、香坂さんもお夕飯を食べていくでしょう？　貴哉」

「そのつもりだけど」

「よかった。香坂さん、どうぞゆっくりしてらしてね。腕によりを掛けて作りますから」

朋子が台所に去っていき、早月は手伝いを申し出るべきか迷う。

だが初めて自宅を訪れた人間にそんなことを言われても、かえって迷惑かもしれない。

（こういうときって、どうするのが一番いいんだろう。……今日はお客さんに徹するべきなのかな）

目の前では大河内が父親に対し、早月がクリニックの患者であることを説明していた。

直樹が笑って言った。

「なるほど、自宅が近いからうちのクリニックを訪れたんだね。何も知らずに来て貴哉の患者になるだなんて、すごい偶然だなあ。僕もそろそろ復帰しようかと思ってるんだが、なかなか腰が良くならなくて」

「治りきってないのに無理したら、悪化するかもしれないだろ。そんなに焦らなくてもいいよ、今はどうにか回せてるし」

　三人で和やかに談笑しているうち、台所からはいい匂いが漂い始めている。早月は大河内にそっと申し出た。

「ごめんなさい、お手洗い借りていい？」

「ああ。廊下に出て、一番奥の突き当たりにある」

　手洗いを借りた早月は、リビングに戻ろうとする。

　廊下の途中には台所に通じる扉があり、開け放された状態だった。覗《のぞ》くのも失礼だと思った早月は足早に通り過ぎようとしたが、そのときガチャンという物が割れる音と、「きゃっ」という小さな悲鳴が聞こえた。

　思わず中を見ると、朋子が呆然《ぼうぜん》と床を見下ろしている。

「あの、大丈夫ですか？」

　早月の声に気づいた彼女がこちらに視線を向け、慌てた様子で言った。

「やだ、私ったらそそっかしくて。大丈夫よ、気にしなくていいから、リビングにいてちょうだいね」

「片づけ、お手伝いさせてください」

　早月は台所に踏み込み、床に散らかった皿の破片を大きなものから重ねていく。朋子がオロオロして止めてきた。

「いいのよ、お客さまはそんなことしなくて。これくらい、私一人ですぐ――痛っ」

破片で指先を切ってしまったらしい彼女が、手を押さえて小さく呻《うめ》く。

結局、朋子が自分の指に絆創膏《ばんそうこう》を貼っているあいだ、早月は新聞紙に割れた皿をくるんで床をきれいに片づけた。するとそれを見ていた彼女が、しょんぼりして言う。

「すごいわ、てきぱきしているのね。香坂さんがお仕事ができるの、何だかわかる気がするわ……」

「そ、そんなことないです。普通だと思います」

いきなり踏み込んで、出しゃばりすぎただろうか。そう考えた早月はすぐに台所から出ようと立ち上がるが、そのときふいに朋子が「あのね」と意を決した顔で口を開いた。

「私、香坂さんに確認しておきたいことがあるの。――河合彩佳さんの件で」

突然思いがけない名前を出され、早月はドキリとして彼女を見る。朋子が言葉を続けた。

「貴哉から聞いているかもしれないけど、私、河合さんとのお見合いのときに一人で舞い上がって、勝手に話を進めようとしてしまったの。貴哉はもちろん、主人にも怒られたし、結果的にあちらのお嬢さんも傷つけることになってすごく反省したのよ。そもそも貴哉は、『自分にそんな気はない』ってはっきり言っていたのにね」

早月は何と返事していいかわからず、ただ彼女を見つめる。朋子が言葉を続けた。

「さっきは香坂さんが河合さんの職場の先輩だって聞いて、びっくりしたわ。もしかして貴哉は、あなたがいたから河合さんとのお見合いを断ったのかしら」

「それは……」

早月の心臓が、ドクドクと速い鼓動を刻む。

もし大河内の両親が彩佳との結婚を望んでいたのなら、自分は邪魔者に他ならない。そう考えつつ、嘘《うそ》はつけないと考えた早月は、小さく答えた。

「はい。大河内さんから――そう聞いています」

するとと朋子はパッと目を輝かせ、笑顔で言った。

「まあ、そうなの！　あの子には結婚願望がないのかと思ってお節介を焼いてしまったんだけど、余計なお世話だったみたいね。貴哉がちゃんと香坂さんを大切にしてるのがわかって、本当に安心しちゃった。そうよね、こんなに素敵な彼女がいたら、よそに目なんか向かないわよね」

早月は唖然《あぜん》として朋子を見つめる。

てっきり自分の存在は歓迎されていないのかと思いきや、どうやら真逆だったらしい。しかし朋子は、ふと心配そうな顔になって言った。

「でも、河合さんと揉《も》めたりはしなかった？　もし私のせいで、あなたが彼女と気まずくなっているなら――」

「だ、大丈夫です。ちゃんと話をして、彩佳ちゃんとは円満な関係ですから」

プライベートでも仲が良いのだと説明すると、彼女はホッと安堵《あんど》の表情を浮かべる。そしてニコニコして問いかけてきた。

「香坂さんは好き嫌いはない？　今日は張り切っていろいろ作っているの。お口に合えばいいのだけど」

「好き嫌いは、特にありません。あの、もしよろしければ、わたしにも何かお手伝いさせていただけませんか？」

早月の言葉を聞いた朋子が、「うふふ」と笑う。

「うれしいわ。息子しかいないせいか、私、昔から女の子と一緒に台所に立つのが夢だったのよ。じゃあちょっと、お手伝いしてもらってもいいかしら」

「はい。喜んで」

＊　＊　＊

午後九時、二階の大河内の私室に入った早月が、興味深そうに室内を見回している。大河内は彼女に向かって言った。

「なんか、ごめんな。今日はうちの親につきあわせちゃって」

今日は早月を初めて自宅に招き、夕食を共にした。彼女を気に入った両親、特に母親の朋子が上機嫌で話しかけていたが、もしかしたら疲れさせてしまったかもしれない。

するとそれを聞いた早月が、笑顔で答える。

「ううん、楽しかったから平気。お母さん、料理が上手でびっくりしちゃった」

「あれこれ話しかけてきて、うるさくなかったか？　あんまりしつこくしないように、事前に釘《くぎ》を刺してたんだけど」

以前彩佳と見合いをした際、朋子は「嫁」という存在に憧れを抱き、先走った過去がある。早月がこちらを向き、少し躊躇《ためら》ったあとで言った。

「前も話したけど……うちの両親って、弟のことが第一で。特に母親はわたしに対して無関心だったから、仲良く一緒に台所に立ったりっていう経験がなかったの」

「……」

「だから大河内さんのお母さんがあんなふうに優しくしてくれるの、すごくうれしい。全然無理なんかしてないし、かえってお礼を言いたいくらい」

「……そうか」

彼女の笑顔に嘘はなく、大河内は安堵する。もし本当に二人の相性が良いなら、また今日のような機会を作ってもいいかもしれない。

早月がデスクの横の本棚を見て言った。

「わ、大河内さんの部屋、本の数がすごい。しかも歯科関係のものばかり」

「そりゃ、歯科医だからな」

最近の彼女は敬語が取れ、自然な口調で話してくれるようになった。よく笑うようになり、そんな早月を見ていると、大河内はいとおしさを掻《か》き立てられてならない。

大河内はベッドに腰掛け、彼女を呼んだ。

「――早月」

「何？」

「ちょっと」

早月がこちらにやって来て、大河内は彼女の腕を引く。そして倒れ込んできた華奢《きゃしゃ》な身体を、強く抱きしめた。

「お、大河内さ……、んっ」

顔を上げて何か言おうとする唇を、キスで塞ぐ。早月が喉奥でくぐもった声を漏らしたものの、構わず深く貪った。

服越しに胸のふくらみを手のひらで揉みしだくと、彼女は息を乱す。やがて唇を離したタイミングで、早月が小さく言った。

「待って……階下《した》に、ご両親が」

「声出さなきゃ平気だろ」

「えっ」

「高校生みたいで燃えないか？　親に気づかれないように、こっそりヤるの」

早月が一瞬啞然としたあとで顔を紅潮させ、「馬鹿」とつぶやく。そして立ち上がって逃れようとしたが、大河内はそれを押し留め、彼女の服の中に手を入れた。

「や……っ」

「しーっ。ほら、声出すなよ」

めくり上げたブラウスの下から、ブラに包まれた胸があらわになる。カップをずらしてこぼれ出た先端を舐《な》めると、早月の身体がビクッと震えた。

刺激を受けた先端がすぐに硬くなり、芯を持つ。吸い上げながら大河内は片方の手でスカートをたくし上げ、彼女の尻の丸みを揉んだ。ストッキングを引き下ろし、下着のクロッチの部分から中に手を入れると、そこはわずかに潤んでいる。

愛液を塗り広げるように指を動かし、蜜口をくすぐった途端、早月がこちらの頭をぎゅっと強く抱え込んできた。指を埋め込んだ内部は熱く、柔襞《やわひだ》がうねるように締めつけてきて大河内の欲情を煽《あお》る。

ズボンを前をくつろげた大河内は、ポケットの中から取り出した避妊具を自身に被せ、彼女の身体を下に誘導した。

「うっ……ん、っ」

狭い内部が屹立《きつりつ》を包み込み、強烈な快感に大河内は熱い息を吐く。早月が首に腕を回してきて、潤んだ瞳でこちらを見た。

「……っ……大河内、さん」

腰を抱えて下から突き上げると、彼女が小さく呻く。声を出すまいと唇を嚙《か》む様子が可愛らしく、大河内は早月の後頭部を引き寄せてその唇を塞いだ。

蒸れた吐息を交ぜつつ、硬く張り詰めた自身で彼女の体内を穿つ。互いに着衣のまま、しかも階下に両親がいる状況でする行為には背徳感があり、大河内をひどく興奮させた。

(きっとあとで怒るんだろうな……ま、仕方ないか)

真面目な早月には、この状況は許しがたいに違いない。そう考えながら唇を離すと、彼女が吐息の触れる距離でささやいた。

「……っ、好き……」

切実さがにじむ瞳でそんなふうに言われ、不意を衝かれた大河内は目を瞠《みは》る。いつも遠慮しがちな早月が、こうして気持ちを言葉にしてくれる。それは大河内の心を温かくさせ、じんわりと幸せな気持ちになった。

この先もずっと、彼女とつきあっていきたい。両親と仲良くしている姿を見た今日は、二人の将来を具体的に想像できた気がする。

それが現実となるのは、あまり遠い話でもないかもしれない——そう考えた大河内は微笑み、早月の身体を強く抱きしめて快楽の続きに没頭した。

あとがき

初めまして、またはお久しぶりです、西條六花です。

蜜夢文庫さんで三冊目となる今作品は、以前パブリッシングリンクさんから電子書籍で出していただいた作品『熱愛注意報　強引歯科医に迫られ中』を改稿したものになります。

今回のヒーローの大河内は歯科医、クールかつ口調がぶっきらぼうでありながら、好きな相手には優しい人物です。

対するヒロインの早月はしっかりしているように見えて実は小心者、迫りくる大河内から何とか逃れようとしますが、そんな強引ヒーローと逃げ腰ヒロインの攻防を楽しんでいただけたらうれしいです。

書き下ろしは、初めて大河内の家を訪れる早月のお話を書きました。彼のお母さんはかなりの息子ラブな人なのですが、早月とは意外に相性がいいのかも？　と思います。

息子の彼女を実の娘のように可愛がりたいタイプの大河内のお母さんと、それを「うれしい」と思って受け止める早月なので、結婚したら嫁姑関係はまったく問題ないかもしれません。

また、本編のラストで微妙な関係だった彩佳と上原は、すったもんだの末につきあうことになりそうです。見た目の爽やかさとは裏腹に、実は腹黒で少しいじめっ子気質な上原と、女子特有のあざとさを持ちながら根は素直でお嬢さん育ちな彩佳のカップルは、上原のかなりの溺愛と執着に彩佳が落とされる形になるのかなと予想しています（それを傍から見た大河内と早月は、苦笑いしているという……）。

今回のイラストは、ＳＨＡＢＯＮさまに描いていただきました。

このあとがきを描いている段階ではラフしか拝見できていないのですが、ヒロインは可愛らしく、ヒーローはかっこよく描いていただき、仕上がりがとても楽しみです。本当にありがとうございます。

電子書籍版に比べ、主にラブシーンなどを改稿しておりますので、既読の方、そして初めてお手に取る方にも、楽しんでいただけましたら幸いです。

またどこかでお会いできることを願って。

西條六花

「私、とんでもないビッチなんです」
一生懸命ビッチを演じるOL
VS
彼女を優しく見守るセフレ（↑上司）
「じゃあなってください、俺のセフレに」

才川夫妻の恋愛事情〜7年じっくり調教されました〜
イケメン兄弟から迫られていますがなんら問題ありません。
編集さん（←元カノ）に謀られまして　禁欲作家の恋と欲望

鳴海澪

俺様御曹司に愛されすぎ　干物なリケジョが潤って⁉
溺愛コンチェルト　御曹司は花嫁を束縛する
赤い靴のシンデレラ　身代わり花嫁の恋

葉月クロル

拾った地味メガネ男子はハイスペック王子！ いきなり結婚ってマジですか？

春奈真実

恋舞台　Sで鬼畜な御曹司

日野さつき

強引執着溺愛ダーリン あきらめの悪い御曹司

ひより

地味に、目立たず、恋してる。幼なじみとナイショの恋愛事情

ひらび久美

フォンダンショコラ男子は甘く蕩ける
恋愛遺伝子欠乏症 特効薬は御曹司⁉

真坂たま

ワケあり物件契約中 〜カリスマ占い師と不機嫌な恋人

御子柴くれは

セレブ社長と偽装結婚　箱入り姫は甘く疼いて⁉

水城のあ

S系厨房男子に餌付け調教されました
露天風呂で初恋の幼なじみと再会して、求婚されちゃいました‼
あなたのシンデレラ　若社長の強引なエスコート

御堂志生

エリート弁護士は不機嫌に溺愛する〜解約不可の服従契約〜
償いは蜜の味　S系パイロットの淫らなおしおき
年下王子に甘い服従　Ｔｏｋｙｏ王子

深雪まゆ

社内恋愛禁止　あなたと秘密のランジェリー

桃城猫緒

処女ですが復讐のため上司に抱かれます！

連城寺のあ

同級生がヘンタイDr.になっていました

〈蜜夢文庫〉好評既刊発売中！

青砥あか

入れ替わったら、オレ様彼氏とエッチする運命でした！
結婚が破談になったら、課長と子作りすることになりました⁉
極道と夜の乙女　初めては淫らな契り
王子様は助けに来ない　幼馴染み×監禁愛

朝来みゆか

旦那様はボディガード　偽装結婚したら、本気の恋に落ちました

奏多

隣人の声に欲情する彼女は、拗らせ上司の誘惑にも逆らえません

かのこ

侵蝕する愛　通勤電車の秘蜜
アブノーマル・スイッチ～草食系同期のＳな本性～

栗谷あずみ

楽園で恋をする ホテル御曹司の甘い求愛

ぐるもり

指名Ｎｏ．１のトップスタイリストは私の髪を愛撫する

西條六花

年下幼なじみと二度目の初体験？　逃げられないほど愛されています
ピアニストの執愛　その指に囚われて

高田ちさき

ラブ・ロンダリング　年下エリートは狙った獲物を甘く堕とす
元教え子のホテルＣＥＯにスイートルームで溺愛されています。
あなたの言葉に溺れたい　恋愛小説家と淫らな読書会
恋文ラビリンス　担当編集は初恋の彼⁉

玉紀直

甘黒御曹司は無垢な蕾を淫らな花にしたい～なでしこ花恋綺譚
聖人君子が豹変したら意外と肉食だった件
オトナの恋を教えてあげる　ドＳ執事の甘い調教

天ヶ森雀

純情欲望スイートマニュアル　処女と野獣の社内恋愛

冬野まゆ

小鳩君ドット迷惑　押しかけ同居人は人気俳優⁉

兎山もなか

君が何度も××するから　ふしだらなスーツと眼鏡、時々エッチな夢
才川夫妻の恋愛事情　８年目の溺愛と子作り宣言
黙って私を抱きなさい！ 年上眼鏡秘書は純情女社長を大事にしすぎている

本書は、電子書籍レーベル「らぶドロップス」より発売された電子書籍『熱愛注意報　強引歯科医に迫られ中』を元に、加筆・修正したものです。

★著者・イラストレーターへのファンレターやプレゼントにつきまして★
著者・イラストレーターへのファンレターやプレゼントは、下記の住所にお送りください。いただいたお手紙やプレゼントは、できるだけ早く著作者にお送りしておりますが、状況によって時間が掛かる場合があります。生ものや賞味期限の短い食べ物をご送付いただきますと著者様にお届けできない場合がございますので、何卒ご理解ください。
送り先
〒160-0004　東京都新宿区四谷3-14-1　UUR四谷三丁目ビル2階
(株)パブリッシングリンク
蜜夢文庫 編集部
○○（著者・イラストレーターのお名前）様

無愛想ドクターの時間外診療
甘い刺激に乱されています

２０１９年７月２９日　初版第一刷発行

著……西條六花
画……ＳＨＡＢＯＮ
編集……株式会社パブリッシングリンク
ブックデザイン……しおざわりな
（ムシカゴグラフィクス）
本文ＤＴＰ……ＩＤＲ

発行人……後藤明信
発行……株式会社竹書房
〒102-0072　東京都千代田区飯田橋２－７－３
電話　03-3264-1576（代表）
03-3234-6208（編集）
http://www.takeshobo.co.jp
印刷・製本……中央精版印刷株式会社

ISBN978-4-8019-1950-1　C0193
Printed in JAPAN